上海师范大学"上海市高水平地方高校建设计划"资助

顾问　陈思和　主编　朱振武

小说研究

第一辑
以万物为猛虎

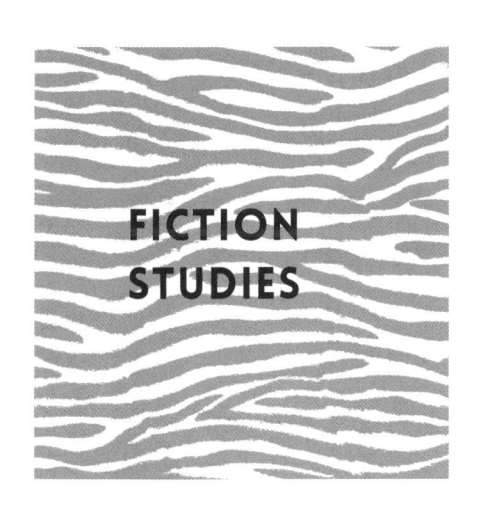

FICTION STUDIES

莫言题

上海文艺出版社
Shanghai Literature & Art Publishing House

编委会

顾　　问：陈思和
主　　编：朱振武
副 主 编：张　静　刘　畅
编辑部主任：叶晓瑶
编辑部成员：李玉栓　王宏超　朱　军
　　　　　　吴留营　袁俊卿　程茜雯

顾问委员会（按音序排列）：

陈建华（华东师范大学）	陈建华（复旦大学）
陈思和（复旦大学）	陈众议（中国社会科学院）
曹顺庆（四川大学）	傅修延（江西师范大学）
蒋承勇（浙江工商大学）	李维屏（上海外国语大学）
刘建军（上海交通大学）	罗国祥（武汉大学）
聂珍钊（广东外语外贸大学）	潘建国（北京大学）
申　丹（北京大学）	谭　帆（华东师范大学）
王立新（南方科技大学）	王　宁（上海交通大学）
王兆胜（中国社会科学院）	吴　笛（浙江大学）
杨金才（南京大学）	查明建（上海外国语大学）

目录 CONTENTS

说坛纵横

晚清青楼"等级制度"与媒介构建
——从《点石斋画报》到《海上花列传》　｜　陈建华…2

从历史叙事看十九世纪末的全球危机与"中国问题"　｜　刘小枫…25

特约讲稿

中国小说史研究之检讨　｜　谭帆…50

名品研究

早期现代欧洲的"普遍语言"理论及其在小说中的呈现　｜　金雯…64

芥川龙之介《竹林中》的立体主义叙事探究
——基于多元视角叙事、多重时空建构的文本阐释　｜　秦刚…80

奥戈特《应许之地》中的非洲民俗与本土文化身份建构　｜　杨建玫…95

欧亚主义变奏曲：俄国文学的鞑靼人形象书写　｜　杨明明…105

创作者谈

提审美国：《"非常"事件与美国历史小说》　　｜　虞建华…118

那些微妙而迅疾地走向决定性的时刻
　　——《体面人生》创作谈　｜　黄昱宁…128

小说现场　《猛虎下山》

主持人语　假如我们身上住着一只猛虎　｜　张莉…139

小说家言　以万物为猛虎　｜　李修文…142

讨论实录　时代失意者的尊严与无奈
　　——李修文长篇小说《猛虎下山》讨论课实录…145

新著评介

案头与场上的西游故事群落
　　——评胡胜《〈西游记〉与西游故事的传播、演化》　｜　张怡微…160

伦理之思：麦克尤恩创作的流变与新解
　　——评尚必武《麦克尤恩的小说创作及其伦理价值研究》　｜　邱田…167

东亚文学视域下的文化传播与变异
　　——评孙惠欣《朝鲜古代汉文小说中的中国文化因素研究》　｜　曲劲竹…175

以"短篇小说"重勘通俗
　　——读罗萌《通俗：大众视野与文类实践》　｜　魏银霞…183

坛说
纵横

晚清青楼"等级制度"与媒介构建
——从《点石斋画报》到《海上花列传》

陈建华 *

内容提要：19 世纪后半叶，上海青楼业繁荣。贺萧提出"妓女等级制度"，并认为其出自男性文人的想象，叶凯蒂则认为这是租界妓女的产物。本文从媒介建构想象共同体的角度考察《点石斋画报》《海上花列传》及关于上海租界的历史书写，指出它们在表现等级制度时贯穿着租界当局治理都市的法制精神，具有重商主义与文明规训的特征。租界当局从妓业获得可观的税收，而高级妓女的奢侈消费使洋行获利。旧文人们在欣赏妓女时感叹世道盛衰，同时通过媒介转变为新型的洋场文人。高级妓女利用其市民身份的合法性扮演了现代性先驱的角色，底层妓女则受到等级制度的压制，充满苦痛与挣扎。

关键词：上海租界　妓女等级制度　媒介　文明规训　法制管理

The Hierarchy of Prostitution in Late Qing China and Media Construction
——From *Dianshizhai Pictorial Magazine* to *The Sing-song Girls of Shanghai*

Abstract: In the latter half of the nineteenth century, the prostitution flourished in Shanghai. Gail Hershatter works out the term "the hierarchy of prostitution", and claims that it was made by male writers, whereas Catherine Yeh believes that it was invented by the prostitutes in concessions themselves. From the perspective of media constructing the imagined communities, this article examines *Dianshizhai Pictorial Magazine*, *The Sing-song Girls of Shanghai*, and historical writings of Shanghai concessions, and argues that these works embodied the legal

---

* 陈建华，男，复旦大学特聘讲座教授、古籍所教授、博士生导师。主要研究方向：中国文学古今演变、中国文学文化史、近现代通俗文学与报刊文化、中国文学与视觉现代性。

spirit of the concession authorities in governing the city while depicting the hierarchical system, and have the characteristics of mercantilism and civilized discipline. The authorities collected considerable taxation from the prostitution, moreover, the prostitutes' luxurious lifestyle was materialistically supported by the foreign department stores. In praise of prostitutes, male writers lamented the declined Imperial orders, meanwhile, were transformed through media into a new type of Yangchang writers. Benefited from legal governance, the high-class prostitutes using their rights as the citizens, played the role of vanguards of modernity in public space, and yet those in lower status were suffered from the hierarchy of prostitution, full of sorrow and struggles.

Keywords: concessions of Shanghai; the hierarchy of prostitution; media; civil surveillance; legal governance

一、妓女坐马车与"等级制度"

韩邦庆的《海上花列传》自1892年2月起在期刊《海上奇书》上连载，每期登载两回，刊至第30回中断，两年后以单行本发行，共64回。小说以从乡下来到上海的赵朴斋、赵二宝兄妹为线索，围绕十里洋场的青楼世界，对各色人物与生活形态展开精微生动的描写。鲁迅称之为"狭邪小说"，因之不像《青楼梦》那么"溢美"，也不像《九尾龟》那么"溢恶"，有赞有弹，"较近于写实"，语言上"平淡而近自然"，故颇为称道。[1] 胡适称之为"吴语文学的第一部杰作"，对其艺术特色大加赞赏。[2] 20世纪末，张爱玲认为《海上花列传》是继《红楼梦》之后又一文学"高峰"，并将它译成英语，又说"虽然不能全怪吴语对白，我还是把它译成国语"。[3] 百年来，对它的接受与评价历经跌宕起伏，如今其文学价值已无可怀疑，愈益得到重视。[4]

近年来，学者多把此小说看作文化文本，从现代性角度加以探讨。小说中最为吸睛的景观之一是妓女和情人乘马车从四马路（今福州路）围绕外滩和大马路（今南京路）一带兜风，妓女们身穿奇装异服，招摇过市。罗岗认为妓女是本雅明式的"游荡者"，涉及城市空间、

---

1 鲁迅：《中国小说史略》《中国小说的历史的变迁》，载《鲁迅全集 9》，北京：人民文学出版社，2005 年，第 275、349 页。

2 胡适：《〈海上花列传〉序》，载韩子云《海上花开：国语〈海上花列传〉Ⅰ》，张爱玲注译，上海：上海古籍出版社，1995 年，第 7 页。

3 张爱玲：《国语本〈海上花〉译后记》，载韩子云《海上花落：国语〈海上花列传〉Ⅱ》，张爱玲注译，上海：上海古籍出版社，1995 年，第 648 页。

4 章培恒、骆玉明主编《中国文学史新著》下卷，上海：复旦大学出版社，2007 年，第 498—507 页；范伯群主编《中国近现代通俗文学史》上卷，南京：江苏教育出版社，2010 年，第 23—40 页。

物质、性别及视觉媒介等议题。[1]王晓珏指出："妓女与嫖客坐马车在繁华商业区招摇过市，到张园郊游，是一种时尚，形成一种崭新的十分有诱惑性的公共文化景观。"又认为："身处这个文化景观中心的是一批长三书寓的妓女，她们是现代时尚最早的实践者。""而娼妓文化的兴盛，同时也带动了租界经济的发展。"[2]叶中强指出，"《海上花列传》是一部以近代上海马路为文本架构的作品"，在城市地图上清楚地勾画出了"长三"与"幺二"的活动区域。[3]吕文翠在《海上倾城：上海文学与文化的转异，一八四九——一九○八》一书中指出，《海上花列传》中的青楼是时代风尚的窗口；小说中对不同妓女坐马车的描写反映了她们与情人之间复杂的感情政治；晚清出现大量与妓女有关的"花榜""冶游书"与"狭邪小说"等书写体现了洋场文人的文化怀旧与身份焦虑，标志着"由洋场、商埠与租界区报刊业三者互相形塑而成的市民文化，已经渐渐成为主导书籍市场的文学势力"。[4]叶凯蒂（Catherine Yeh）的《上海·爱：名妓、洋场才子和娱乐文化1850—1910》是一部图文并茂的19世纪后半期的上海文化史，并以"名妓与洋场才子"为中心。在书中，妓女坐马车成为现代性标志，作者详细勾绘了她们的马车路线图，赞赏这些爱出风头、追新求异的妓女，因为她们"成功地让自己成为上海公众面前最绚丽的风景"。她们是"新型的自由职业者"，"把租界赋予个人和商业的权力转化成了身体姿态、自由行动、豪华服装和室内装饰"，并引领了时尚潮流。在把"名妓"打造成"都市丽人"及推动租界娱乐文化方面，洋场文人起了关键的作用，尽管这同时表现了他们的复杂内心。[5]

叶凯蒂指出，晚清妓女分"长三""幺二"和"野鸡"等，构成一个"等级制度"。每次侑酒陪席，长三要价三元，幺二二元，这是基本区别，背后还牵涉到妓女接客的复杂仪式和妓院经营的不同方式。长三是独立挂牌的妓女，能弹唱，服饰华丽，出局应召坐马车或轿子，客人大多是达官富商、名公才士。幺二（也写作"么二"）隶属于大堂子，接客仪式较简单，发生关系较直接。至于野鸡，没资格陪酒，在街头拉客。最后，"台基"或"花烟间"的妓女，更等而下之，是风雅之士的禁忌，也受到官方的取缔。

---

[1] 罗岗：《性别移动与上海流动空间的建构》，载张春田主编《"晚清文学"研究读本》，桂林：广西师范大学出版社，2016年，第395—408页。

[2] 王晓珏：《租界、青楼与"现代性"症候——阅读韩邦庆的〈海上花列传〉》，载陈平原、王德威、商伟主编《晚明与晚清：历史传承与文化创新》，武汉：湖北教育出版社，2001年，第324—325页。按：一般把小说里的"明园"当作张园。徐锦江先生告诉我，晚清时期静安寺附近有不止一个私家花园，如愚园、申园等，因此直指为张园恐证据不足。或者可以说"明园"如"一笠园"一样，是虚指的。

[3] 叶中强：《上海社会与文人生活（1843—1945）》，上海：上海辞书出版社，2010年，第31页。

[4] 吕文翠：《海上倾城：上海文学与文化的转异，一八四九——一九○八》，台北：麦田出版社，2006年，第376—406、498—506、570—584页。

[5] 叶凯蒂：《上海·爱：名妓、洋场才子和娱乐文化1850—1910》，杨可译，香港：生活·读书·新知三联书店，2013年，第62—71、78—90、195—205页。

有关上海妓女史的著述必提到长三和幺二。[1] 叶凯蒂集中而清晰地叙述了妓女等级制度的变化。19世纪50年代之后，妓女们从老城厢搬到租界，自称"书寓"，以说书演唱为业，并不提供性服务，后来书寓逐渐消失，形成长三、二三与幺二的等级制度，"二三"指收费二元或三元。1870年到1880年间是长三的黄金时代，她们"不断追逐新潮，最终获得了这座繁荣都市的恩宠，成了它的象征"。[2] 19世纪80年代以后，她们逐渐消失。

贺萧（Gail Hershatter）在1989年的一篇文章里提出"娼妓业的等级制度"一说，又在1997年的《危险的愉悦：20世纪上海的娼妓问题与现代性》一书中重申并加强了这一概念：

说娼妓业的分类存在于人们共同的想象之中，并不等于否定高级妓女"真的"分出过清晰的等次。她们确有等次，而且有许多证据表明她们自己也明白这个道理，有时相互之间门户森严。当我说分类是想象性的产物时，我想指出的是，那些书写娼妓业的男子在描述业内情况的同时也就为之设定了等级。对他们来说，等级就是次第排序，这不光是给不同的类型命名的问题，而且还必须阐明高等与低等的关系。作者们正是通过建立等级范畴、确定各类别的重要程度，构筑不同等级之间的边界并以话语形式巡视把守这边界，才使不同的等级得以凸现，并使之成为上海生活的一大特色。等级的构建又是通过一些现成的叙述步骤实现的，作家之间亦步亦趋，互相印证，反复叙说，往往一字不差。有四个步骤最为重要，即划分地界、统计数字、区别类型、区分地域。[3]

经由"四个步骤"而建构的妓女等级制度是男性想象的产物，这给贺萧带来困惑。因为所有妓界指南、回忆录及小报报道等，都是男性书写的，难以直接听到妓女的声音。然而，受到北美史学界妇女史研究的影响，贺萧竭力从这些书写中辨认妓女自己的身影，发掘她们的"能动性和反抗行为"，诸如"妓女利用平常的手段来改善自己的生活和

---

[1] 例如薛理勇：《上海妓女史》，香港：海峰出版社，1996年，第173—193页；安克强：《上海妓女：19—20世纪中国的卖淫与性》，袁燮铭、夏俊霞译，上海：上海古籍出版社，2004年，第24—36页；邵雍：《中国近代妓女史》，上海：上海人民出版社，2005年，第9页。

[2] 叶凯蒂：《上海·爱：名妓、洋场才子和娱乐文化1850—1910》，杨可译，香港：生活·读书·新知三联书店，2013年，第99页。

[3] 贺萧：《危险的愉悦：20世纪上海的娼妓问题与现代性》，韩敏中、盛宁译，南京：江苏人民出版社，2003年，第36页。贺萧在1989年提出"妓女等级制度"一说［Gail Hershatter, "The Hierarchy of Shanghai Prostitution, 1870—1949," Modern China 15, No.4 (1989): 463—498.］法国学者安克强说："在19世纪的'花界'中，高级妓女中的两部分人构成了曾被某历史学家误导性地称为'卖淫业的等级制'的顶层。"这针对的是贺萧的观点。在《导言》中，安克强认为贺萧在二手资料上建构了"等级制"，"这个'等级制'实际上把那些属于19世纪或20世纪的东西都混淆在了一起，同时也歪曲了她本人对整个这一时期卖淫市场的演变所持的看法"。所以贺萧说"她们确有等次"，是坚持自己观点的表述。安克强：《上海妓女：19—20世纪中国的卖淫与性》，袁燮铭、夏俊霞译，上海：上海古籍出版社，2004年，第13、22页。

工作条件，如安排自己当妾以换取大量的金钱财富，又如到法院告鸨母等"。[1]

叶凯蒂进一步阐发了这种等级制度的观点，在两方面有所发明。一是她强调这一制度是租界妓女的产物，用王韬的《海陬冶游录》等材料证明其历史形成过程。贺著认为二三延续至民国时期，如"民国时期，二三逐渐消失，后一律统称长三了"，而叶著则认为二三消失于19世纪80年代，当然二者各有依据。[2]但叶著限于19世纪后半期，围绕"名妓"确定其引用历史材料的范围，因而更为细致严谨。其次，相对于等级制度完全是男性想象的说法，叶凯蒂认为"从老城厢搬到租界的妓女们为自己划分了新的类别，建立了独特的等级制度"。这一翻转突出了妓女的主动性，而且更重要的是，叶著对她们主动性的探究不限于做妾致富、告鸨母等，更把长三妓女看作一种爱欲动力、一个文化符号，把她们的身姿、服饰与生活方式和都市日常生活、时尚、物质消费与图像等方面相联系，编织成一幅靓丽炫目的都市现代性奇观，其中不无浪漫想象。这恰是《上海·爱》一书的贡献所在。

然而我们不禁要问：这种等级制度含有怎样的意识形态？妓女与洋场才子背后的权力机制是什么？媒介起了什么作用？叶著不时提到等级制度与治理租界的外国当局的规定有关，也提到租界当局需要进行上海的基础建设，维持公共秩序，对人们的道德和信仰则不加过问，这就滋长了妓女的大胆行为。[3]著者点到为止，但此问题却值得深入探讨。首先得指出，等级制度含有一个基本的悖论，与其说它出自道德立场，毋宁说出自一种重商主义的消费准则，其背后是都市的文明规训的机制。本文的要旨是：如叶凯蒂把上海妓女同意大利、日本、法国等国的妓女作比较，或如安克强（Christian Henrio）在租界当局对妓女征取税收的问题上援引了欧洲各国的历史经验，若以19世纪西方发达资本主义为背景，那么半殖民地的上海很大程度上沿袭了维多利亚式的发展模式，具有文明规训的特征，画报等媒介发挥了全球资讯交流与塑造国族想象的重要功能。1872年英人美查（Earnest Major）创办的《申报》，为本地文人提供发表空间，刊发了如描写洋场生活风尚的竹枝词与文人间乃至与名妓的唱和之作，由此形成洋场文人的圈子。作为《申报》的衍生产品，《点石斋画报》和《海上花列传》二者当然含有美查的文化背景及其关于都市发展的视域与议程的理解；画报与小说对妓女等级制度的表现也含有妓女、文人与租界当局之间互动协商的关系；在推进现代都市建设与文明规训的过

---

[1] 贺萧：《危险的愉悦：20世纪上海的娼妓问题与现代性》，韩敏中、盛宁译，南京：江苏人民出版社，2003年，第28页。

[2] 贺萧：《危险的愉悦：20世纪上海的娼妓问题与现代性》，韩敏中、盛宁译，南京：江苏人民出版社，2003年，第44页；叶凯蒂：《上海·爱：名妓、洋场才子和娱乐文化1850—1910》，杨可译，香港：生活·读书·新知三联书店，2013年，第99页。

[3] 叶凯蒂：《上海·爱：名妓、洋场才子和娱乐文化1850—1910》，杨可译，香港：生活·读书·新知三联书店，2013年，第75页。

程中画报、小说与妓女、文人与租界当局都扮演了形塑与被形塑的身份角色。

二、等级制度与都市法制

《点石斋画报》于1884年创刊，止于1898年，刊出图像4 666张，全面呈现新闻景致，无奇不有，其中娼妓图800多张，大多与租界妓业有关。[1]画报与《海上花列传》同为《申报》的文化产品，两者在叙事与绘图风格上都体现出一种新的写实风格，在表现妓女等级制度时体现了重商主义的价值判断与都市治理、建设中追求的文明秩序。

画报每一图有长短不等的题词，用以表明其观点和态度。《花样一新》（见图1）描画妓院内一桌酒席，男女兴高采烈。

题词曰：

客有觞于尚仁里某院者，席间举一令，曰："今日之饮，在座者各召一妓，此意中事也；然所召来者，苟服饰相同，当罚依金谷酒数。"盖客有意中人二，一好旗装，一好日本装，故倡此以相难也。于是众客纷纷指索，花票分投，群芳毕集。有男子装者，有道姑装者，有泰西装者，有燕赵装者；并有避熟就生，而召粤妓以塞责者。花团锦簇，翠绕珠围，令人如入山阴道上，应接不暇。莫不采烈兴高，拍案叫绝。然而新则新矣，奇则奇矣，

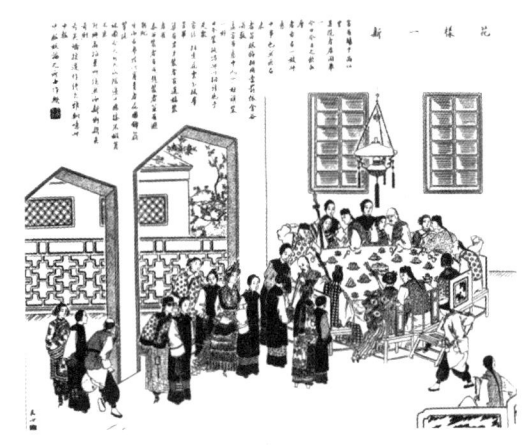

◎图1 艮心：《花样一新》，《点石斋画报》寅集第三，1888年。

◎图2 云林：《青楼好义》，《点石斋画报》利集第十一，1898年。

矫揉造作，终欠雅驯。[2]

尚仁里是长三妓院的据点，她们奇装异服，花枝招展，仿佛一场时装秀，颇能体现租界上五方杂处、中外文化交汇的特征。尽管题词有"矫揉造作，终欠雅驯"之言，却洋溢着赞赏的语气。

《青楼好义》（见图2）也对一名妓女赞扬有加：

---

[1] 叶汉明、蒋英豪、黄永松编《点石斋画报通检》，香港：商务印书馆，2014年，第305—311页。

[2]《花样一新》，载叶汉明、蒋英豪、黄永松点校《〈点石斋画报〉全文校点》，香港：商务印书馆，2014年，第151页。

◎图3 金桂：《愿赐全绯》，《点石斋画报》辰集第十，1889年。

沪妓洪文兰，青楼中之翘楚也。性豪爽，好任侠，英姿飒爽，别具风流。善歌舞，一曲登场，缠头争掷，以故得任情挥霍。遇同侪有急，辄解囊周之，女孟尝之名，藉藉人口。[1]

说是一沪上妓女，看见湖北来的贫妇带着孩子在路边乞讨，慷慨解囊。

《愿赐全绯》（见图3）讲"名妓"媚兰设一赌局，邀客人入局，她预制"骰子六颗，面面俱红"，结果骗取金钱而成功为自己赎身，与意中人一起回乡。[2] 题词对她的聪明机智颇为赞赏。《埋香韵事》（见图4）则讲花湘云，"沪妓中之翘楚也，性雅澹，酷爱文字。凡寓公之以诗鸣者，无不款接，酒边镫下谈谐，娓娓不倦；遇纨绔儿，虽拥厚货，曾不足动其盼睐"，因她是个色艺双全、品

---

[1]《青楼好义》，载叶汉明、蒋英豪、黄永松校点《〈点石斋画报〉全文校点》，香港：商务印书馆，2014年，第590页。

[2]《愿赐全绯》，载叶汉明、蒋英豪、黄永松校点《〈点石斋画报〉全文校点》，香港：商务印书馆，2014年，第176页。

◎图 4　金桂：《埋香韵事》，《点石斋画报》辰集第十，1889 年。

格清高的名妓，死后一些文人在静安寺为她建立花冢，更蕴含怜香惜玉的情怀。[1]

其实，画报对名妓并非一味称赞，《惊散鸳鸯》（见图 5）就很有戏剧性，它描绘了林黛玉与武伶赵小廉乘马车驰骋在静安寺一带，停车做爱，被巡捕活捉，两人下跪求饶的场景：

捕头见一对可怜虫，且笑且恼，不

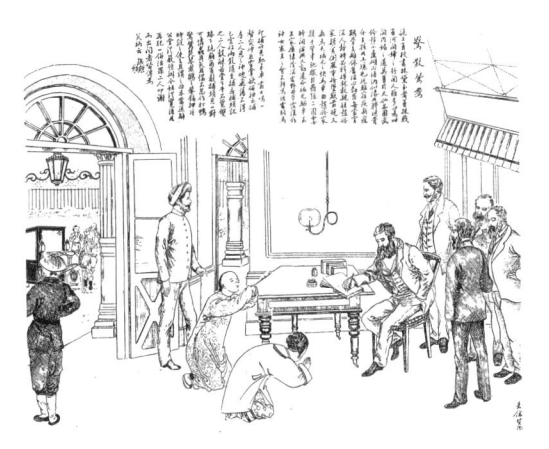

◎图 5　朱儒贤：《惊散鸳鸯》，《点石斋画报》元集第十一，1897 年。

---

[1]《埋香韵事》，载叶汉明、蒋英豪、黄永松校点《〈点石斋画报〉全文校点》，香港：商务印书馆，2014 年，第 177 页。

>> 小说研究：以万物为猛虎

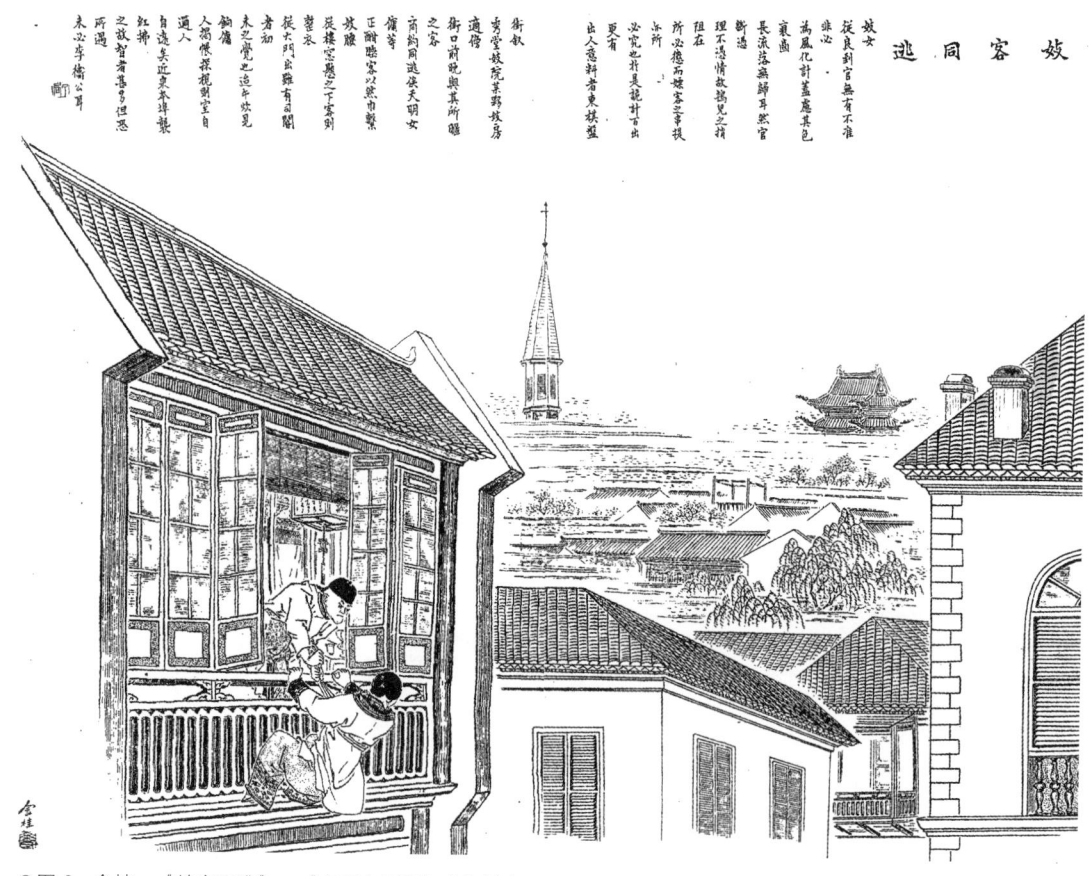

◎图6　金桂：《妓客同逃》，《点石斋画报》戊集第十二，1885年。

忍作打鸭惊鸳、焚琴煮鹤之举。饬押片时，纵之使去。且谓之曰："本当送解公堂从严惩办，今姑从宽。后如再犯，一并治罪。"[1]

林黛玉被称为"四大金刚"之一，可说是名妓中的名妓，虽然被巡捕从宽发落，可是丑态毕露，很是不堪。

关于幺二，《妓客同逃》（见图6）中提到的"东棋盘街叙秀堂妓院"就是幺二堂子。这幅图讲述了半夜里嫖客用绳索把妓女放到楼下，然后双双逃离妓院的故事。按理说这样的浪漫私奔故事应令人同情，但题词却说：

妓女从良，到官无有不准。非必为风化计，盖虑其色衰齿长，流落无归耳。然官断凭理不凭情，故鸨儿之捐阻，在所必惩；而嫖客之串提，亦所必究也。于是诡计百出，更有出人意料者。[2]

---

[1] 《惊散鸳鸯》，载叶汉明、蒋英豪、黄永松校点《〈点石斋画报〉全文校点》，香港：商务印书馆，2014年，第561页。

[2] 《妓客同逃》，载叶汉明、蒋英豪、黄永松校点《〈点石斋画报〉全文校点》，香港：商务印书馆，2014年，第64页。

◎图7　金桂：《妓女坠楼》，《点石斋画报》庚集第五，1886年。

这段题词意谓这妓女逃离妓院属于"嫖客之串提"行为，不合法规，不值得提倡。

《妓女坠楼》（见图7）中的"长仙堂妓"亦属于么二，图中妓女在茶楼上凭栏远眺，想引客人注意，却因栏杆折断而坠地。题词说：沪北茶寮生意不好，"妓院之上等者，亦屡北迁，是处纵有姊妹花向人招飐，而骚人雅客，间一经行，若将浼己"。[1] 因为不是上等妓院，风雅之士望而却步。题词对她们语带讽嘲，态度不甚友好。

对于街头拉客的野鸡或花烟馆的女堂倌，画报的态度则极其鄙视，予以指斥。《野鸡入笼》（见图8）说野鸡陈文卿与龟子串通欺负客人，客人告官，"蔡太守怒其设局串诈，判将妓与龟各枷十四天，以儆效尤"。[2]《鞭责女堂》（见图9）和《台基游街》（见图10）显示花烟馆女堂倌与台基妓女无证从事性交易，因

---

[1]《妓女坠楼》，载叶汉明、蒋英豪、黄永松校点《〈点石斋画报〉全文校点》，香港：商务印书馆，2014年，第82页。

[2]《野鸡入笼》，载叶汉明、蒋英豪、黄永松校点《〈点石斋画报〉全文校点》，香港：商务印书馆，2014年，第240页。

◎图8 蟾香：《野鸡入笼》，《点石斋画报》酉集第五，1890年。

◎图9 吴友如：《鞭责女堂》，《点石斋画报》丁集第九，1885年。

◎图10 明甫：《台基游街》，《点石斋画报》亨集第八，1897年。

违法而遭到惩罚。[1]

从标题上看，画报对长三使用"好义"或"韵事"，对幺二用"同逃"或"坠楼"，对野鸡和女堂倌则用"入笼""鞭笞""游街"，可见其立场褒贬分明。但同时，这实际上也是以租界法制为依据的，如《惊散鸳鸯》所示，即使对于林黛玉那样的名妓也不例外。《埋香韵事》和《妓女坠楼》里的文人，无论是长三的知音还是远离幺二者，皆居于等级制度的顶端，其实起到了帮衬法制的作用。《女堂游街》图中的一段对白颇能说明问题：因为官府取缔花烟馆，有人打抱不平，认为长三、幺二和日妓、女堂倌一样操皮肉生意，为何当局只取缔女堂倌，显然有欠公道。答者说，"长三、幺二，非境遇舒展者，不轻入其门"，意谓去妓院的是经济"舒展"者，而日妓用茶不用鸦片烟招待客人，危害不大，但是花烟间专供吸烟，不择手段骗人钱财，环境龌龊，女堂倌以色相引诱，"败俗伤风，至于此而极矣"，因此当局依法杀一儆百，是有道理的。[2] 这番辩解体现官方的惩罚标准含有对合法交易与消费等级方面的考量。

《海上花列传》具体而微地表现了妓女等级制度，展演了金钱与欲望的悲

---

[1] 《鞭责女堂》，载叶汉明、蒋英豪、黄永松校点《〈点石斋画报〉全文校点》，香港：商务印书馆，2014年，第49页；《台基游街》，载叶汉明、蒋英豪、黄永松校点《〈点石斋画报〉全文校点》，香港：商务印书馆，2014年，第573页。

[2] 《女堂游街》，载叶汉明、蒋英豪、黄永松校点《〈点石斋画报〉全文校点》，香港：商务印书馆，2014年，第49页。

喜剧，贯穿小说始终的赵朴斋和赵二宝是个缩影。兄妹俩先后从乡下来到上海，前者看中幺二陆秀宝，没钱而碰钉子，只能找上野鸡王阿二，后来分文莫名，沦为人力车夫。后者则在施瑞生帮助下挂牌自立堂子，一心想嫁给世家出身的史公子，结果被抛弃，悲惨不已。两人皆缺乏经济与文化资本而被等级制度碾压。王莲生原是长三沈小红的相好，为了省钱，转而资助刚从幺二升格为长三的张蕙贞，替她借寓所，买家具和置办头面。沈小红在明园痛打张蕙贞，王没陪张回寓所，又与沈藕断丝连，后发现沈妍搭戏子小柳儿而打砸妓院。王的这些行为都跟他顾及颜面有关。李实夫瞒着侄子偷偷去花烟间嫖了野鸡诸十全，染上梅毒，也是贪便宜的恶果。

第十九回描写"时髦倌人"屠明珠，一个高级长三，年老色衰，却拥有五层楼房和数个雏妓。她接待黎篆鸿这样的贵人，吃西菜，邀三个戏班轮番演唱，说明她的经济与文化资本非同一般。另一例子是李漱芳，心气高傲，因不能以正室的名分嫁给陶玉甫而抑郁，终于致死。与李漱芳形成对比的是黄翠凤——一个强势的长三。她借助罗子富，为自己赎身，开业成为老鸨，感情上又脚踏两条船，与旧相好保持关系。

《点石斋画报》与《海上花列传》在表现妓女的等级制度时，或明或晦地对现有经济与城市秩序持肯定态度。官府惩治野鸡或女堂倌，是为了维护色情业的合法经营。长三、幺二与客人的感情关系，从结识到结合须经过一套复杂程度不同的消费程序，妓院里老鸨、娘姨与男仆（称"乌龟"）各有职司。这些行规划定工作范围和社会阶层，确保妓院的正常运转。如男仆不许去其他妓院嫖妓，或妓女不许与戏子谈情说爱，否则会降低妓院评价和妓女身价进而带来经济损失。画报《小龟出丑》中，幺二妓院里抬轿的阿和召妓女蔡文卿侑觞助兴，被蔡认出而遭骂，阿和"立掷洋三元，强拉就坐，妓不顾而去。次日，龟党以'龟嫖龟，须罚三担灯草灰'援例，与阿和评论。阿和自知理屈，愿以香烛服礼，始得寝事"。[1]《左右做人难》中有嫖客发现妓女和戏子在一起，觉得自己受了侮辱而破口大骂。题词说：

娼优一体也，故伶人不准妓院闲游，各处咸有通例。而沪壖淫贱之妓，则偏喜与伶人交。然为狎客侦知，羞与为伍，每多绝足不至；故妓虽眷伶，尚恐自颓声价，必多方隐瞒。[2]

这"通例"与"身价"是等级制度能成立的硬件和软件。

画报和小说都肯定官府和巡捕整治种种有碍都市发展的乱象的行为，若从更为深广的层面看，自然也赞扬种种都市建设的成就。举两个例子：小说第

---

[1]《小龟出丑》，载叶汉明、蒋英豪、黄永松校点《〈点石斋画报〉全文校点》，香港：商务印书馆，2014年，第535页。
[2]《左右做人难》，载叶汉明、蒋英豪、黄永松校点《〈点石斋画报〉全文校点》，香港：商务印书馆，2014年，第223—224页。

十一回里描写三马路上失火，王莲生目睹了救火的情景，外国巡捕把皮带与马路边的水龙头对接，有效控制了火势。并且王莲生是买了保险的，即使他的居处被烧了，他也会得到赔偿。[1] 第二十八回则有外国巡捕在屋脊上追捕赌客的情景。[2] 这些在《点石斋画报》中都有所表现，《救火奇法》称赞了水龙头的神奇效应，《贤令捉赌》是对巡捕成功捣破虹口的赌场的报道。[3]

三、洋场文人与上海地志书写

自19世纪60年代开始出现的许多关于妓女的著述，大致可分三类。第一类属于冶游笔记、花史和花榜，如王韬撰《海陬冶游录》、邹弢撰《春江花史》、忏情侍者撰《海上群芳谱》、蕙兰沅主编《海上青楼图记》，乃至1897年李伯元主编《游戏报》上的花榜选举等，这类著述为名妓立传，起广告作用。第二类则属"狭邪小说"，如韩邦庆著《海上花列传》、邹弢著《海上尘天影》、吴趼人著《海上名妓四大金刚奇书》、李伯元评《海天鸿雪记》与孙家振著《海上繁华梦》等，褒贬不同地描述青楼生活。第三类是游记、回忆录、城市导览等，皆属租界的历史书写，如王韬著《瀛壖杂志》、葛元煦著《沪游杂记》、黄式权著《淞南梦影录》、邹弢著《春江灯市录》《游沪笔记》、池志澂著《沪游梦影》与谈瀛客编《申江时下胜景图说》等，具导览性质，这类书在当时被视为一种新的"纪事"类型。邹弢在《游沪笔记》中的《纪事珠》中说：

沪北一隅，本荒烟蔓草之区，故鬼磷青白杨风惨。自开租界之后，繁华热闹，气现金银，于是墨客文人，传之笔墨，如王紫诠师之《海陬冶游录》、袁翔甫先生之《海上吟》、黄式权茂才之《淞南梦影录》《粉墨丛谈》、朱子美之《词媛姓氏录》、毕玉洲少尉之《海上群芳谱》《沧海遗珠录》《花雨珠尘录》，皆为著名之书，余于光绪九年曾著《春江灯市录》四卷、《花史》四卷。[4]

邹弢明确表明自开租界之后，出现这些有关上海的书写，并且他把花史和地志看作同一类。

贺萧、吕文翠和叶凯蒂都以这三类著述为研究材料。本文将对第三类略作考察，说明它们旨在打造新上海都市形象，包括妓女等级这一景观，也显示文人、妓女与租界当局之间共存合谋的关系，且这些情况都符合当时所谓的都市文明秩序要求。

王韬是"新型口岸文人"的典范。

---

[1] 韩邦庆：《海上花列传》，南昌：百花洲文艺出版社，1993年，第95页。

[2] 韩邦庆：《海上花列传》，南昌：百花洲文艺出版社，1993年，第232页。

[3]《救火奇法》，载叶汉明、蒋英豪、黄永松校点《〈点石斋画报〉全文校点》，香港：商务印书馆，2014年，第491页；《贤令捉赌》，载叶汉明、蒋英豪、黄永松校点《〈点石斋画报〉全文校点》，香港：商务印书馆，2014年，第272页。

[4] [清] 瘦鹤词人：《游沪笔记》卷三，上海：咏哦斋，1888年，第32ab页。

他在1849年从吴中至上海，开始在传教士的墨海书馆打工，感到屈辱，对西方文化持抵触情绪。1861年，他又因得罪清廷而避祸于海外，1884年回沪被聘为申报馆总编纂和格致书院主持，转向与西方势力积极合作，在《申报》上发表时评，在《点石斋画报》上刊出小说《淞隐漫录》。一大批文人紧随其后，几乎主宰了本地印刷媒介的文化生产。

王韬始终钟情于青楼，其《海陬冶游录》作于1860年，叙述了上海青楼业的历史变迁。原来妓院集中在老城厢里，1853年因太平天国战乱，大批难民逃至上海，租界上出现新兴妓业。在自序中，他十分心仪清初余怀的《板桥杂记》，该书描写了李香君、卞玉京、董小宛等色艺无双、可歌可泣的妓女，还在记载文人的风流韵事之余表达了对王朝兴衰的感叹。王韬感叹今不如昔，"未闻金屋之丽人，能擅玉台之新咏"，租界妓业不复诗酒雅宴，而"脂粉于焉为妖，是人肉櫐，是野狐窟焉尔"，充斥着恶俗肉欲。尽管如此，他"降格求真"，所谓"花天酒地，亦为阅历之场；红袖青衫，同是飘零之客"，在因战乱而沦落风尘的女子当中也有少数才情不俗的，与他这个自叹不得志的落魄才子产生沦落天涯、相怜相惜之情，同时"由盛观衰，大有乱离之感；因今念旧，弥兴身世之悲"，他又把自己的落魄遭遇与王朝末世相联系，于是写了《海陬冶游录》。[1]

文人与名妓的传奇中，如钱谦益与柳如是，或冒辟疆与董小宛，文人若能抱得美人归，需要一定的经济和文化资本。而王韬对明末浪漫遗风的向往，只是一种伤感怀旧。书中叙述他与明珠的故事：

> 明珠手瀹茗与余絮语，谓余曰："儿得千金，构屋城外，曲房小室，幽轩短槛，环植花卉，若得此与君偕老于中，何如？"余笑而允之。嗟夫！天涯杜牧，沦落甚矣，安有十斛明珠，买此娉婷贮之金屋耶？[2]

明珠愿意跟他，描画的前景十分幽雅，不过要有房，且在租界内。这对在洋人手下打工的王韬来说，简直是天方夜谭。这故事颇为典型，他的门生邹弢也是如此。邹弢在报馆任职，与妓女汪畹香很投缘，为了赚钱，去长沙做江建霞的幕府，与汪约定回来后娶她，然三年后回来，已人去楼空，汪嫁了他人。他的小说《海上尘天影》即以这段情缘作为引子。

王韬后来又作《海陬冶游录》的《续录》与《余录》，记载了十九世纪六七十年代租界妓业的发展情况。起先妓女们分布在洋泾浜、城里虹桥一带，所聚处以"堂"为名，多者三四十妓女，以"堂顶""堂底"分高下级别。[3]后来

---

[1] [清]玉魫生：《序》，载《海陬冶游录》，朱剑芒编《章台纪胜名著丛刊》第十二种，上海：世界书局，1936年，《序》第2页。

[2] [清]玉魫生：《海陬冶游录》，载朱剑芒编《章台纪胜名著丛刊》第十二种，上海：世界书局，1936年，第6页。

[3] [清]玉魫生：《海陬冶游录》，载朱剑芒编《章台纪胜名著丛刊》第十二种，上海：世界书局，1936年，第2—3页。

租界铺设了马路,妓院大多在四马路一带,逐渐形成了长三、幺二的等级制度:

> 沪上租界,街名皆系新创,如兆富里、兆贵里、兆荣里、兆华里、东昼锦里、西昼锦里,教坊咸萃于此。此外如日新、久安、同庆、尚仁、百花、桂馨各里,亦悉系上等勾栏所居,俗称板三局。
>
> ……………………
>
> 青楼中以长三为上等,人众者谓堂名,人寡者谓住家,侑酒留宿,率以佛饼三枚,既订香盟,谓之加茶碗,以别于众客。其次等为幺二,自称私局,客来缔好,所陈瓜果四碟,谓之装干湿,破费客囊银钱一饼而已。至取夜合资,则二元也。亦有以幺二排场而收长三身价者,谓之二三。[1]

除"长三""二三""幺二"外,书中还记载等级更低的妓业:

> 等而下者,曰花烟馆,门悬小琉璃灯,以招客,其数不可胜计。更有女堂烟馆,以妖姬应接烟客,履舄交错,不堪入目,然掷金钱者如雨,一日所获,远胜缠头之资,近已禁绝。
>
> 沪上风俗之最坏者,曰台基,初则城内外皆有之,嗣历经有司严禁重惩,城内此风稍敛,洋泾浜之西,地稍静僻,藏垢纳污,指不胜屈,良有司要不可不设法,以杜此风也。[2]

对"等而下者"的贬斥,是一种基于经济与文化价值的判断。而花烟馆、台基的妓女们贪恋钱财,不择手段,毫不风雅,因此王韬以整顿"风俗"为由完全同意执法当局严厉取缔这类"藏垢纳污"的现象,这其实也是他对城市新秩序持肯定态度的表现。王韬在《续录》开头说:"壬戌之秋,余浮海至粤,自此遂与隔绝。其中素饮香名,夙推艳质,以翘举于花国而领袖于群芳者,唯有得之耳闻而已。"[3]《续录》所记录事迹至19世纪70年代末,其时他在香港,书中内容并非亲见,皆"耳闻"自沪上有关妓女的传记、竹枝词、花史与花榜等,但由这些书写他却惊异地发现"前后风景迥殊,规模亦稍异,不独倍盛于曩时为不同也"[4]。在他离沪的二十年里,青楼世界兴盛不已,长三们奢华时尚,亦不乏志高趣雅者,文士们在追捧名花之际流露艳羡、感伤或得意之情,无非是借等级制度自显其高雅身份。王韬显然受到感染,写道:"近日西洋马车多减价出赁,青楼中人,晚妆初罢,喜作闲游,每当夕阳西下,怒马东驰,飙飞电迈,

---

[1] [清]玉魫生:《海陬冶游录》,载朱剑芒编《章台纪胜名著丛刊》第十二种,上海:世界书局,1936年,第21—23页。

[2] [清]玉魫生:《海陬冶游录》,载朱剑芒编《章台纪胜名著丛刊》第十二种,上海:世界书局,1936年,第22页。

[3] [清]玉魫生:《海陬冶游录》,载朱剑芒编《章台纪胜名著丛刊》第十二种,上海:世界书局,1936年,第21页。

[4] [清]玉魫生:《海陬冶游录》,载朱剑芒编《章台纪胜名著丛刊》第十二种,上海:世界书局,1936年,第21页。

其过如瞥，真觉目迷神眩。"[1]赞叹之情溢于言表。《续录》收入多首竹枝词，如龙湫旧隐《申江元夜踏灯词》其一："申江无夜不笙歌，今夜笙歌分外多。十里红灯珠箔底，销金是处有行窝。"其二："天因佳节放新晴，涌出春江月色明。绿酒似波灯似海，万家鼓吹乐升平。"王韬说："阅之可以知闾里之繁华，睹升平之气象，而勾栏中豪情冶习，亦复略见一斑。"[2]文人意兴盎然，于此可见一斑。

1872年《申报》创刊，陆续刊出竹枝词，皆歌咏洋场生活，津津乐道时尚景观，其中就有龙湫旧隐的作品。就能及时看到作品进入大众之中传播这一点而言，以《申报》为代表的大众传媒给新式作家带来一种以前文人难以得到的喜悦。王韬描述时髦倡人：

青楼中衣饰岁易新式，靓妆倩服，悉随时尚。男子宽衣大袖，多学京装，而妓家花样翻新，或有半效粤妆者，出局时怀中俱有极小眼镜，观剧侑酒，随置座隅，修容饰貌，虽至醉，亦不云鬟斜軃，宝髻半偏也。[3]

这段文本与《申报》上逐臭夫《沪北竹枝词》的字句有重合处。[4]王韬另外提到的"梁溪潇湘馆主人"（邹弢）、"缕馨仙史"（蔡尔康）等，皆为沪上名士，是青楼常客、捧花高手。

王韬也是新上海地志书写的开创者，其《瀛壖杂志》刊于1875年，记叙明清以来上海的风土人情和历史沿革，最后一卷叙及租界的种种新事物。书中偶尔提到青楼：

自癸丑赭寇之乱，城中野鸡鸳鸯一齐飞去，虽事定复集，而旧巢尚在，故客渐稀。久之，乃移于城外环马场侧，酒地花天，别一世界，女闾成市，脂夜为妖，风俗淫靡可谓极矣！有心世道者，其能力挽狂澜乎？[5]

王韬对租界妓业的指斥与《海陬冶游录》中的观点如出一辙，此外他还征引了印江词客《竹枝词》里"幺二长三曲巷通，迷蜂醉蝶总花丛"之句，可以说他的描述与当时的洋场写作多有呼应。[6]

葛元煦1876年出版的《沪游杂记》虽是游记，也具方志性质，却与《瀛壖杂志》完全不同，集中叙述租界历史，以名词分类，对政商机构、市容景点、

---

1 [清]王韬生：《海陬冶游录》，载朱剑芒编《章台纪胜名著丛刊》第十二种，上海：世界书局，1936年，第25页。

2 [清]王韬生：《海陬冶游录》，载朱剑芒编《章台纪胜名著丛刊》第十二种，上海：世界书局，1936年，第27页。

3 [清]王韬生：《海陬冶游录》，载朱剑芒编《章台纪胜名著丛刊》第十二种，上海：世界书局，1936年，第25页。

4 1872年5月18日《申报》刊出海上逐臭夫《沪北竹枝词》："花样翻新任讨探，不愁妆束入时难。随身别有银套具，方寸菱花席上安。"注曰："青楼中衣饰岁易新式，更有极小眼镜，观剧侑酒，皆随置座间。"见顾炳权：《上海洋场竹枝词》，上海：上海古籍出版社，1996年，第10页。

5 王韬：《瀛壖杂志》，北京：中国文联出版社，2014年，第28页。

6 王韬：《瀛壖杂志》，北京：中国文联出版社，2014年，第96页。

文艺、娱乐及煤气、电灯、救火会等种种城市设施作百科全书全景式描述，也包括色情行业的长三、么二、野鸡、台基等条目。如"青楼二十六则"条中："长三，亦名住家，加茶碗及侍酒、住夜皆洋三元为长三。么二，亦名私局，叫干湿洋一元，戏酒、住夜皆洋二元为么二。"[1] "台基"一条则说：

> 设台基而借与人，从中得利，此沪上风俗之大坏者也。初则城内外皆有之，大率引诱良家妇女来家与人苟合，谓之"借台基"，叠经历任邑尊重惩，或游六门，或毁房屋。近来城内此风渐少，而洋泾浜之西地稍僻静，藏垢纳污，指不胜屈，殊令人发指焉。[2]

这一段中"洋泾浜之西"一句几乎完全抄自王韬的《海陬冶游录》。

书中有"租界禁例"二十余条，如禁马路上堆垃圾、小便，禁卖臭坏鱼肉，禁乞丐，禁聚赌殴斗等，都是租界当局制定的条例，旨在保持环境卫生与整洁，使城市符合文明标准。妓女的等级制度属于整个城市治理的一个部件，与租界禁例一样贯穿着法制精神，尽管并不成文。

《沪游杂记》对之后的作品影响深远，后来黄式权《淞南梦影录》、邹弢《春江灯市录》、池志澂《沪游梦影》与谈瀛客《申江时下胜景图说》等书具有同类性质，皆有对妓女等级的叙述，也都遵循了王韬的观点。[3] 如池志澂《沪游梦影》中一段描写颇为典型：

> 沪上妓院亦甲于天下，别户分门，不胜枚举。大抵书寓、长三为上，么二次之。书寓者，即女唱书之寓所也，其品甚贵，向时不屑与诸姬齿，今则长三亦书寓矣。……么二堂子皆寓于东西棋盘街，若书寓、长三则四马路东西荟芳里、合和里、合兴里、合信里、小桃源、毓秀里、百花里、尚仁里、公阳里、公顺里、桂馨里、兆荣里、兆贵里、兆富里皆其房笼也。楼深巷狭，曲折回环，夕阳初下，罗绮风柔，游客至此，真可歌"迷路出花难"也。房中陈设俨若王侯，床榻几案非云石即楠木，罗帘纱幔以外，着衣镜、书画灯、百灵台、玻罩花、翡翠画、珠胎钟、高脚盘、银烟筒，红灯影里，烂然闪目，大有金迷纸醉之概。客入其门，以摆台面为第一义，斯时觥筹交错，履舄纵横，酒雾蒸腾，花香缭绕。既而大菜一上，局妓纷来，铜琶银觯，珠唱云高，本楼倌人唱罢，外妓次第续之。《霓裳》同咏，飘乎欲仙，宋广平铁石心肠，

---

[1] 《沪游杂记》卷二"青楼二十六则"中对"长三""么二"的解释，见葛元煦：《沪游杂记》，上海：上海古籍出版社，1989年，第32页。

[2] 葛元煦：《沪游杂记》，上海：上海古籍出版社，1989年，第23页。

[3] 黄式权《淞南梦影录》卷一："上海风俗之坏，不坏于妓馆林立，而独坏于烟间、台基之属。盖妓馆至少须洋蚨一头，始能订交。若衣衫蓝褛，即不得其门而入。"这是以经济消费标准对色情业所作的判断；卷二对"女堂倌"和"野鸡"，也是批评、不齿的。见黄式权：《淞南梦影录》，上海：上海古籍出版社，1989年，第102、114页。《沪游记略》中对"长三""么二"及"野鸡"的叙述与池志澂相似。见《沪游记略》，载谈瀛客辑《申江时下胜景图说》卷上，上海：江左书林，1894年，第3b页。

未尝不为梅花颠倒矣！乃曲未终而射覆猜拳、赌酒角胜，歌声呼声错杂其中。既而酒阑珠散，醉舞蹁跹，留髡烛灭，芗泽微闻，酿芙蓉之膏，斟荈茗之壶，华胥一梦，几不知此身尚在人世间也！书寓、长三、么二之外，有衣饰房榻粗类堂子者曰"住宅"；亦有艳服夜游，群拥聚于茶室、烟寮，倚婢招人，曰"野鸡"；更有赤头大脚，专接泰西冠盖之流，曰"咸水妹"；亦有衰年淫姬，暗藏名花，勾引生客，曰"花客寓"；此皆名目卑污，附丽妓院，风雅者固不屑道。[1]

作者以"风雅者"视角描写在长三、书寓的销魂情景，充满对物质的迷恋，其实不那么"风雅"，且其对等级制度的肯定体现了一种基于经济消费的身份认同。在谈瀛客《申江时下胜景图说》中，"台基"条也袭自王韬。《沪游记略》又说：

沪上妓院亦甲于天下，别户分门，不胜枚举。大抵长三为上，么二次之，若花烟间则品斯下矣。……其他装饰简略粗类于妓院者，曰住宅、曰野鸡，名目卑污；附丽于妓院者，曰台基、曰女堂，风雅中人不屑齿。[2]

这一说法则袭自池志澂的《沪游梦影》。有趣的是，谈瀛客在《申江陋习》中说"游长三者以么二为耻"，但作者说这种耻辱感其实是五十步笑百步，"此辈供吾人之娱乐，吾人岂藉此辈定身份哉"。[3] 这辩解反而道出在长三与么二的鄙视链中含有嫖客的"身份"焦虑。

池志澂提到的长三之前的书寓，应当是在等级制度形成之前的一种群体，凡研究上海妓女史的都会提到她们。王韬在《淞滨琐话》中说：

前时书寓，身价自高出长三上。长三诸妓，则曰校书，此则称之为词史，通呼曰先生。凡酒座有校书，则先生离席远坐，所以示别也。……书寓之初，禁例綦严，但能侑酒主觞政，为都知录事，从不肯示以色身，今则滥矣。[4]

书寓盛行于"同治初"，即19世纪60年代，她们从小接受演技训练，在行会中须经过考核，方能挂牌，且"卖艺不卖身"。书寓随着长三的出现渐渐衰落，所谓"今则滥矣"，也是出自王韬的追述。《海陬冶游录》里无"书寓"之称，只说"梅家弄以梅宣使得名，地颇幽僻，每有丽姝，避喧就寂，僦屋其中，靓妆雅服，位置自高，羞与坊曲中伍"[5]。她们的唱曲技艺不一定高超，但洁身自好，不轻易与客人发生关系，或许是这

---

[1] 池志澂：《沪游梦影》，上海：上海古籍出版社，1989年，第163—164页。

[2] 《沪游记略》，载谈瀛客辑《申江时下胜景图说》卷上，上海：江左书林，1894年，第3b页。

[3] 《申江陋习》，载谈瀛客辑《申江时下胜景图说》卷上，上海：江左书林，1894年，第4b页。

[4] 王韬：《淞滨琐话》，济南：齐鲁书社，2004年，第299页。

[5] ［清］玉魫生：《海陬冶游录》，载朱剑芒编《章台纪胜名著丛刊》第十二种，上海：世界书局，1936年，第1页。

个原因让安克强把她们视为书寓。[1] 邹弢在1888年出版的《春江灯市录》里说："平康名目不一,最上者为书寓,其次长三,其次二三,其次幺二,最下者为花烟馆。"[2] 他也把"书寓"置于长三之上,其书描述这类"住家妓,妆束多尚素淡,宛似良家闺阁,雅洁无华,且身价自高,不屑与青楼姊妹为伍。非其所眷,则冰心铁面,未肯轻交一言、送一笑。故欲选高唐之梦,行神女之云,除平时所欢,惟怀赍郎布金施舍,始得把臂罗帏,一亲芗泽。余来游已晚,闻向日住家生涯极盛,今亦有漂账者矣"。[3]

她们的衣饰不追求时髦,仅招待中意者,金钱难买其芳心。邹弢于1881年来上海,说自己来晚了,书寓已不复存在。他又说:

> 书寓、长三、幺二,名目虽殊,妓则更移无定。有幺二、长三升改书寓者,有书寓降为幺二、长三者,大抵视生涯之衰盛,定趋向之从违。惟无凝香儿歌唱之能,则不得进于书寓,且仅可偷期,例不陪宿,所应客者,一曲清歌而已。不习乎此,虽善于周旋,亦不可定其位置。[4]

从上述文字可知长三、幺二兴起后仍有书寓做派的妓女,这对于追求满足欲望的客人来说,就望而却步了。

书寓逐渐被淘汰,是可以理解的。由于等级制度,妓院作为公共社交空间,供需双方明确各自的目的并遵守共同的游戏规则,循序渐进的交往仪式给感情带来测试、选择与延缓的快乐,妓女在客人方面也获得明码标价的身份;这过程是集体参与的,随机而共情,不同来路的人们围坐酒桌,互相交换信息,建立有利于发展的人脉,寻找契机。

像王韬、邹弢那样的文人对书寓情有独钟,如《海陬冶游录》和《春江灯市录》所示,让他们念念不忘的是那些艺技绝伦、孤高自赏的才妓,他们会在回忆和欣赏中寄托时不我与的盛衰之感。1892年邹弢遇见汪畹香时,便一见倾心。他如此描述汪畹香:

> 性静逸,有林下风,治事有心计,酬应之外,手一卷以自娱,不蹈时习也。尤多情,对客默然,遇可意者,则娓娓纵谈,披襟露抱,缠绵肫挚,使人之意也消。沪上为中外通商总汇,来游者非以势矜,即以财胜,女史视之蔑如也。[5]

这活脱一幅书寓的写真。虽然邹弢与汪畹香未成眷属,这段关系却成为他创作《海上尘天影》的灵感源泉。

---

[1] 安克强:《上海妓女:19—20世纪中国的卖淫与性》,袁燮铭、夏俊霞译,上海:上海古籍出版社,2004年,第24—27页。

[2] 邹弢:《春江灯市录》卷二,上海:二石轩,1888年,第13a页。

[3] 邹弢:《春江灯市录》卷二,上海:二石轩,1888年,第14a页。

[4] 邹弢:《春江灯市录》卷二,上海:二石轩,1884年,第13a—15a页。

[5] 邹弢:《海上尘天影》,南昌:百花洲文艺出版社,1993年,第1—2页。

结语

娼妓业在中国由来已久,其在世界上也是普遍现象。晚清上海妓女等级制度的形成,与租界的政治、经济管制密切相关。安克强在《上海妓女》中指出,英国、法国、意大利等国都存在妓女现象,租界所实施的也是资本主义的管治方式,只是在上海会牵涉到公共租界、法租界和清政府不同的管治方式及其复杂关系的问题。大体来说,租界管治以法制为基础,使妓女享有作为市民的平等权利,且提供某些保护措置,如教会所办的"济良所"允许妓女自愿脱离妓院或状告老鸨的欺凌。[1] 如上述《点石斋画报》所示,《惊散鸳鸯》中洋人巡捕对林黛玉从宽发落;《鞭责女堂》呈现的"会审公堂"情景中,华洋官吏一起审判花烟馆的女堂倌;《台基游街》中执法的是中国巡捕。王韬等人对"藏垢纳污"的"台基"严加指斥,上海地方官府对它的打击尤为严厉。台基勾引良家妇女,包括有夫之妇、富家闺女、女学生等,所以"台基是一种败坏道德、扰乱家庭的行为"[2]。陆士谔的小说《新上海》第十回对台基的情形有较为详细的描写。[3]

1875年,长三人数近500人,对当局来说,她们不啻是一个经济实体,是可观税收的来源。有资料显示法租界自1862年至1911年有向妓院征收营业执照税的情况。公共租界的征税情况不甚清楚。[4] 不过1864年6月28日工部局发布告示:"洋泾浜及内外虹口一带开设之娼、赌、土行、戏馆、茶馆、酒店、烟馆、书院、押店及抬客轿等业,自本月底以后,不准无执照者仍开前业。"[5] 另外不可忽视的是,长三们及其所属妓院的高档消费,从钟表、家具、首饰到服装,基本上是由外商开办的洋行提供的。

自19世纪60年代大量移民进入租界之后,色情业与城市同步发展,渐渐形成了等级制度,这与妓院的管理机制、职务分配密切相关。的确,妓女等级制度产生于男性想象与妓女的自身实践,但是没有租界的法制管治是不可能的,或可说租界的法制管治扮演了关键角色。叶凯蒂指出,19世纪70年代文人打造了妓女的新形象,体现了"租界商品精神",且含有"身份认同的焦虑"。[6] 叶中强认为晚清自王韬以来的租界文人对城市表现了既"疏离"又"认同"的心态。[7]

---

[1] 卧读生:《济良所发各妓院悬挂章程》,《上海杂志》卷二,载熊月之主编《稀见上海史志资料丛书1》,上海:上海书店,2012年,第42页。书中另有"济良所"条,解释此教会组织及其职能,见卷三,第71页。

[2] 安克强:《上海妓女:19—20世纪中国的卖淫与性》,袁燮铭、夏俊霞译,上海:上海古籍出版社,2004年,第316页。

[3] 陆士谔:《新上海》,上海:上海古籍出版社,1997年,第45—47页。

[4] 安克强:《上海妓女:19—20世纪中国的卖淫与性》,袁燮铭、夏俊霞译,上海:上海古籍出版社,2004年,第311—314页。

[5] 汤志钧主编《近代上海大事记》,上海:上海辞书出版社,1989年,第203页。

[6] 叶凯蒂:《上海·爱:名妓、洋场才子和娱乐文化1850—1910》,杨可译,香港:生活·读书·新知三联书店,2013年,第15页。

[7] 叶中强:《上海社会与文人生活(1843—1945)》,上海:上海辞书出版社,2010年,第7页。

若把等级制度看作特定历史时段的产物，那么文人与妓女在都市消费经济与文化的条件下经历了从传统到现代的转型。文人通过等级制度表现其风雅学养与品位，却愈益失去昔日的光环，其身份更取决于物质消费能力，于是这些文人更多表现出失落之情。他们从事文化生产，推进都市文明秩序，从而获得洋场文人的身份定位。从书寓过渡到长三、幺二，妓女趋于物质性与公共性，其服饰与生活方式成为都市的重要景观，产生引领时尚潮流的意义。嫖客须经过熟人介绍，通过"打茶围""摆台面"和"点蜡烛"等消费仪式方能与名妓确定契约式感情关系，某种意义上她们是有情的商品，较具文明与人性的色彩。对妓女来说，色相与交际手段决定了她们命运的起伏，而野鸡、女堂倌等底层妓女希图突破等级制度而获得金钱与欲望的满足，其间表现出边缘的挣扎与反抗。权力当局对她们的取缔与压制，如对待乞丐等的治理措施一样，皆属于福柯所说的"规训与惩罚"，是为建立都市文明秩序而进行的实践。

安德森（Benedict Anderson）在《想象的共同体》（*Imagined Communities*）一书中提出，小说和报纸是建构近代民族想象共同体的重要媒介。在晚清语境里，这种共同体与王朝从天下走向国家的新认知相一致，在租界资本主义与印刷技术的作用下，小说和报纸通过"同质的、空洞的时间观"塑造"四万万"国人的民族想象。戴沙迪（Alexander Des Forges）在《上海媒介领域》（*Mediasphere Shanghai: The Aesthetics of Cultural Production*）一书中指出韩邦庆创办了第一份文学杂志《海上奇书》并在上面连载《海上花列传》，石印技术使小说能以前所未有的速度和数量传递给广大读者，并以同质共时为基础创造了"穿插藏闪"[1]的叙事方式。当然，新媒介不光是小说与报纸，还包括画报，如《点石斋画报》被认为是"全球想象图景"和"全景世界观"，它将中外各国种种光怪陆离、耸人听闻的新闻事件绘制成图，并用题词传播新知与新价值观。[2]如《点石斋画报》刊出许多"西方美人"的图像，将自由恋爱、自由结婚、接吻、选美及女律师、女医师、女舵手、女官员等现代知识介绍进来，在全球资讯与价值传播的背景下，这些图像意味着中国女性的未来走向，事实也是如此。[3]

从技术角度看，美查在《点石斋画报》序言中声称画报采用一种"务使逼肖"的西式画法，像照相一样能表现事物的"毫发之细"，"能得远近深浅之致"，与"拘于成法"讲究"气韵"的中国画不同。《点石斋画报》采用照相石印制版，较大程度上引入了西画的透视主义，达到"逼肖"即近于真实的再现效果。上文提到《海上

---

[1] 韩邦庆：《例言》，见《海上花列传》，南昌：百花洲文艺出版社，1993年，第3页。

[2] 鲁道夫·G. 瓦格纳：《进入全球想象图景：上海的〈点石斋画报〉》，《中国学术》2001年第8期，第1—96页；包卫红：《全景世界观：探求〈点石斋画报〉的视觉性》，《文学与文化》2014年第4期，第33—51页。

[3] 陈建华：《摩登图释》，杭州：浙江大学出版社，2013年，第3—31页。

花列传》的"连载美学"与照相、石印的结合，单就时空表现的精确性而言，是一种新的叙事模式。画报和小说都是申报馆的文化产品，前者是近代第一份大型画报，后者源自第一份文学杂志，对媒介考古来说均具代表性。[1]

目前对《点石斋画报》的研究主要分两种。一种是以"图像证史"的方法，更重视图像题词；另一种从"看"与"被看"的角度探讨视觉主体，如唐宏峰将《点石斋画报》与鲁迅的幻灯片事件结合，探讨"看客"的视点。[2] 确实，这一事件涉及刽子手与围观者、鲁迅、教室里同学及读者的众多视点，足具视觉性解读的范式意义。[3] 然而，约翰·伯格（John Berger）在《观看之道》一书中开宗明义地说："正是观看确立了我们在周围世界的地位。"[4] 观看总是发生在具体的时空里，就像本雅明（Walter Benjamin）笔下的"游荡者"须臾不离巴黎的街巷。[5] 对《点石斋画报》来说，透视法引入了一种新的"眼见为实"的观看世界的方式，再现了人与城市的关系。妓女的形象塑造离不开鳞次栉比的商铺、高耸的洋楼、通衢与街巷、马车与人群，这与中外各地景观形成明显反差。《海上花列传》的叙事也同样受透视法的影响，围绕四马路一带的诸多妓院展开男男女女的罗曼史。每个人物犹如在一张城市地图上移动，可由具体的时间空间确认他们的位置。[6] 书中时间是按照西式钟点计算的，提及地点则具体到某条马路的某条弄堂，无一不合，体现了"照相写实主义"的基本特征。

《海上花列传》里有华众会茶楼、聚丰园、一品香餐馆以及四马路、大马路、宝善街、棋盘街、静安寺等地标性地点。长三妓女大多在四马路上，沈小红住西荟芳里，周双珠住公阳里，金巧珍住同安里，孙素兰住兆贵里，黄翠凤和林素芬都住尚仁里，各有以自己名字挂牌的"书寓"，妓院里都有家具、大洋镜、自鸣钟和各式灯具。陆秀林、陆秀宝姊妹等幺二属于棋盘街聚秀堂。王阿二等野鸡在花烟间、茶楼或马路上拉客。这些在《点石斋画报》中无不宛现眼前，如上文提到《花样一新》描绘了尚仁里的一桌酒席和妓女们的时装秀，《空心大老官》图绘西荟芳里，妓女正乘着轿

---

[1] 关于《海上花列传》《点石斋画报》与申报馆的关系，见吕文翠：《海上倾城：上海文学与文化的转异，一八四九——一九〇八》，台北：麦田出版社，2006年，第298页。作者认为《海上奇书》中的《海上花列传》的插图"皆出自《点石斋画报》主绘者手笔"。

[2] 唐宏峰：《透明：中国视觉现代性（1872—1911）》，北京：生活·读书·新知三联书店，2022年，第197—257页。

[3] 张慧瑜：《"被看"的"看"与三种主体位置：鲁迅"幻灯片事件"的后（半）殖民解读》，《文化研究》2008年第7期，第107—148页。

[4] 约翰·伯格：《观看之道》，戴行钺译，桂林：广西师范大学出版社，2005年，第1页。

[5] 本雅明：《发达资本主义时代的抒情诗人》，王才勇译，南京：江苏人民出版社，2005年。

[6] 韩子云：《海上花落：国语〈海上花列传〉Ⅱ》，张爱玲注译，上海：上海古籍出版社，1995年。书中卷首与卷末附有《〈海上花列传〉参考地图》，标出小说中主要妓院及其在各条马路的位置。叶中强指出，"《海上花列传》是一部以近代上海马路为文本架构的作品"，并对小说中人物的马路位置一一作了追踪。见叶中强：《上海社会与文人生活（1843—1945）》，上海：上海辞书出版社，2010年，第3—33页。

子应召出局，旁边是钱庄等店铺，《大闹龟兹》中某妓院的乌龟在公阳里嫖妓，与人发生口角而挨揍。[1] 画报丰富地表现了人与城市的日常生态与物质环境。

海德格尔（Martin Heidegger）指出，人类进入"世界图像"时代是现代性的标志，居伊·德波（Guy Debord）则认为"景观社会"铸塑了现代人的意识形态，这些都为人熟知。《点石斋画报》通过展示"全球想象图景"或"全景世界观"，使中国人开始"看"到世界的样貌，虽然这样貌仍是碎片式的。与本文直接相关的是南希·阿姆斯特朗（Nancy Armstrong）的《摄影时代的小说》（Fiction in the Age of Photography: The Legacy of British Realism）一书，此书以英国维多利亚时期的照相写实主义小说为例，提出"何为真实"的问题。摄影图像使人们认知肉眼所见的真实世界，而作为文化产品，其所呈现的人物与景观已含有社会成规与美学语码，因此人们所认知的是含有文化代码的"真实"。小说家也依据图像的类型化套式，加以仿照、调适或批评，与读者对真实的认知保持一致。[2] 英商美查有着维多利亚文化的背景，而作为《申报》旗下的《点石斋画报》和《海上花列传》带有照相写实主义的特征，似非完全偶然。

从租界的中外权力消长的角度看，这一波上海书写意味着华人及其民族意识的兴起，相对于开埠之后一向由西人主宰话语权来说，是一种进步。妓女扮演了现代性先驱的角色，与文人、租界当局之间产生合谋与制衡的三角关系，某种意义上构建了中产阶级体面生活的愿景，也在海派的都市文化史上留下了活色生香的一页。从文学角度看，《海上花列传》与《海上尘天影》传承《花月痕》《红楼梦》等言情小说而来，开启了描写妓家生活的都市小说的新类型。韩邦庆以照相般的逼真手法再现了人物与城市的关系，同时又超乎照相，有节制地以细节烘托典型人物，让人感动，耐人咀嚼，是为杰作。邹弢受传教士文化的影响，运用《红楼梦》式神话结构对汪畹香等一班妓女加以理想化处理，将她们的塑像供奉于百花祠中，让公众瞻仰，具有尊重女性的思想意义，虽然其写实与虚构的写法有欠真实。然长期以来它们在文学史上被称作"狭邪小说"，在人们的道德滤镜下，丰富的都市历史消失于记忆之河中。

（特约编辑：王宏超）

---

[1]《花样一新》，载叶汉明、蒋英豪、黄永松校点《〈点石斋画报〉全文校点》，香港：商务印书馆，2014年，第151页；《空心大老官》，载叶汉明、蒋英豪、黄永松校点《〈点石斋画报〉全文校点》，香港：商务印书馆，2014年，第121页；《大闹龟兹》，载叶汉明、蒋英豪、黄永松校点《〈点石斋画报〉全文校点》，香港：商务印书馆，2014年，第107页。

[2] Nancy Armstrong, "Introduction: What Is Real in Realism？", Fiction in the Age of Photography: The Legacy of English Realism, Cambridge, Mass: Harvard University Press, 1999, pp.1—12.

从历史叙事看十九世纪末的全球危机与"中国问题"

刘小枫 *

内容提要：1894年至1905年的十年被西方史学家称为"史无前例的全球危机时期"，而危机的表征是当时中华帝国面临被列强瓜分的可能。当时的美国相对于其他列强还处于边缘位置，但正竭力挤进这场对中国的瓜分中。在今天的国际政治大变局的语境中，重审那一时期美国学人的政治地理意识，对今天的我们来说具有现实意义。保罗·莱茵士是美国第一位远东地缘政治学家，他对中国的看法带有种族论色彩，呼吁美国应该责无旁贷地肩负起"白人的负担"。与此相反，荷马李则参与了康有为的保皇行动和孙中山的光复革命，他站在中国文明史的角度预言，古老的文明中国已经历了"六次沉沦与六次重生之轮回"，眼下正面临"第七次复兴"。通过对比一百多年前美国学人对中国的看法和中国学人对美国的看法，我们可以看到当时中国学人的政治地理意识的历史局限。

关键词：政治地理学史 保罗·莱茵士 徐继畬 荷马李

"China's Question" in the Context of the Global Crisis at the End of the Nineteenth Century: An Examination Through Historical Narratives

Abstract: During the decade between 1894 and 1905, Western historians referred to this period as an "unprecedented era of global crisis," characterized by the looming threat of partition faced by the Qing Dynasty by powerful foreign nations. At that time, the United States, while relatively peripheral compared to other imperial powers, was actively striving to participate in the carve-up of China. In the context of today's significant shifts in international politics, re-

---

* 刘小枫，男，中国人民大学文学院一级教授、博士生导师、古典文明研究中心主任。主要研究方向：古典诗学、古典政治哲学、比较古典学、政治史学。

examining the geopolitical consciousness of American scholars from that era holds practical significance for us. Paul Reinsch was the first American geographer specializing in the Far East, whose views on China were imbued with racial overtones, advocating that the United States should unreservedly shoulder the "white man's burden." In contrast, Homer Lea aligned himself with both Kang Youwei's royalism movement and Sun Yat-sen's restoration revolution. Approaching the issue from the perspective of Chinese civilization history, he prophesied that ancient and civilized China had experienced "six cycles of decline and rebirth," and was now on the cusp of a "seventh resurgence." By comparing the perspectives on China held by American scholars over a century ago with those of Chinese scholars on the United States, we can discern the historical limitations of the geopolitical awareness among Chinese scholars of that time.

Keywords: the History of Political Geography; Paul Reinsch; Xu Jishe; Homer Lea

---

现代国际政治史资深学者托马斯·奥特（Thomas G. Otte）曾说，1894年至1905年"是一段史无前例的全球危机时期"。因为当时的中国太过羸弱，"列强的扩张主义动态"肆无忌惮地升级，以至于这个文明大国成了列强"在欧洲之外所面临的最复杂"也"最紧迫的问题"：一旦中华帝国崩溃，列强为瓜分这一庞大帝国的废墟展开争夺，极有可能"引发世界末日大决战"。从这一意义上讲，"直到1905年，中国问题都使所有其他国际问题黯然失色"。[1]

1899年初夏，流亡日本的梁启超在《清议报》上连载长文《瓜分危言》（5月—8月），隔海呼吁国人不可认为中国面临被瓜分之危是危言耸听。他开篇就近乎声泪俱下地说，"西人之议瓜分中国"已有"数十年"之久，而中国的有识之士"知瓜分而自忧之"也有十年，但仅有"一二之识者，且汗且喘走天下，疾呼长号，以徇于路"。大多数中国智识人因"十余年不睹瓜分之实事"，"褎然充耳而无所闻，闻矣而一笑置之，不小介意"。梁启超痛斥这些"蠢蠢鼾睡者"不懂西人"深沉审慎，处心积虑"，瓜分行动"不轻于一发"，不过是因西人尚未完全掌握中国内情，且"各国互相猜忌惮于开战"罢了。[2]

梁启超的这篇《瓜分危言》足以证实，国际政治史家奥特的说法绝非虚言。整

---

[1] 托马斯·奥特：《中国问题：1884—1905年的大国角逐与英国的孤立政策》，李阳译，北京：生活·读书·新知三联书店，2019年，第1—2页。

[2] 梁启超：《瓜分危言》，载汤志钧、汤仁泽编《梁启超全集》第1册，北京：中国人民大学出版社，2018年，第716—719页。

整一百年后，中国再次成为列强所面临的"最复杂"也"最紧迫的问题"：昔日的列强仍然是列强，而且大多数已经结为同盟，不再各自为政，但新中国的复兴让它们深感"焦虑"。在19世纪末的那场"史无前例的全球危机"中，感到紧张的首先是大英帝国，因为它已经捏在手里的中国"蛋糕"正逐渐被其他新生列强分食。当时，美国相对于其他列强还处于边缘位置，但正在竭力挤进这场对中国的瓜分。而如今，深感"焦虑"甚至紧张的是"二战"后取代大英帝国且"更富侵略性的美国"。1994年前后，已经有美国的国际政治学家声称，"如果中国保持咄咄逼人的态势，而美国依旧那么天真"，那么"即便中美并不实际开战，它们之间的争夺也将成为21世纪头几十年中主要的全球争夺"。[1]

让人好奇的问题来了：美国作为一个政治民族"天真"过吗？与此相关的问题更值得问：中国作为古老的文明民族对美国的认识"天真"过吗？如果前一问题的答案是否定的，而后一问题的回答是肯定的，就有必要进一步问，我们"依旧那么天真"吗？[2] 要澄清这样的问题，今天的我们实有必要回顾19世纪末的那个"史无前例的全球危机时期"的某些关键性的历史片段。

19世纪末的那场危机的开端标志是，日本赢得甲午战争（1894年7月—1895年4月），夺取了朝鲜半岛，随即与俄国争夺对我国东北的支配权。1904年2月，日本海军未经宣战突袭泊驻我国旅顺口的俄国舰队，日俄战争爆发。一个月后，日本陆军在朝鲜平壤西南部港口镇南浦登陆，随即推进至鸭绿江左岸发起攻击，伺机夺取我国奉天（今沈阳）。5月，另一支日本陆军在我国辽东半岛东南登陆，迅速夺取俄国人控制的大连，从北面包抄旅顺。日俄双方的攻防战持续了大半年之久，1905年3月，日本终于夺取旅顺要塞。两个月后（5月），日本帝国海军在对马海峡伏击并几乎全歼远道而来的俄国波罗的海舰队。[3]

这一年，我国学人刘鸿钧依据日本学者野村浩一的著述编译的《政治地理》出版，开篇即述及领土性民族国家要义。[4] 据说，此书是我国第一部政治地理学教科书。如果它可以被视为我国现代政治地理教育的起点，那么，这个起点的确太低。毕竟，作者仅仅粗浅地罗列了当时世界各国的地理位置及其政治状况，对正在发生的世界历史百年大变局的种

---

[1] 理查德·伯恩斯坦、坦罗斯·芒罗：《即将到来的美中冲突》，隋丽君、张胜平、任美芬译，北京：新华出版社，1997年，第2页；比较罗伯特·卡根：《雄心和焦虑：中美之争》，载加里·J·斯密特主编《中国的崛起：美国未来的竞争与挑战》，韩凝、黄娟、代兵译，北京：新华出版社，2016年，第9—32页；吉原恒淑、詹姆斯·霍姆斯：《红星照耀太平洋：中国崛起与美国海上战略》，钟飞腾、李志斐、黄杨海译，北京：社会科学文献出版社，2014年，第116—133页。

[2] 杨玉圣：《中国人的美国观：一个历史的考察》，上海：复旦大学出版社，1996年，第9—17页。

[3] 原田敬一：《日清、日俄战争》，徐静波译，香港：香港中和出版公司，2017年；鲍·亚·罗曼诺夫：《日俄战争外交史纲（1895—1907）》，上海人民出版社编译室俄文组译，上海：上海人民出版社，1976年。

[4] 刘鸿钧：《政治地理》，汉口：湖北法政编辑社，1905年，第2—3页。

种苗头毫无觉察，对新兴大国——德国、美国以及日本智识界的政治意识状况更是只字未提。

也在同一年，英国记者西德尼·泰勒（Sydney Tyler）出版了图文并茂的《日俄战争：现代最激烈的军事冲突》（*The Russo-Japanese War: An Illustrated History of the War in the Far East*）。由于作者具有世界政治视野，直到今天，此书还是英语世界通俗史学的畅销读物（2017 年 Kindle 版发行量高达三百万）。在作者看来，与 19 世纪中期以来的三场战争（美国内战、普法战争以及当时在南非刚结束的布尔战争）相比，日俄战争明显具有更为重要的世界史意义，因为它不仅"对参战双方至关重要"，而且"对整个亚洲、欧洲和美国同样重要"。事实上，德意志帝国和美国也对这场在远东的战争"饶有兴趣"，两国紧盯着战争进程，"随时都可能加入交战国中的一方"。这意味着，"世界发展的整体轨迹必然取决于中国近海海域的控制权"究竟落在哪个现代帝国的手里。在曾任英国首相的本杰明·迪斯雷利（Benjamin Disraeli）眼里，历史上影响人类进程的重大事件只有特洛伊战争和法兰西大革命。泰勒认为，如果这种看法不无道理，那么他就有理由说，日俄战争"可以看作影响世界历史进程的第三个重大事件"。[1]

在泰勒眼里，中国对自己的近海海域没有发言权是自然而然的事情，因为甲午海战之后，中国已无海防可言。[2] 不过，一位英国的政治记者竟然有如此宏阔的地缘政治大视野，这应该让今天的我们感到好奇：他是从哪里获得这样的知识视野的呢？

一

在日俄战争爆发的四年前（1900年），美国著名的麦克米兰（MacMillian）出版社主持的"经济学、政治学、社会学公民文库"推出了一部大著——《十九世纪末的世界政治：东方处境的影响》（*World Politics at the End of the Nineteenth Century: As Influenced by the Oriental Situation*），作者是时年 31 岁的威斯康辛大学国际政治学教授保罗·莱茵士（Paul Reinsch）。他凭靠政治地理学知识敏锐地观察到，源于欧洲的"民族国家帝国主义"（national

---

[1] 西德尼·泰勒：《日俄战争：现代最激烈的军事冲突》，周秀敏译，北京：华文出版社，2021 年，第 1—3 页；David Wolff et al（eds.），*The Russo-Japanese War in Global Perspective: World War Zero*，Leiden: Brill, 2006. 比较同时期的三种战史文献：库罗帕特金：《俄国军队与对日战争》，A. B. 林赛 英译，中国社会科学院近代史研究所翻译室 中译，北京：商务印书馆，1980 年；Alfred T. Mahan, "Reflections, Historic and Other, Suggested by the Battle of the Japan Sea," in *US Naval Proceedings Magazine* 36, No. 2（June. 1906）: 447—471；朱利安·科贝特：《日俄海战 1904—1905：侵占朝鲜和封锁旅顺》，邢天宁译，北京：台海出版社，2019 年。基于科贝特的研究，阿尔弗雷德·马汉在其不断修改的海军战略教案中用了更多篇幅分析日俄战争，参见阿尔弗雷德·马汉：《海权战略》，简宁译，北京：新世界出版社，2015 年，第 253—284 页。

[2] 王宏斌：《晚清海防：思想与制度研究》，北京：商务印书馆，2005 年，第 245—247 页；比较韩剑尘：《日俄战争背景下晚清媒体海权意识之勃兴》，《江汉论坛》2017 年第 10 期，第 94—97 页。

imperialism）即将展开新一轮全球争夺，德国和美国是最重要的入场新手，而中国则是列强争夺和瓜分利益的核心地域。于是人们看到，在这部362页的大作中，有关中国地缘的内容所占篇幅最多（超过三分之一），其次是俄罗斯帝国，然后才是德意志帝国。显然，在莱茵士眼里，德国和俄国将是与美国争夺中国利益的主要对手，与比他仅小3岁的英国政治史学家拉姆齐·缪尔（Ramsay Muir）相比，两人的视野明显不同。[1]

保罗·莱茵士的论断依据的是一个政治现实：美国在打赢美西战争，从西班牙殖民者手中夺取菲律宾后，随即向英、法、俄、德、日、意六国发出外交照会（1898年12月），要求诸大国不可独占远东利益，中国的"门户"必须保持"开放"。这一事件的背景是，1898年3月，德国以武力胁迫清政府向其出租青岛，因企望青岛成为"德国的香港"，故要求租期与英国强行租借的广东新界一样为99年。俄国紧跟着以相同方式迫使清政府向其出租辽东半岛港口，还"强行获得了南满铁路哈尔滨至旅顺支线的筑路权"。法国提出了租借广州湾99年的要求，并附带要求获得在中国南方修筑铁路的专营权。日本赶紧发表声明宣称，中国东南的福建属于自己的势力范围，他国不得染指。美国财阀集团迫切地感到，自己的在华权益受到了威胁，遂鼓动舆论"惊呼美国资本有被关在满洲大门之外的危险"，纷纷"要求美国政府采取积极政策"保护美国商人的在华利益。[2]因此，美国政府以强硬姿态发出"门户开放"照会，高调介入俄国与日本争夺东亚的博弈，并紧盯德国进入东亚的种种举动。

1901年7月，义和团危机爆发。[3]借此时机，美国国务卿海约翰（John Milton Hay）再度重申"门户开放"，敦促欧洲大国和日本不要利用义和团事件"将中国瓜分成一块块正式的殖民地"。由于自由主义文明诸大国之间"依然相互猜疑"，而非因为美国两次申索拥有分享中国利益的自然权利，"中国名义上的独立"才免遭倾覆。事实上，当时海约翰手上已有"好几个应急计划"，一旦其他自由主义大国动手，"美国也动手攫取中国的领土"。日俄战争开打后，美国总统西奥多·罗斯福（Theodore Roosevelt）随即"鼓励美国的银行家向急需资金的日本政府提供贷款"，在他看来，美国的当务之急是阻止俄国在东北亚的扩张。威廉·塔夫脱（William Howard Taft）继任总统后（1909年），白宫又担心日本全面掌控我国东北经济，

---

[1] Paul S. Reinsch, *World Politics at the End of the Nineteenth Century: As Influenced by the Oriental Situation*, New York: The Macmillan Company, 1900/1904, pp. 86—205, 356—362. 比较拉姆齐·缪尔：《帝国之道：欧洲扩张400年》，许磊、傅悦、万世长译，上海：上海人民出版社，2021年，第91—128页。

[2] 沃尔夫冈·赖因哈德：《征服世界：一部欧洲扩张的全球史，1415—2015》，周新建、皇甫宜均、罗伟译，北京：社会科学文献出版社，2022年，第1197—1198页；戈列里克：《1898—1903年美国对满洲的政策与"门户开放"主义》，高鸿志译，哈尔滨：黑龙江教育出版社，1991年，第24、35页。

[3] 明恩溥：《清帝国之乱：义和团运动与八国联军之役》，郭大松、刘本森译，南京：江苏人民出版社，2021年。

政策又翻转过来，美国试图插足东北铁路，未料遭遇俄国和日本的联手排挤。[1]

西德尼·泰勒仅仅把日俄战争"看作影响世界进程的第三个重大事件"，即便在当时看来这也带有蒙蔽性，因为他只字不提几年前的美西战争——尤其是这场战争的东南亚战场——的世界史含义。1898年5月1日，杜威准将（George Dewey）率领美国远东舰队突袭马尼拉湾，凭靠"优越的军舰和熟练的炮术"，一举摧毁装备陈旧的西班牙远东舰队，据说世界海战史上还"从未有过如此轻而易举"的胜仗。消息传到美国，人们欣喜若狂，纷纷"细看地图和地理书"，寻找美国打胜仗的马尼拉湾在哪里，国会则投票表决向杜威准将致以谢意，并晋升他为海军少将。[2]

从全球化的历史进程着眼，美国从西班牙手中夺取菲律宾的战争比日俄战争更具世界史意义。尽管日俄两国争夺对朝鲜和我国东北的控制权凭靠的是欧洲现代文明的工业化动力，但这毕竟是赤裸裸的自然野蛮行径。与此不同，美国从西班牙手中夺取菲律宾时，高调打出了大西洋革命的自由民主旗帜。在此之前（1897年），菲律宾的反殖民志士已经移植"1895年的古巴宪法"，1899年元月，菲律宾的反殖民起义军成立了亚洲"第一个民主政体"，但美国凭靠自己的军事优势毫不迟疑地"把它给毁了"。2月4日晚上八点半，美国占领军对菲律宾人民军营地发起突袭，美菲战争（1899—1902）开打。起初，菲律宾人民军还有还手能力，2月22日夜，在欧洲受过训练的安东尼奥·卢纳（Antonio Luna）将军曾率领部队一度逼近美军占据的马尼拉。在菲律宾史学家眼里，这天碰巧是"华盛顿的生日"，颇具历史的讽刺意味。[3]

美军随即展开大屠杀。指挥官威廉·沙夫特将军（William R. Shafter）是德裔美国人，他基于大西洋革命理念认为，有必要"杀掉一半菲律宾人，以便剩下的菲律宾人可以摆脱目前半野蛮的生活，从而获得更高级的生活"。[4] 由于沙夫特将军在菲律宾屠人表现突出，夏威夷有以他的名字命名的港口，加州和得克萨斯州则有以他的名字命名的城镇。

美国从西班牙殖民者手中夺取菲律宾，意在参与当时的世界大国对中国市场的争夺。美西战争爆发之前，已经有国会议员呼吁，为了让美国摆脱经济危机，美国必须"注意太阳落下去的那片土地，注意太平洋"。毕竟，"只有在

---

[1] 迈克尔·谢勒：《二十世纪的美国与中国》，徐泽荣译，北京：生活·读书·新知三联书店，1985年，第38—40页。
[2] 格雷戈里奥·F. 赛义德：《菲律宾共和国：历史、政府与文明》，温锡增译，北京：商务印书馆，1979年，第381页；史蒂文·金泽：《颠覆：从夏威夷到伊拉克》，张浩译，上海：华东师范大学出版社，2007年，第38—39页。
[3] 沃尔夫冈·赖因哈德：《征服世界：一部欧洲扩张的全球史，1415—2015》，周新建、皇甫宜均、罗伟译，北京：社会科学文献出版社，2022年，第1229页；格雷戈里奥·赛义德：《菲律宾共和国：历史、政府与文明》，温锡增译，北京：商务印书馆，1979年，第405—408页。
[4] 布鲁斯·卡明思：《海洋上的美国霸权：全球化背景下太平洋支配地位的形成》，胡敏杰、霍忆湄译，北京：新世界出版社，2018年，第194页。

中国附近拥有一个基地，美国才能实现自己的目标"，菲律宾正好"为我们提供了一个基地"，因为马尼拉可以成为"香港的天然对手"。10月26日，时任美国总统的威廉·麦金莱（William Mckinley）对即将前往巴黎与西班牙谈判的美国代表团发出训令时，明确提到美国必须得到包括吕宋岛在内的整个菲律宾群岛，并首次提出了"门户开放"的诉求。显而易见，正是凭靠夺取菲律宾，美国才得以提出"自己独立的对华政策"——这意味着，在瓜分中国利益的"盛餐"上，美国"也可以与西方列强平起平坐了"。[1]

二

美菲战争开打是1899年2月的头号世界新闻。时年34岁的英国小说家兼诗人鲁德亚德·吉卜林（Joseph Rudyard Kipling）得知消息后，随即为美国人写了一首赞美诗《白人的负担》（The White Man's Burden），同时在英国的《泰晤士报》（The Times）和美国的《麦克卢尔杂志》（McClure's Magazine）上发表。吉卜林出生于一个印度的英国殖民者家庭，在英国本土接受教育后回到印度做政治记者（1882年），三年后逐渐转身为以随笔、诗歌

和短篇小说见长的政治作家。在这首浅白的政治诗歌中，吉卜林没有丝毫"委婉地敦促美国人吞并菲律宾"[2]：

肩起白人的负担——
派出最好的人选——
把你们的儿子流放到异乡
去满足俘虏的需求，
在沉重的枷锁中服侍
桀骜不驯的家伙——

你那些新捕获的阴沉的人种
半是魔鬼半是孩童[3]

吉卜林写下这首诗并非心血来潮。半年前，当美军登陆菲律宾群岛时，他就"开始变得亢奋，畅想着大西洋彼岸的那个国家美国最终将与英国一起分担重任，教化世界上落后地区的民众"。如今，菲律宾人竟然起兵反抗，当然得用"沉重的枷锁"驯服这些"半是魔鬼半是孩童"的人。事实上，在一年多前（1897年）的长诗《白马》（The White Horses）中，吉卜林已经淋漓尽致地表达过这种自由主义帝国意识：现代欧洲文明有如"疯狂的白马要冲破一切阻拦，向上帝索取它们的美餐"——驾驭这匹白马的"狂野的白马骑士"理

---

[1] 王玮主编《美国对亚太政策的演变（1776—1995）》，济南：山东人民出版社，1995年，第111—115页；曹中屏：《东亚与太平洋国际关系：东西方文化的撞击（1500—1923）》，天津：天津大学出版社，1992年，第257—269页。

[2] 戴维·吉尔摩：《漫长的谢幕：吉卜林的帝国生涯》，张寅译，北京：生活·读书·新知三联书店，2020年，第154—160页。

[3] 吉卜林：《白人的负担》，转引自李秀清：《帝国意识与吉卜林的文学写作》，北京：对外经济贸易大学出版社，2010年，第161—162页。

应"挥舞马鞭，甩动马刺，给予畜群以前所未有的训示"。白马骑士和他"野性的白马"面对着地表上"全部的大海，永世嚼不尽的浩瀚"，召唤欧洲人种"投身于海流的翻跃"。在今天我们的某些文学批评家眼里，这样的意象"凝聚了西方文明中所有重要的、积极的内涵"。据说，由于这首诗作"既代表了勇气、荣誉感、牺牲精神等自亚瑟王时代以来的传统价值，也暗含着平等、宽容等具有普世意义的现代文明观念"，诗人吉卜林"跳出了狭隘的民族主义"。[1] 如此评价足以表明，说这话的人迄今还不知道一个历史常识：在 19 世纪末，自由主义与民族国家帝国主义不过是一块铜板的两面。事实上，19 世纪末到 20 世纪初的美菲战争，已经让当时的某些中国知识分子将此与中国的处境"联系起来"，并促使"他们认识到革命是当代世界的一种现代存在模式"，而诸如"人民"、国家、现代化和历史之类"相互缠绕在一起的主题"也因此"变得明确起来"。[2]

当今美国的地缘政治作家倒是看得很清楚：无论在那个时代还是今天，《白人的负担》这首诗"听来肯定是种族主义"的表达。这部"有些理想主义色彩的文学作品"以"富裕国家和发达国家对贫穷与欠发达国家所负有的责任"为由，"鼓励美国对于菲律宾的殖民统治"，呼吁美国人肩负起白种人的"教化使命"，这使得它成了"将帝国主义粉饰为人道主义的最好例子"。[3]

《白人的负担》刊发后，随即引发舆论界热议。西奥多·罗斯福与吉卜林有过一面之交，他对这位英国文人的诗才看不上眼，但这并不妨碍他承认，"从扩张主义的立场来看"，诗中所表达的意象"还是很有道理的"。[4]

保罗·莱茵士的政治地理学大作就产生于这样的时代语境，他虽然认为"民族国家帝国主义"的新一轮世界霸权之争将影响世界和平，但他同意吉卜林发出的召唤：美国应该责无旁贷地肩负起"白人的负担"。[5] 在威斯康辛大学的课堂上，为了激励美国青年树立起自由帝国主义的扩张精神，莱茵士对学生们说：

> 我们美国不再是一个农业国家，而是一个制造业国家，我们只能靠关注海外市场才能成功和富裕。我们不再能够

---

[1] 吉卜林：《东西谣曲：吉卜林诗选》，黎幺译，北京：人民文学出版社，2018年，第21—26页；黎幺：《译者序》，载《东西谣曲：吉卜林诗选》，《译者序》第6页。

[2] 卡尔·瑞贝卡：《世界大舞台：十九、二十世纪之交中国的民族主义》，高瑾等译，北京：生活·读书·新知三联书店，2008年，第115—123页。

[3] 罗伯特·卡普兰：《成败落基山：地理如何塑造美国的世界角色》，贾丁译，南京：南京大学出版社，2021年，第135页。比较 Judith Plotz, "How 'The White Man's Burden' Lost its Scare-Quotes; or Kipling and the New American Empire," in Caroline Rooney & Kaori Nagai (eds.), Kipling and Beyond: Patriotism, Globalisation, and Postcolonialism, London: Palgrave Macmillan, 2010, pp. 37—57.

[4] 戴维·吉尔摩：《漫长的谢幕：吉卜林的帝国生涯》，张寅译，北京：生活·读书·新知三联书店，2020年，第159页。

[5] Brian C. Schmidt, The Political Discourse of Anarchy: A Disciplinary History of International Relations, New York: State University of New York Press, 1998, pp. 70—75.

负担得起孤立的生活。[1]

19世纪末的自由帝国主义所凭靠的nation（民族国家）观念，本是欧洲基督教民族政治成长过程的"偶然产物"。在长达数百年的历史进程中，欧洲王国的君主政体无视罗马教权建立的国际秩序，通过国际战争形塑了自己的疆土和人民，由此产生的领土性国家意识催生了特有的nation观念。欧洲的地缘空间"决定了这些新的主权国家是好战的"，因为"它们当中没有一个拥有自己所需要的一切，而是彼此拥有所需要的东西"，这"诱使它们竞相去征服和掠夺"，侵略或所谓"防务"成了政策的重点。[2] 与此不同，美国作为nation的诞生源于英属北美殖民地脱离宗主国独立建国。对于美国人来说，nation这个语词还包含大西洋革命的独特意涵，因此其侵略或所谓"防务"无不带有自由民主的历史道义修辞。

三

法国大革命把nation的这一含义移植到欧洲，引发了一系列民族革命。[3] 差不多与此同时，在刚刚兴起的生物学、人类学、地理学的影响下，race（种族）含义进入了nation观念。一般认为，"种族主义"是"一种源自欧洲的现代现象"，这一说法大致没错，但未必确切。一旦考虑到盎格鲁-美利坚成为nation的历史含义及其对欧洲大陆的巨大影响，就应该说，种族主义是19世纪前半期的欧洲大国和作为nation的盎格鲁-美利坚催生出来的"一种意识形态和社会政治现象"。[4]

由于英美自由主义意识形态的巨大影响，今天的公共知识界很少有人知道种族主义与英美知识界的瓜葛，似乎种族主义是德意志人的专利。早在19世纪40年代，美国宾州大学的生物学家萨缪尔·墨顿（Samuel George Morton）就以人类种族起源的多元论闻名学界，由其学生编辑的代表作《人类的诸类型》（*Types of Mankind*）自1850年问世以来多次再版。[5] 在大不列颠帝国，则有

---

[1] Noel H. Pugach, *Paul S. Reinsch, Open Door Diplomat in Action*, New York: KTO Press, 1979, p. 31.

[2] 约瑟夫·熊彼特：《经济分析史》第1卷，朱泱、孙鸿敞等译，北京：商务印书馆，2009年，第228—232页；村上泰亮：《反古典的政治经济学：进步史观的黄昏》，张季风、丁红卫译，北京：北京大学出版社，2010年，第55—58页。比较拉努姆编《近代欧洲：国家意识、史学和政治文化》，王晨光、刘岑译，上海：华东师范大学出版社，2020年，第3—18页。

[3] 大卫·贝尔：《发明民族主义：法国的民族崇拜，1680—1800》，成沅一译，杭州：浙江大学出版社，2020年，第167—171、264—280页。

[4] 皮埃尔-安德烈·塔吉耶夫：《种族主义源流》，高凌瀚译，北京：生活·读书·新知三联书店，2005年，第8—14页。

[5] Josiah C. Nott & George Gliddon (eds.), *Types of Mankind*, Philadelphia: J. B. Lippencott & Co., 1854; George M. Fredrickson, *The Black Image in the White Mind: The Debate on African-American Character and Destiny, 1817—1914*, New York: Harper Torchbooks, 1972, pp. 74—78, 86, 132; John P. Jackson & Nadine M. Weidman (eds.), *Race, Racism, and Science: Social Impact and Interaction*, Santa Barbara: ABC-CLIO, Inc., 2004, pp. 45—48.

爱丁堡的著名解剖学家、生物学家兼作家罗伯特·诺克斯（Robert Knox），其代表作《人的诸种族：从哲学上探究种族对民族国家命运的影响》（*The Races of Men: A Philosophical Enquiry into the Influence of Race over the Destinies of Nations*）是史称"维多利亚种族论"的标志性作品。[1]

保罗·莱茵士在《十九世纪末的世界政治》中不时提到 race，这在当时美国的政治学界算得上是一种时髦。两年后，莱茵士又出版了一部大作——《殖民政府：殖民制度研究导论》（*Colonial Government: An Introduction to the Study of Colonial Institutions*）。在说到欧洲大国之间的殖民竞争时，莱茵士用"日耳曼种族"（the German race）来指称德意志帝国。言下之意，即便在欧洲的民族国家冲突中，也还包含种族冲突的要素。[2]

保罗·莱茵士虽然年轻，却是美国最早具有全球地缘政治意识的专业政治学家之一，并与美国最早一批全球扩张论者一起留名史册。[3] 他的老师弗雷德里克·特纳（Frederick J. Turner）以"移动边疆论"闻名学界，声誉更为显赫，甚至被视为美利坚民族国家史学的真正开山者。1893 年 7 月，年仅 32 岁的特纳在美国史学协会年会上宣读论文《边疆在美国历史上的重要性》（*The Significance of the Frontier in American History*），一举成名。他提醒美国人应该意识到，美国诞生于攫取西部的"自由土地"，美国的形成有赖于西部边疆的不断西移直至最终抵达太平洋。美国的政治地理学家称赞特纳"重新发现了美国"，而他的这篇论文在公众心目中的地位据说仅次于"《圣经》《美国宪法》和《独立宣言》"。[4]

四

据年鉴学派的史家大师说，现代西方具有全球视野的地理学开宗大师是德意志人亚历山大·洪堡（Alexander

---

[1] Robert Knox, *The Races of Men: A Philosophical Enquiry into the Influence of Race over the Destinies of Nations*, London: Henry Renshaw, 1850; Michael D. Biddiss, "The Politics of Anatomy: Dr Robert Knox and Victorian Racism," *Proceedings of the Royal Society of Medicine* 69, No. 4（1976）: 245—250. 比较 A. W. Bates, *The Anatomy of Robert Knox: Murder, Mad Science and Medical Regulation in Nineteenth-Century Edinburgh*, Eastbourne: Sussex Academic Press, 2010.

[2] Paul S. Reinsch, *Colonial Government: An Introduction to the Study of Colonial Institutions*, New York: The Macmillan Company, 1902, pp. 9—12, 16, 21, 33—38. 比较 Paul S. Reinsch, *World Politics at the End of the Nineteenth Century*, New York: The Macmillan Company, 1900/1904, pp. 24, 42—43, 235—239, 358—359.

[3] John M. Hobson, *The Eurocentric Conception of World Politics: Western International Theory, 1760—2010*, Cambridge: Cambridge University Press, 2012, pp. 20, 25, 121—123; Duncan Bell, *Dreamworlds of Race: Empire and the Utopian Destiny of Anglo-America*, Princeton: Princeton University Press, 2020, pp. 31—32, 37.

[4] 张世明、王济东、牛昢昢主编《空间、法律与学术话语：西方边疆理论经典文献》，哈尔滨：黑龙江教育出版社，2011 年，第 49 页；Thomas Bender, "Historians, the Nation, and the Plenitude of Narratives," in Thomas Bender（eds.）, *Rethinking American History in a Global Age*, Berkeley & Los Angeles: University of California Press, 2002, pp. 2—5.

von Humboldt）和卡尔·李特尔（Carl Ritter），然后就得算上弗里德里希·拉采尔（Frederick Ratzel）了。[1] 在今天看来，拉采尔的学术地位的确应该得到更高评价，因为他是第一个专门而且全面论述美国政治地理的欧洲地理学家。弗雷德里克·特纳的"边疆扩张论"虽然来自盎格鲁-美利坚自东向西扩张的政治成长史，却与拉采尔对美国的政治地理学观察不谋而合。从政治史学的角度看，德意志与盎格鲁-美利坚政治成长的连带关系问题，再怎么强调恐怕也不会过分。毕竟，正是这两个新生的欧洲政治单位自19世纪以来的迅速成长，以及美国两次跨洋介入欧洲老牌大国针对新生德国的战争，形塑了离今天最近的一场世界历史百年大变局。

晚清时期，我国学人已对亚历山大·洪堡有所介绍，"但很简单"，对李特尔也仅是"偶有涉及"，拉采尔则连"偶有涉及"也谈不上。1903年，《汉声》杂志第5期所刊《史学之根本条件》一文，译自日本史学家坪井九马三所撰《史学研究法》中的一章，其中提到拉采尔（译作"拉且儿"）的《人类地理学》（*Anthropo Geographie*），称他为所谓"地理环境决定论"的代表人物。[2]

犹太裔史学家埃米尔·赖希（Emil Reich）出生于奥匈帝国的匈牙利。1904年，他出版了在伦敦大学开设的"现代欧洲的基础"大课的讲稿。这位才华横溢的世界史学者早年在布拉格和布达佩斯接受教育，30岁时移民美国。在他眼里，自16世纪以来，欧洲大陆"一片混乱"，"没有一个君主政体或共和国由连续的领土组成"，因为它们无不"被另一个国家的属地分割中断"。赖希甚至认为，现代欧洲无异于古代希腊的翻版——"小希腊或西西里岛拥有数百个完全不同的自治城邦"，它们互不相容、相互敌对。与此形成对照的是，尽管欧洲人在19世纪"史无前例地移民到美国"，"但美国人民在社会、经济、政治和精神上却表现出最惊人的同质性"。因此，在讲述"现代欧洲的基础"时，埃米尔·赖希从盎格鲁-美利坚殖民地的独立讲起，而非从英国与西班牙或英国与法国的全球争霸讲起。随后，赖希用主要篇幅讲述拿破仑"同化欧洲"的失败，但赖希认为拿破仑的行为"显然改变了全球政治的面貌"。毕竟，在法国大革命把盎格鲁-美利坚的"民族国家独立精神"引入欧洲后，"欧洲数目众多的大小国家在19世纪的进程中越来越多地强调它们之间的种种差异"，以至于"每个政治个体都有一个最坚定的信念，那就是为自己的民族国家而战"。[3]

《现代欧洲的基础》（*Foundations of Modern Europe*）从盎格鲁-美利坚的"独立战争"起笔，以意大利半岛以

---

[1] 吕西安·费弗尔：《大地与人类演进：地理学视野下的史学引论》，高福进、任玉雪、侯洪颖译，上海：上海三联书店，2012年，第11页。

[2] 郭双林：《西潮激荡下的晚清地理学》，北京：北京大学出版社，2000年，第29—30、56—58页。

[3] 埃米尔·赖希：《现代欧洲的基础》，汪瑛译，北京：华夏出版社，2022年，第191—193页。

及德意志实现统一收尾。联系赖希随后发表的《头脑膨胀的德国》（Germany's Swelled Head）一书来看，他似乎认为，实现统一后的德意志与法兰西争霸欧洲，可比作斯巴达与雅典争霸地中海，而大英帝国则像是当年波斯帝国的角色。可见，赖希最终未能对盎格鲁-美利坚正在形成世界性帝国的历史冲动给予足够关注。虽然在19世纪后期，"许多美国人和欧洲人同样信心满满地预测，美国将完成对欧洲的经济同化"，赖希却不相信这一点。他尤其不相信当时在欧洲和盎格鲁-美利坚学界流行的"种族论"会成什么气候：

> 研究历史的人是时候放弃站不住脚的"种族"观念了。无论如何，在欧洲，历史不是由"种族"创造的，而是由各民族的精神活力和道德勇气创造的，此外还受到地缘政治的不断影响。[1]

随后的历史证明，赖希的观点过于乐观，他拥有的丰富历史知识也没有让他变得更明智。《现代欧洲的基础》比《十九世纪末的世界政治》仅晚四年，在今天看来，赖希的政治史学眼力不及拉采尔和莱茵士：拉采尔相信，德国要成为欧洲大国就得模仿美国；莱茵士看到，美国在未来的敌人主要是德国和俄国。尽管如此，赖希以利奥波德·兰克（Leopold von Ranke）的史学研究为楷模，把国际地缘政治视角引入史学，这又明显比莱茵士的国际政治学更具世界史的宏阔视野。

五

相比之下，无论在世界史还是国际地缘政治方面，我国同时代学人刘鸿钧的《政治地理》教科书中所显示的认知何其局促！但我们更应该对比的是：一百多年后的今天，我国读书人的政治地理学知识有了多大长进。

刘鸿钧在1905年编撰的《政治地理》还算不上是我国第一部现代政治地理教科书。在此半个多世纪前，也就是整个欧洲爆发民主革命那年（1848年），时任福建巡抚兼闽浙总督的徐继畬刊印了他编撰的《瀛环志略》。[2] 从美国传教士雅裨理（David Abeel）和其他西方传教士那里，徐继畬获得了对全球地理"大势"最为基本的认知，尤其是他得知了美洲：

> 以地球大势言之，三土（引按：指欧亚大陆）在东，亚墨利加在西。三土在地球之面，亚墨利加在地球之背也。……亚墨利加一土，与三土不相连。地分南北两土，北土形如飞鱼，南土似人股之著肥挥，中有细腰相连。[3]

---

[1] 埃米尔·赖希：《现代欧洲的基础》，汪瑛译，北京：华夏出版社，2022年，第194页。

[2] 吴义雄：《大变局下的文化相遇：晚清中西交流史论》，北京：中华书局，2018年，第235—266页；邹振环：《世界想象：西学东渐与明清汉文地理文献》，北京：中华书局，2022年，第242—245页。

[3] 徐继畬：《瀛寰志略校注》，宋大川校注，北京：文物出版社，2007年，第289页。比较王立新：《美国传教士与晚清中国现代化：近代基督新教传教士在

"亚墨利加"就是美洲。那时，在北美洲新生的欧洲政治单位正竭力向太平洋东岸殖民扩张。虽然《瀛环志略》基本上"仍然是一部传统的地志，而不是一部新型的近代地理著作"，但难能可贵的是，徐继畬已经感觉到，"西方殖民扩张的浪潮早已波及亚洲，中国实际上处于被包围的状态之中"。[1]

八年前，鸦片战争爆发（1840年5月），英军封锁珠江口并进攻广州未果，北上登陆长江口与杭州湾交汇处的定海（7月），直接威胁我国江浙沿海一带。魏源虽近半百，仍毅然弃笔从戎，入江苏巡抚兼两江总督裕谦的幕府，投身抗英之战，亲临前线侦察敌情，审讯英军战俘。1841年10月11日，裕谦因兵败自沉泮池以身殉国，不到一年，林则徐也被发配新疆伊犁充军（1841年6月），魏源愤而辞归，返回书斋，仅用两年即编成《海国图志》五十卷（1842年），次年刊行于扬州。此书以林则徐组织编译的《四洲志》即《地理百科》（The Encyclopaedia of Geography）为基础，史称我国甚至亚洲首部描述全球政治地理之作。面对英国舰队的现实威胁，魏源特别重视英国，所谓"志西洋正所以志英吉利"。[2]

四年后（1846年正月），广州越华书院监院梁廷枏刊行《海国四说》，其中有专述英国的《兰仑偶说》（四卷，"兰仑"系London的音译）和专述美国的《合省国说》（三卷，成于1844年），史称我国关于英国和美国的"国别史"草创之作。与其对英国的记叙相比，梁廷枏明显更为看重美利坚合众国，因为此新政体"创一开辟未有之局"，难免让人既"感而慨之"又"敬而佩之"。[3] 同样，徐继畬也更看重"大败不列颠帝国"的美国。《瀛环志略》记叙"北亚墨利加米利坚合众国"的篇幅，远多过对欧洲任何一国的描述，政治制度、商业贸易、财政金融、军事实力、交通运输、文化教育和宗教信仰，乃至殖民化过程以及美国独立革命故事，无所不及，其内容相当于美国政治地理简述。对美国当时26州的描述，除介绍基本地形和气候，还略述各州历史，甚至提到州立大学。尤其难得的是，徐继畬注意到美利坚人的西扩运动：

米利坚全土，东距大西洋海，西距大洋海，合众国皆在东境。华盛顿初建国时，止十余国。后附近诸国，陆续归

华社会文化和教育活动研究》，天津：天津人民出版社，1997年，第321—330页。

1 潘振平：《〈瀛环志略〉研究》，载任复兴编《徐继畬与东西方文化交流》，北京：中国社会科学出版社，1993年，第92页。

2 高虹：《放眼世界：魏源与〈海国图志〉》，沈阳：辽海出版社，1997年，第166、179—189页；郭双林：《西潮激荡下的晚清地理学》，北京：北京大学出版社，2000年，第107页；邹振环：《晚清西方地理学在中国：以1815至1911年西方地理学译著的传播与影响为中心》，上海：上海古籍出版社，2000年，第316—318页；邹振环：《世界想象：西学东渐与明清汉文地理文献》，第207—210、231—235页。

3 杨玉圣：《中国人的美国观：一个历史的考察》，上海：复旦大学出版社，1996年，第15—17页；王金锋：《梁廷枏》，广州：广东人民出版社，2004年，第31—32、36—38页。

附，又有分析者，共成二十六国。西境未辟之地，皆土番，凡辟新土，先以猎夫杀其熊、鹿、野牛。无业之民，任其开垦荒地。生聚至四万人，则建立城邑，称为一部，附于众国之后。今众国之外，已益三部。总统领所居华盛顿都城，不在诸国诸部数内。[1]

《海国图志》的初版尚显单薄，魏源随后两次扩写。第一次仅扩充十卷（全书共六十卷，1847年），第二次扩充至一百卷（1852年），篇幅几近增加一倍，其中采用了不少《瀛环志略》的材料，比如：

《瀛环志略》曰：欧罗巴诸国皆好航海，立埠头，远者或数万里，非好勤远略也，彼以商贾为本，计得一埠头，则擅其利权而归于我，荷兰尤专务此。[2]

徐继畬并没有这样看待美国，反倒是"因发现美国这个富有的国家充满魅力，甚至独一无二的政治体制而激动不已"。虽然《海国图志》和《瀛环志略》都"相当于近代西方的政治地理"类书籍，但相比之下，魏源对美国的记叙要克制得多。[3] 徐继畬对乔治·华盛顿（George Washington）不吝赞美之辞，就是显著的例子：

华盛顿，异人也。起事勇于胜广，割据雄于曹刘。既已提三尺剑，开疆万里，乃不僭位号，不传子孙，而创为推举之法，几于天下为公，骎骎乎三代之遗意。其治国崇让善俗，不尚武功，亦迥与诸国异。余尝见其画像，气貌雄异绝伦。呜呼！可不谓人杰矣哉。[4]

在魏源笔下，华盛顿并没有显得如此神勇。他认为，英美之战由于法国人"以全军"相助，英军才"不能支，遂与华盛顿和"，尽管法国"亦由是虚耗"，"国大乱"。魏源似乎更看重"用兵如神"的拿破仑，因为他在"国人既弑王"的历史时刻"乘势鼓众，得大权"，在"国人推戴"下即王位后，又"恃其武略，欲混一土宇，继罗马之迹"。[5]

徐继畬对美国迅速崛起的历史故事更感兴趣，据说因为它是成功"反抗欧洲人统治"的故事：

以美国反抗英国为发端，已有许多南美洲国家起而仿效，对抗西班牙。徐继畬这位坚决反对欧洲人向东亚侵略、

---

[1] 徐继畬：《瀛寰志略校注》，宋大川校注，北京：文物出版社，2007年，第301页。

[2] 魏源：《海国图志》，陈华等点校注释，长沙：岳麓书社，1998年，第1180页。

[3] 德雷克：《徐继畬及其瀛寰志略》，任复兴译，北京：文津出版社，1990年，第124—125、127页；龙夫威：《徐继畬与美国：一种特殊的关系》，载任复兴编《徐继畬与东西方文化交流》，北京：中国社会科学出版社，1993年，第23—25页；郭双林：《西潮激荡下的晚清地理学》，北京：北京大学出版社，2000年，第112—113页。比较魏源：《海国图志》，陈华等点校注释，长沙：岳麓书社，1998年，第1624—1626、1683—1685页。

[4] 徐继畬：《瀛寰志略校注》，宋大川校注，北京：文物出版社，2007年，第301页。

[5] 魏源：《海国图志》，陈华等点校注释，长沙：岳麓书社，1998年，第1226页。

渗透的儒家斗士，认准了美国是反对帝国主义的力量，是值得仔细考虑的潜在强国。[1]

的确，后来的不少中国知识分子在很长时间里都把美国视为"反对帝国主义的力量"，却没有认识到它本身就是一股新生的帝国主义力量。但是，要说徐继畬"认准了美国是反对帝国主义的力量"，则明显是夸大其词。直到今天，我国知识界对 19 世纪初的南美独立运动仍不甚了解，遑论徐继畬。事实上，"综观《瀛环志略》，对西方国家的赞美之词，可以说比比皆是"。[2] 王韬对徐继畬的评价更为贴近传统儒家的视角，在他看来，与《海国图志》相比，《瀛环志略》更为简明扼要：

顾纲举目张，条分缕析，综古今之沿革，详形势之变迁，凡列国之强弱盛衰，治乱理忽，俾于尺幅中，无不朗然如烛照而眉晰，则中丞之书，尤为言核而意赅也。[3]

《海国图志》和《瀛环志略》初刻时均遭冷落，甚至受到老派儒士攻击。第二次鸦片战争之后的同治五年（1866 年），总理衙门才开始重视《瀛环志略》，此书才"被同文馆选定为教科书"。自此以后，徐继畬对美国政体的倾慕便开始影响新生的中国志士。据说，曾国藩读过《瀛环志略》后，就成了"美国的崇拜者"。[4]《海国图志》对新生的美国虽不像《瀛环志略》那样推崇备至，但也不乏想当然：

国内规模律例已备，乃立与邻国相通之制，以绝后世边衅，令民视四海如一家，视异国同一体，遇列国纷争，劝和为尚。[5]

今天的人们没有理由责备《海国图志》和《瀛环志略》对新生美国似是而非的描绘。《海国图志》第二版问世之前 20 年（1827 年），因参加盎格鲁-美利坚人的分离主义叛乱而闻名的法国大革命名人拉法耶特侯爵（Gilbert du Motier）重访美国，在法国掀起一股崇美热，报刊上涌现出大量介绍美国生活和环境的文章。表面看来这些文章与政治无关，但对任何有洞察力的人而言，其政治倾向显而易见。当时欧洲的激进共和派人士"需要一个具体和令人信服的模式，而美国刚好提供了这一模式"。他们所推崇的"美国"显然并不真实，它更多是一个"思想和字面上的抽象概

---

1 德雷克：《徐继畬及其瀛寰志略》，任复兴译，北京：文津出版社，1990 年，第 130 页。

2 章鸣九：《〈瀛环志略〉与〈海国图志〉比较研究》，载任复兴编《徐继畬与东西方文化交流》，北京：中国社会科学出版社，1993 年，第 166 页。

3 王韬：《香港略论》，《弢园文录外编》卷六，转引自郭双林：《西潮激荡下的晚清地理学》，北京：北京大学出版社，2000 年，第 114 页。

4 德雷克：《徐继畬及其瀛寰志略》，任复兴译，北京：文津出版社，1990 年，第 5、131 页。

5 魏源：《海国图志》，陈华等点校注释，长沙：岳麓书社，1998 年，第 1626 页。

念",或者说是"一个遥远的理想典范"。[1]

《海国图志》一百卷本问世仅仅半个世纪后,刘鸿钧的《政治地理》教科书就让人们看到:美国的扩张已经能够令其"左右"太平洋和大西洋,"东控"欧洲和非洲,"西接"亚洲和"南洋诸岛"。[2] 不过,与《海国图志》和《瀛环志略》相比,刘鸿钧的《政治地理》虽在实证知识方面大有推进,却明显缺少文明危机意识,对"古今之沿革"和"形势之变迁"这类涉及世界变局的大问题毫无感觉。

六

刘鸿钧埋头编译《政治地理》时(1904年),不到30岁的美国青年荷马李(Homer Lea)已经在洛杉矶创办了"干城学校",以教育改革作掩护,帮助康有为的保皇会秘密训练军事骨干,为组建"中华帝国维新军"(Chinese Imperial Reform Army)做准备。[3] 五年后,他又协助孙中山策动在广州搞武装暴动("黄花岗起义")。无论保皇派还是革命派,荷马李都曾给予积极支持——只要能复兴中华,似乎这是他的历史使命。中华民国立国之日,孙中山作为临时总统授予荷马李少将军衔。不幸的是,这位青年英才在次年就因病离世,年仅36岁。

荷马李与中国既不沾亲也不带故。据说,他家厨子是个梳辫子的中国移民,荷马李自小从他那里听到不少激动人心的有关中国历史的动荡故事,夜里还梦见自己成了一位转世"武僧",在冲锋号的嘶鸣声中指挥一支军队保卫中国。[4] 1905年夏,康有为挪用海外华人支援保皇会的捐款在墨西哥和南美投资,荷马李对此很是不齿。同年11月底,身在墨西哥的康有为在报纸上刊登启事,免除了荷马李负责培训维新军的职务。1906年仲夏,荷马李离开洛杉矶来到人迹稀少的长堤,打算撰写一部名为《中国再次觉醒》(The Reawakening of China)的大书(按写作提纲有30章),在他看来:

> 过去5000年里,从伏羲以至于今日,中国出现过六次沉沦与六次重生之轮回。在明日清晨的红色曦光中,她或将进入第七次复兴时期,或以比过去更加悲剧的方式沿着昔日王朝的墓道走向国家之消亡。[5]

荷马李对中国历史的认识,主要来自两位美国传教士的著作:卫三畏(Samuel Wells Williams)的《中国总论》

---

[1] 乔纳森·尹斯雷尔:《美国独立70年:1775—1848》,梁晶、陈家旭、霍艳娟译,北京:北京日报出版社,2020年,第519—522页。

[2] 刘鸿钧:《政治地理》,汉口:湖北法政编辑社,1905年,第160页。

[3] 恽文捷编著《"红龙—中国":清末北美革命史料研究》,北京:社会科学文献出版社,2021年,第48—51页。

[4] 克莱尔:《荷马李的勇气》,载荷马李《无知之勇:日美必战论》,李世祥译,上海:华东师范大学出版社,2019年,第217—218页。

[5] 荷马李:《新中国的红色黎明》,转引自恽文捷编著《"红龙—中国":清末北美革命史料研究》,北京:社会科学文献出版社,2021年,第279页,比较第259—264页。

（长达一千余页）和丁韪良（William Alexander Parsons Martin）的《汉学菁华》及《中国觉醒》（两书加起来有600多页）。[1] 显然，就中国文史知识而言，荷马李不可能赶得上任何一位普通的中国士人，遑论魏源和徐继畬这样的儒生。然而，荷马李却能敏锐地看到，中国在长达5000年的文明成长过程中已经历过"六次沉沦与六次重生之轮回"，眼下正面临"第七次复兴"，而且成败未卜。

荷马李写作《中国再次觉醒》的计划与义和团运动引发的"义和团战争"（1900年）有关。这场短促战事不仅显得"非常奇特"，其起因也不可思议，因为它并非如诸多史书所说，是慈禧太后的率性而为。事实上，慈禧太后"自始至终慎重行事，没有把军国大事视作儿戏"。毋宁说她有理由担心，外国势力的行动意在让光绪复位。其实，当时各大国更关心各自的在华利益，而非中国的内政更迭，但联军在6月16日夺取天津大沽炮台的行动，无异于不宣而战，慈禧太后认为这是在逼她归政于光绪，因此"别无选择，被迫宣战"。何况，6月20日下达的战书虽"措辞极为强硬"，但其本意更多是"恫吓与威慑"，而"不在开战"——用今天的话说，它仅仅相当于"外交照会"。[2]

不过，的确不乏试图用武力帮助光绪复位的外国人，荷马李就是其中之一。义和团战争爆发之时（1900年6月），荷马李在保皇会的资助下，从旧金山乘"中国"号客轮经夏威夷、菲律宾再转道横滨，于7月中旬抵达香港，一时成为旧金山的新闻事件。荷马李此行的目的是，在两广招募一支武装，北上"勤王"，康有为还为此授予了他中将军衔。不难设想，荷马李的这次义举很快就以失败告终，否则他不会在半年后（1901年1月）返回旧金山。[3]

义和团战争结束仅仅一年，亲历事件的美国传教士明恩溥（Arthur Henderson Smith）就出版了一部书（1901年），记叙事件的来龙去脉。在书的开头，明恩溥用了两章篇幅谈论他眼中的中国文明和中国人的特质。在此之前，他已经出版过一部专著《中国人的特性》（Chinese Characteristics，中译本不下十种），义和团战争之后他更有理由说：

> 中国人作为一个文明、有教化、物产丰富、寻求进取的种族能够作为生物存在于地球上，但却不渴望更改现有条件，以达到更接近理想的状态。在这个

---

[1] 卫三畏：《中国总论》，陈俱译，陈绛校，上海：上海古籍出版社，2005年；丁韪良：《汉学菁华：中国人的精神世界及其影响力》，沈弘译，北京：世界图书出版公司，2010年；丁韪良：《中国觉醒：国家、地理、历史与炮火硝烟中的变革的新描述》，沈弘译，北京：世界图书出版公司，2010年。比较王文兵：《丁韪良与中国》，北京：外语教学与研究出版社，2008年。

[2] 相蓝欣：《义和团战争的起源》，上海：华东师范大学出版社，2003年，第3—6、358—361页。

[3] 李世祥：《荷马李与现代中国的开端》，载荷马李《无知之勇：日美必战论》，李世祥译，上海：华东师范大学出版社，2019年，第4—5页；陈丹：《驼背将军：美国人荷马李与近代中国》，上海：上海人民出版社，2023年，第46—74页。

问题上，中国人与盎格鲁－撒克逊人几乎不可能达成一致。……中国人天生厌恶战争，世代相传。在紧急情况下，他们可以战斗，也确实战斗了，而且多少年来都或多或少取得了成功。但是，战斗并不是他们正常的活动状态……中国人发明了火药，但他们从来没有把它当作黏合剂，将那些处在分散状态的制度和种族联系在一起。很明显，假如中国人无论是出于本能还是被迫选择成了尚武民族的话，他们可能已经统治了整个地球。[1]

在某些政治史学家看来，来华传教士往往与欧洲帝国主义同流合污，其对中国的描述不过是一种"伪装巧妙的种族论"（thinly disguised racism），明恩溥的《中国人的特性》就是典型例子。[2] 荷马李在为写作《中国再次觉醒》做准备时，很可能读到了明恩溥的这番言论。他在1907年发表了一篇文章，仅标题就显示出对明恩溥的质疑，即《中国还能战斗吗？》。文中还说：

西方人已经习惯带着极端的轻蔑和傲慢看待中国的士兵。他们的推断不是基于中国人民的军事能力，而是基于各国与中国的战争结果。[3]

《中国再次觉醒》没有成书，但其基本观点不仅见于《新中国的红色黎明》一文，还见于《无知之勇》（The Valor of Ignorance）第一卷第二章"国家的兴衰"。明恩溥明显用盎格鲁－美利坚人的新教世界史观看待中国，而荷马李在写作计划中则特别提到，传教士这类人"带着令人厌恶的历史来到中国"，怀着宣教目的，注定不能真正理解中国。[4] 荷马李从当时在美国颇为流行的"生物机体政治论"出发，对世界历史有更具有自然性的看法：生存战争支配了"地球上存在过的所有王国、帝国和邦国"，政体要么通过战争而存活，要么在战争中解体，"6000年来，支配国家实体和灭亡的这一冷酷法则从未停止或改变"。

对人类历史的分析表明，从公元前15世纪开始直到今天，在3400年的跨度中，和平延续的时间从未超过234年。国家先后更迭，以类似的方式崛起、衰落和灭亡。[5]

---

[1] 明恩溥：《清帝国之乱：义和团运动与八国联军之役》，郭大松、刘本森译，南京：江苏人民出版社，2021年，第5—7页。

[2] Timothy Cheek, *The Intellectual in Modern Chinese History*, Cambridge: Cambridge University Press, 2015, pp. 60—61. 比较杨瑞松：《病夫、黄祸与睡狮："西方"视野的中国形象与近代中国国族论述想象》，台北：政大出版社，2010年，第64—66页。

[3] 荷马李：《中国还能战斗吗？》，载荷马李《撒克逊时代》，邱宁译，上海：华东师范大学出版社，2020年，第182页。

[4] 恽文捷编著：《"红龙—中国"：清末北美革命史料研究》，北京：社会科学文献出版社，2021年，第263页。

[5] 荷马李：《无知之勇：日美必战论》，李世祥译，上海：华东师范大学出版社，2019年，第7—8页；引文见第8页。

在人类因生存斗争而触发的战争中，从两河流域到地中海周边的庞大帝国一个个相续倒下：巴比伦、亚述、埃及、希腊、罗马或"任何类似方位的帝国"。荷马李相信，中华帝国若像"古今的欧洲和中亚帝国那样，周围是其他强大的民族"，也难免会"像这些帝国一样，在某个时期衰落，成为古老部族传说中的一段回忆"。中华民族得以"持续数千年，只能归功于其自然环境"，而不是其国家的"法律或习俗，以及更有意志性的因素（人）"：

> 无法逾越的高山是壁垒；无人居住的沙漠和辽阔得船都无法航行的海洋是城池；北部和西北部是戈壁和沙漠；西部是无法穿越的西伯利亚森林和幽深的大草原；西南是世界屋脊和喜马拉雅幽深的大峡谷；南部是丛林和印度洋；东部是浩瀚的太平洋——直到数年前，人类的船只才能穿行这片紫色的海面。[1]

这样的历史观有地理环境决定论之嫌，但荷马李同时又承认，这样的自然地理环境并没有让中华帝国的成长避免战争：北方游牧部族迁徙导致的战争和政体自身的腐败引发的内战，此起彼伏，从未间断。在这样的历史中，中国人锻造出自身的"尚武"美德，凭靠它中国才成功度过六次生死轮回——其间有25次王朝更迭：

> 简要回顾中国人的军事品质，我们就可以看出，没有哪个国家拥有如此悠久的军事史，如此多的大战和如此漫长的行军。中国的编年史比任何民族的史书记载了更多（伟大将军的）军事行动和英雄事迹。[2]

然而，眼下中国面临的第七次危机与历史上的任何一次都不同。第一，中国人现在面对的是他们从未认识过的欧洲人；第二，欧洲人凭靠手中的现代科技让中国的自然地理屏障形同虚设，肆无忌惮地意图"从东西南北各个方向肢解中国"；第三，西方的政治制度会给古老的中国带来极大挑战。因此，中国是否能有"第七次复兴"殊难预料。荷马李甚至设想，中国有可能再次陷入长期内战，而诸自由主义大国则会趁机肢解中国，并在各自分得的地盘上为驯服中国人而大开杀戒：

> 当中国被内战和王朝斗争撕裂，尸体和残垣断壁从云南的雨林一直散布到北方秃鹰盘旋的鄂嫩河谷时，列强的态度又会如何？带着和过去强盗行径一样的伪善，他们会以传播文明和宗教的名义在各自的势力范围进行干预，一段时间后，他们会将地盘并入自己的版图，

---

[1] 荷马李：《无知之勇：日美必战论》，李世祥译，上海：华东师范大学出版社，2019年，第10页。比较荷马李：《新中国的红色黎明》，转引自恽文捷编著《"红龙—中国"：清末北美革命史料研究》，北京：社会科学文献出版社，2021年，第287页。

[2] 荷马李：《中国还能战斗吗？》，载荷马李《撒克逊时代》，邱宁译，上海：华东师范大学出版社，2020年，第182页。

开展一次又一次屠杀。[1]

这些言辞显然是针对日俄战争结束之后的中国处境,而这场发生在中国土地上的战争与义和团战争有直接的连带关系。义和团战争爆发时,俄国"比任何西方国家都更能调动大军"迅速前往京津地区,因为它"在旅顺口驻有重兵"。可是,"俄国却避免谋求联军最高指挥权",而且在占领北京之后又很快撤兵。这并非因为俄国更节制,而是另有图谋:以帮助清廷平乱为借口,实际控制——即便没有妄想兼并——整个中国东北。[2]

八国联军占领天津(1900年7月14日)的第二天,俄军突然从北面对瑷珲镇(今黑龙江黑河市瑷珲区南)、拉哈苏苏镇(松花江与黑龙江交汇处南岸,今黑龙江同江市)和宁古塔镇(今黑龙江海林市长汀镇)发起三路进攻,在西面的呼伦贝尔和东面的珲春(今吉林延边珲春市)方向亦出兵策应,试图分进合击,速战速决,对整个东北实施军事占领。

在京津地区的义和团战争中,与八国联军激战的主要是民勇,与此不同,驻守东北的清廷正规军除少数怯战外,大部顽强抵抗,鏖战两月有余,终不能敌,齐齐哈尔、哈尔滨、长春等重镇相继失守。10月1日,俄军进占奉天(今沈阳),从旅顺港北上的4艘战舰运载的俄军亦于当日登陆山海关,三天后夺取锦州,切断了关外清军与关内的联系。10月6日,各路俄军会师铁岭,完成了掌控我国东北的军事行动。

此后,东北各地兴起了"御俄寇,复国土"的民间义勇抵抗。更为重要的是,俄国入侵满洲引发了世界"大战在即"的危机——列强因争夺在华利益可能走向战争。[3]直到一年半后(1902年4月),迫于诸大国的联手施压,尤其是,英国与德国达成和解,共同对付俄国,沙俄政府才被迫从东北撤军,同清廷签订《中俄交收东三省条约》。在对俄施压的列强中,美国和日本的态度也相当积极。前者相信,一旦"满洲的政治控制落在俄国手中,美国的利益就维持不久了"。而日本军部则"要求战争的呼声愈来愈高",它有理由担心俄军会"跨过鸭绿江"。俄国与朝鲜有共同边界,从地缘战略上讲,它同样有理由"惧怕日本对半岛的控制"。日俄关系日趋紧张,德意志帝国倒是乐观其成,甚至"竭力推动日俄战争,以便削弱俄国在欧洲的势力"。1900年10月,德国政府曾向中国政府提出修改与中国的协议条款以"共同行动对抗俄国",其实是想让德国势力"挤入长江流域",这也使得英国的"在华影响力的萎缩得到了进一步的证实"。[4]

---

[1] 荷马李:《新中国的红色黎明》,转引自恽文捷编著《"红龙—中国":清末北美革命史料研究》,北京:社会科学文献出版社,2021年,第289页。比较荷马李:《无知之勇:日美必战论》,李世祥译,上海:华东师范大学出版社,2019年,第11页。

[2] 乔治·亚历山大·伦森:《俄中战争:义和团运动时期沙俄侵占中国东北的战争》,陈芳芝译,北京:商务印书馆,1982年,第2—4页。

[3] 托马斯·奥特:《中国问题:1884—1905年的大国角逐与英国的孤立政策》,李阳译,北京:生活·读书·新知三联书店,2019年,第209、213—216页。

[4] 乔治·亚历山大·伦森:《俄中战争:义和团运动

正是在这一背景下，日本产生了诉诸武力"率先对抗俄国的最新计划"，它不仅是为了保住日本在"满洲"的利益，也是为了遏制俄国对朝鲜半岛的可能图谋。日本与英国结盟后"无疑也使日本更有底气做出这样的决定"，因为"假使有朝一日当真开战，法国与德国不会加入俄国的阵营"。[1] 义和团战争期间的中俄战争就这样最终导致了日俄战争。荷马李对地缘政治冲突极为敏感，他不难从这场战争中看到，中国的未来极有可能面临这样的困窘：更多的自由主义大国在中国的土地上为了各自的利益大打出手。因此，打算写作《中国再次觉醒》时，荷马李首先写了一篇文章，《中国的防御》。作为一个无处施展抱负的军事将才，荷马李替中国精心设计针对列强环伺的军事布局，但他最终强调：

> 政治家最艰难的任务就是，要在民众德性中保持国家本能或军事本能完好无损。无论人们多么反对这一看法，战斗力都是创建国家的根基，也是使其经受住大风大浪的法宝。一旦战斗力开始衰败，国家的命运就岌岌可危。[2]

荷马李知道，而今天的我们却很少有人知道，八国联军于1900年8月14日攻入北京后，清朝王室于次日凌晨仓皇逃离，清军和义和团民勇溃散，"中国首都及其周边没有任何职能当局能够维持秩序"，成了"政治真空"地带。联军的各国指挥官将北京"划分成好几大块"划区而治，"表面上是为了治安目的"，其实是"相互掣肘"，这无异于中国遭到肢解的缩影。联军的将领们还在天津成立了一个国际"临时政府委员会"，成了"实际上的统治者"，而在大沽的"舰队司令委员会"则充当军事支撑。[3]

正是这样的历史景象，促使荷马李写了《中国的防御》。但他清楚地知道，"中国问题"首先是中国人文明意识重新觉醒的问题。按《中国再次觉醒》的写作计划，荷马李将从世界大变局的角度，剖析中华帝国从太平天国运动到日俄战争结束这段时期的历史，即这个曾经辉煌的文明帝国如何一步步走向"有史以来最大的危难"的过程，以重新唤醒中国人的文明意识。荷马李给中国人的建议是：不应该在现代欧洲文明原则的压力下改变自己特有的文明传统。他还相信，中国人已经在觉醒，但它并非如西方自由主义传教士想当然地以为的那样，是受"介绍西方文明或对西方上帝的渴望"的激发，毋宁说，中国人的觉醒仍然基于"此前已经唤醒中国人25次的红

时期沙俄侵占中国东北的战争》，陈芳芝译、陈庆华校，北京：商务印书馆，1982年，第177—178、182—183、189页；托马斯·奥特：《中国问题：1884—1905年的大国角逐与英国的孤立政策》，李阳译，北京：生活·读书·新知三联书店，2019年，第207—208页。

[1] 格雷戈里·摩尔：《1901—1909年的门户开放政策：西奥多·罗斯福与中国》，赵嘉玉译，南京：江苏人民出版社，2021年，第115—116页。

[2] 荷马李：《中国的防御》，载荷马李《撒克逊时代》，邱宁译，上海：华东师范大学出版社，2020年，第241页。

[3] 托马斯·奥特：《中国问题：1884—1905年的大国角逐与英国的孤立政策》，李阳译，北京：生活·读书·新知三联书店，2019年，第212页。

色复仇的黎明"。[1]

七

有类似见解的盎格鲁-撒克逊人并非只有荷马李。义和团战争刚结束不久，当时著名的英国驻华外交官罗伯特·赫德爵士（Sir Robert Hart）就写道：

> 中国人是一个有才智、有教养的种族，冷静、勤勉，有自己的文明，在语言、思想和感情各方面都很纯一，人口总数约有四亿，生活在自己的围墙之中，在他们所蔓衍的国家里有肥沃的土地和富饶的江河，有高山和平原、丘陵和溪谷的无穷变化，有各种各样的气候和条件，地面上生产着一个民族所需要的一切，地底下埋藏着从没有开发过的无穷的财富。这样一个种族，在经过数千年高傲的与世隔绝和闭关自守之后，被客观情况的力量和外来进犯者的优势所逼，同世界其余各国发生了条约关系，但是他们认为，那是一种耻辱，他们知道从这关系中得不到好处，正在指望有朝一日自己能够十足地强大起来，重新恢复自己的旧生活，排除同外国的交往、外国的干涉和外国的入侵。这个种族已经酣睡了很久，但是最后终于醒了过来，它的每一个成员都在激起中国人的情感。[2]

赫德的言辞虽带有当时流行的"种族论"色彩，但其见识却明显是基于文明论的观察。尤为难得的是，他依据自己的观察认为，义和团事件是"纯粹爱国主义的自发自愿的运动，其目标是使中国强盛起来"。他还写道：

> 这段插曲不是没有意义的，那是一个要发生变革的世纪的序曲，是远东未来历史的主调：公元2000年的中国将大大不同于1900年的中国。民族情感是一个恒久性的因素，在涉及到有关民族的实际问题时，必须承认这个因素，而不应该把它排除掉。[3]

赫德爵士在1901年能说出这样的话，今天的我们不能不深感钦佩。赫德爵士没有料到的是，一百多年后，我们的文人学士反倒会把这种民族情感理解为民族主义。研究从太平天国运动到日俄战争结束这段时期的史著已经相当可观，但能与荷马李的写作构想相比肩的著作却极为罕见，也就不难理解了。毕竟，要想通过历史叙述将对地缘政治的现实洞察与世界文明史的大问题结合起来，实在不容易。对我们来说，同样不可思议的是，直到2019年，荷马李的著作才首次有了中文译本。

荷马李最终没有写《中国再次觉醒》，而是转念写了《无知之勇》，以唤醒美

---

[1] 荷马李：《新中国的红色黎明》，转引自恽文捷编著《"红龙—中国"：清末北美革命史料研究》，北京：社会科学文献出版社，2021年，第288页。
[2] 吕浦、张振鹍等编译《"黄祸论"历史资料选辑》，北京：中国社会科学出版社，1979年，第146页。
[3] 吕浦、张振鹍等编译《"黄祸论"历史资料选辑》，北京：中国社会科学出版社，1979年，第144页。

国再次觉醒，这与日俄战争后的地缘政治新态势有关——从一位日本海军军官向他展示的"秘密地图"那里，荷马李看到了日本图谋独霸整个东亚的战略计划。[1] 荷马李敏锐地感觉到，日本崛起的前景将威胁到美国本土，因为在他看来，世界大变局的走向将是谁掌控太平洋：

> 争夺太平洋霸权斗争的结果或多或少关乎所有国家的利益，但对日本和美国来说则生死攸关，其他国家的利益加起来都比不上这两个国家。三个事件使日本占据这一时机：一、1894年的甲午战争使中国不再是太平洋强国；二、1904年的日俄战争使俄国失去了成为太平洋强国的可能性；三、1905年的10年攻守同盟排除开英国，使欧洲丧失平衡能力。[2]

对荷马李来说，当务之急是警告美国人，因为，美国如今已陷入重商主义和个人自由主义，不能自拔。他告诫说：

> 国家工业的过度发展就是重商主义，它是个毫无目的的贪吃鬼。国家工业与重商主义之间的区别在于：工业是人民努力用来满足人类的需要，重商主义则利用工业来满足个人的贪婪。重商主义的定义不是能自我生存的普通章鱼，而是某个陆地种属的寄生虫，一种因工业堕落而产生的真菌。重商主义已经掌控美国人民，它不仅试图毁灭人们的愿望、国家在世界范围内的事业，还会毁灭这个共和国。[3]

晚清以来，我国学界志士前赴后继地致力于认识西方现代文明的德性品质，今天的我们必须承认，这份政治史学作业还没有完成。百年来，我们更多用功于认识现代欧洲人的哲学观念和文学意象，对他们如何形成世界政治地理观念的经历仍然不甚了了。对欧洲的政治成长经历及其地缘扩张若缺乏深度了解，我们恐怕很难有把握透彻理解现代欧洲人的哲学观念和文学意象。同样，若没有深入认识盎格鲁-美利坚的政治生长对欧洲现代文明的政治成长曾产生过怎样的影响，我们也不可能深切理解新中国实现伟大复兴的世界历史意义。

（特约编辑：程茜雯）

---

[1] Valerie M. Hudson & Eric Hyer, "Homer Lea's Geopolitical Theory: Valor or Ignorance？", *Journal of Strategic Studies* 12, No. 3（1989）: 328.

[2] 荷马李:《无知之勇：日美必战论》，李世祥译，上海：华东师范大学出版社，2019年，第93页，比较第99—102页。

[3] 荷马李:《无知之勇：日美必战论》，李世祥译，上海：华东师范大学出版社，2019年，第16页。

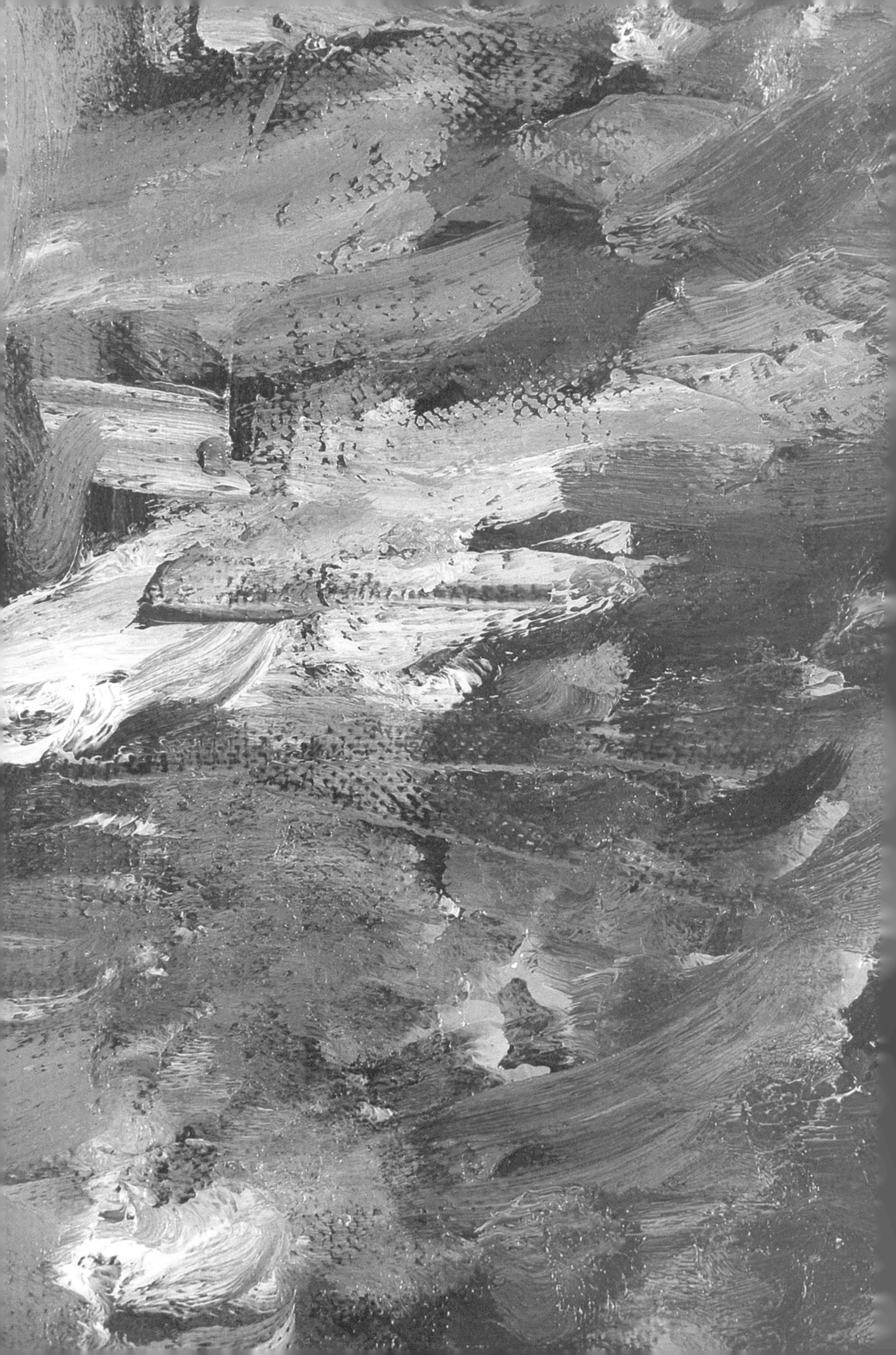

特约讲稿

中国小说史研究之检讨

谭帆 *

我将本次演讲起名为"中国小说史研究之检讨",有双重含义:一是清理20世纪以来的中国小说史研究,检讨和反省小说史研究中的得失及其相应对策;二是全面梳理笔者30年来的中国小说史研究,检讨其中所取得的点滴成绩和众多缺憾。故本文以爬梳笔者从事小说史研究之脉络为起始。我最早从事的小说史研究专题是"评点研究"。1994年,我师从郭豫适教授在职攻读博士学位,研究方向是中国小说史;我的博士论文以"小说评点"为选题,1998年通过博士论文答辩;之后不断增补修改,于2001年出版《中国小说评点研究》(华东师范大学出版社)。2000年,我受聘于复旦大学"中国古代文学研究中心",参与黄霖先生主编的《中国分体文学学史》的工作,负责"小说学史"板块,出版《中国分体文学学史·小说学卷》(山西教育出版社,2013年)。2002年,在《文学遗产》第2期发表《"演义"考》一文,论文发表后,获得了一些同行的谬赞,由此萌生了对小说文体术语作系统考察的想法。2012年,我与学生合作完成的论著《中国古代小说文体文法术语考释》入选《国家哲学社会科学成果文库》,2013年由上海古籍出版社出版。2011年,我主持申报了国家社科重大研究项目"中国小说文体发展史",顺利获批。这一研究课题于2019年结项,与学生合作完成的系列成果"中国古代小说文体研究书系",分为"术语篇"《中国古代小说文体文法术语考释》(增订本)、"历史篇"《中国古代小说文体史》(三卷本)和"资料篇"《中国古代小说文体史料系年辑录》(两卷本),2023年由上海古籍出版社出版,其核心成果《中国古代小说文体史》入选2022年《国家哲学社会科学成果文库》。2021年,我主持申报的"中国小说评点史及相关文献整

---

* 谭帆,男,华东师范大学终身教授、博士生导师。主要研究方向:中国古代文学,专攻中国文学批评史、中国戏曲史和中国小说史。

理与研究"再次获批国家社会科学基金重大项目。本项目力求在回顾总结前人研究的基础上，填补20世纪以来小说评点研究的诸多空白和突破小说评点研究的现有格局。最终成果拟为"中国小说评点研究书系"，含《中国小说评点史》（两卷本）、《中国小说评点总目提要》、《中国小说评点研究史述论》和《中国小说评点本丛刊》（影印与整理）。综上，我的中国小说史研究中相对比较成熟的是"小说评点""小说术语""小说文体""小说批评"四个研究领域。

一、小说评点研究之检讨

近数十年来，小说评点研究有了较大的发展，其研究价值得到了普遍的认可。但综观近年来的小说评点研究，此领域也暴露出了不少问题，如小说评点研究过于集中在李卓吾、金圣叹、毛宗岗、张竹坡、脂砚斋等评点大家，而对小说评点的整体情况、发展脉络尚缺乏必要的资料清理和史迹缕述，致使大量的评点著作至今湮没无闻。又如小说评点研究有不少"误判"，其中最典型的是忽略文言小说评点的历史地位。对文言小说评点的评价，笔者就曾有如下议论：

中国古代小说由文言小说和通俗小说两大门类所构成，小说评点则主要就通俗小说而言。虽然小说评点之肇始——刘辰翁评点的《世说新语》是文言小说，清代《聊斋志异》亦有数家评点。但一方面，明清两代的文言小说在整体上已无力与白话小说相抗衡，其数量和质量都远逊于通俗小说。同时，小说评点在明万历年间的萌兴从一开始就带有明显的商业意味，在某种程度上可看作是通俗小说在其流传过程中的一种"促销"手段。因此，哪一种小说门类能够拥有最多的读者在一定程度上也便成了小说评点的存在依据。据此，通俗小说能够赢得评点者的广泛注目也就自然而然了。而这同样也从另一个方面证明了小说评点何以不萌生于文言小说复苏的明初而兴起于通俗小说渐兴的万历时期。[1]

现在看来，这一段议论对文言小说及其评点的认识偏差是非常明显的，属于明显的"误判"。因为文言小说评点同样源远流长、作品繁多，且不乏优秀的评点作品。同时，以"商业性"为标准来看待白话小说评点与文言小说评点之差异，其实也不准确，因为晚明时期文言小说评点的商业特性、传播手段与白话通俗小说评点没有太大的区别，甚至可以说，文言小说评点的商业性并不亚于白话小说评点，其中的商业手段甚至比白话小说评点更为规范和有效。

再如将小说评点研究完全等同于小说理论批评研究，而对小说评点作单一化的处理。其实，中国古代小说评点是一个独特的文化现象，而非单一的文学批评，评点在中国小说史上虽然以"批评"的面貌出现，但其实际所表现的内涵远

---

[1] 谭帆：《中国小说评点研究》，上海：华东师范大学出版社，2001年，第13、14页。

非文学批评可涵盖。小说评点在中国小说史上所起到的作用远远超出了"批评"的范围，形成了"文本改订""批评鉴赏"和"理论阐释"等多种格局，而其价值也显现为"文本价值""传播价值"和"理论价值"三个层面。具体而言，可以从三种"关系"中梳理和研究古代小说评点。

一是从评点与中国古代小说创作史的关系中揭示小说评点的价值。小说评点融"评""改"为一体，在中国小说史上始终参与着小说的创作。这种对于小说文本的直接参与是中国小说批评的一大特性。整理和研究这一独特的现象，有利于更清晰地把握中国小说尤其是通俗小说的成长和发展脉络。故小说评点史研究可以被纳入中国小说史、中国文学史的研究范畴，把小说评点对小说文本的直接参与视为一种独特的创作现象加以对待，这样的研究或许更能贴近通俗小说创作和发展的实际情况和符合小说评点的原生状态。

二是从评点与中国古代小说传播史的关系中研究小说评点的独特内涵，尤其是，对大量并不具备理论价值的小说评点本的研究更应从传播角度进行梳理。在中国文学批评史上，小说评点者的社会地位最为低下，很少有一定社会地位的人参与其中，甚至有大量评点者的真实姓名湮没无闻，但正是这一批地位并不显赫的批评家组成了中国文学批评史上最具职业性的批评队伍，故从传播角度研究这一历史文化现象无疑也有相当的价值。就研究方法而言，对于这一批批评者及其批评著作的研究我们不能采用常规的以文学或者文学批评为本位的研究方法，而应运用历史研究的方法，将其作为一种历史现象加以探究，采用思想史、文化史和传播史等多种研究方法和研究视角，从发生、传播、接受等角度全面梳理其历史文化价值。

三是从评点与小说批评史的关系中评判其得失。我们不难看到，以小说评点为主体的中国小说批评实际形成了一个以"鉴赏"为中心的批评传统，它整体上不以小说的理论概括和理论架构为依归，而是结合作品实际以阐释作品的思想艺术内涵为目的，故小说批评对小说传播所产生的影响十分强烈。同时，这种以"鉴赏"为中心的批评格局和传统又是以小说评点对作品的依附性为前提的，理论阐释是在对具体作品的分析评判中附带完成的。同时，我们在中国小说批评史上常常看到这样一个现象：小说评点的理论蕴涵和理论品位往往受制于批评对象的思想艺术水平，评点的质量与所评作品之间表现为一种"水涨船高"的关系，故而小说批评史上一些重大理论问题的提出几乎都出现在《三国演义》《水浒传》《金瓶梅》《红楼梦》和《儒林外史》等名作的评点之中。

综观小说评点研究史，未来可以在以下三个方面着力：

一是加强小说评点的理论研究。在现有研究的基础上，从三个方面推进小说评点的理论研究。第一，拓宽思路，跳出小说评点研究的自身格局和狭隘范围，在更高的理论视野中评价和阐释小说评点的内涵。第二，加强对小说评点的形式研究，探讨小说评点的形式之源。厘清小说评点与经典注疏之关系，小说评点与八股之关系，小说评点与诗文、戏曲评点之关系，白话小说评点与文言小说评点之关系等，从而揭示小说评点独特的文体内涵及形成机制。第三，加强作为一种"文化现象"的小说评点研究，广泛探讨小说评点与社会文化之间的关系，同时加强作为思想载体的小说评点研究，挖掘小说评点的思想史意义，展现小说评点的思想文化属性。

二是强化小说评点的历史研究。小说评点的历史研究首要的是夯实基础，对小说评点史进行多视角、多类型的研究，如小说评点的编年史、小说评点的断代史、小说评点的分体史、经典小说的评点史、"评改一体"的编创史等。在此基础上，结合以往小说评点研究中成果比较丰富的理论史和文法史，撰写系统的小说评点史。而就当下的研究基础和研究格局而言，更为重要的，一是切实加强文言小说评点的研究，将文言小说评点纳入小说评点历史研究的整体框架之中，以弥补小说评点研究"重白轻文"的偏向；二是对有特色的"报刊小说评点"进行专门的历史研究。

三是完善小说评点的基础研究。小说评点的基础研究仍然是一个薄弱环节，故小说评点研究要得到发展，一些基础性的工作需要完善。如全面整理小说评点总目，编纂小说评点总目提要；又如系统梳理小说评点研究史，包括整理研究总目，梳理从古至今有关小说评点的评论和研究文献，展示小说评点研究的脉络、特色和成就；再如搜集稀见小说评点本加以整理或影印，包括稿本、抄本、刻本等，所收之书应为海内外现存，但未经影印或整理出版，同时具有较高评点价值和版本价值的评点本。[1]

二、小说术语研究之检讨

长期以来，"小说史"之梳理大多以西方小说观为参照、为标准。然而，中国古代小说实有其自身之"谱系"，与西方小说及小说观念有很多不同，强为曲说，难免会成为西人小说视野下的"小说史"，而丧失了中国小说之本性。对中国小说研究的反思之声近年来不绝于耳，出路何在？梳理中国古代小说之谱系或为有益之津梁，而术语正是中国古代小说谱系之外在呈现。所谓"术语"是指历代指称小说这一文体或文类的名词称谓，这些名词称谓历史悠久，涵盖面广，对其进行综合研究，在某种程度上可以考知中国古代小说之特性，进而揭示中国古代小说之独特谱系，这是小说史研究的一种特殊理路。

中国古代小说术语大致可分为四个部分。一是来源于传统学术分类的小说术语。如班固《汉书·艺文志》列"小说家"于"诸子略"，与《庄子》之"小说"一脉相承，后世将之引申为"子部"之"小

---

[1] 谭帆：《中国古代小说评点的价值系统》，《文学评论》1998年第1期，第94—103页；《小说评点研究之检讨——以近二十年来小说评点研究为中心》，《中国文学批评》2021年第3期，第57—64页；谭帆、林莹：《中国小说评点研究新编》，上海：华东师范大学出版社，2023年。

说"。又如刘知几于《史通》中详细讨论"小说"的分类和特性,"子部""史部"遂成小说之渊薮。"小说""稗官""说部""稗史"等术语均与此一脉相承。二是完整呈现中国古代小说诸文体(或文类)之术语。如"志怪""笔记""传奇""话本""词话""平话""章回"等,这一类术语既能标示古代小说的文体分类,又能显现古代小说文体发展之历程。三是用于揭示古代小说文体发展过程中小说的文体价值和特性之术语。如"奇书"与"才子书",这是明末清初小说史上非常重要的术语,用以指称通俗小说中的优秀作品,如"四大奇书""第一奇书""第五才子书"等,今人更将"奇书"一词作为小说文体的代称,称之为"奇书文体"。四是由小说的创作方法延伸出的文体术语。如"按鉴",原为明后期历史小说创作的一种方式,所谓"按鉴演义",推而广之,遂为一阶段性的小说文体术语,即"按鉴体"。

上述小说文体术语大致具备三种属性:"文体属性""功能属性"和"文体"与"功能"并举之双重属性。三种属性各有所指,如"笔记""传奇""话本""词话""平话""章回"等术语大体上显示的是"文体属性",这是以小说文体的内容和形式来界定的术语。"稗官""稗史"等术语所显示的是"功能属性",这是体现小说文体价值的相关术语。而"小说""说部"等术语则体现了"文体"与"功能"并举的双重属性,既显示小说的文体地位,又承载小说的文体特性。

我们以"小说"和"叙事"两个术语为例。

一般认为,现代"小说"之观念是从日本逆输而来的,"小说"一词的现代变迁是将"小说"与"novel"对译的产物。近代以来,小说研究受日本影响显而易见,其中最为本质的是小说观念,而梁启超和鲁迅对后来小说研究的影响最大。经过梁启超等"小说界革命"的努力,小说地位有了明显的提升,虽然近代以来人们对传统中国小说仍然颇多鄙薄之辞,但"小说"作为一种"文体"的地位有了根本性的改变,"小说为文学之最上乘"的言论在20世纪初的小说论坛上成了一个被不断强化的观念而逐步为人们所接受。而鲁迅等的小说史研究更是以新的文学史观念和小说观念为理论指导,其中最为主要的即小说乃"虚构之叙事散文"这一特性的确立。故小说地位的确认和"虚构之叙事散文"特性的明确是中国古代小说研究形成全新格局的首要因素。

近代以来对"小说"术语的改造主要体现在两个方面:一是在与"novel"的对译中强化了"虚构的叙事散文"这一"小说"术语中本来就具有的文体属性,并将这一属性升格为"小说"这一术语的核心内涵,使"小说"成为一个融合中西、贯通古今的重要术语,这在小说史的学科建构中起到了统领作用;另一方面,又将"志怪""传奇""笔记""话本"和"章回"等原本比较单一的文体文类术语作为"小说"一词的前缀,构造了"志怪小说""笔记小说""传奇小说""话本小说"和"章回小说"等属于二级层面的小说文体术语。经过这两个方面的"改造","小说"终于成了一个具有统领意义的核心术语而"一枝独秀",并与其他术语一起共同建构了现代学科范畴内的中国古代小说文体的术语体系,影响深远。

这一新的研究格局对于中国小说史学科的构建意义是深远的,其价值也毋庸置疑。但由此带来的问题也不容忽视:将小说与"novel"对译,其实只是汲取了中国古代小说的部分内核,它所对应的主要是元明以来的长篇章回小说。因为"novel"本身就是指西方18、19世纪以来兴起的长篇小说,它与章回小说有外在的相似点,如虚构故事、散体白话、长而分章等,故而如果仅将章回小说与"novel"比附而确认其特性和价值,尚情有可原。但问题是,20世纪以来的中国小说史的学科构建从一开始就"放大"了与"novel"的比照功能,将其显示的特性作为观照中国古代小说的准绳。

在运用叙事理论探索中国古代小说的研究领域,"叙事"与"narrative"的对译所带来的弊端也非常明显。杰拉德·普林斯认为,叙事"可以把它界定为:对于一个时间序列中的真实或虚构的事件与状态的讲述"。[1] 浦安迪谓:"'叙事'又称'叙述',是中国文论里早就有的术语,近年来用来翻译英文'narrative'一词。""当我们涉及'叙事文学'这一概念时,所遇到的第一个问题就是:什么是叙事?简而言之,叙事就是'讲故事'。"[2] 然而这一符合"narrative"的解释是否完全适合传统中国语境中的"叙事",或者说,"叙事"在传统中国语境中是否真的仅是"讲故事"?

在20世纪以来的小说研究中,大量的作品因被视为"非叙事"的或包含"非叙事"成分而饱受诟病,甚至被排斥在小说文体的历史著述之外。这一类作品在古代小说史上延续久远,先唐小说如《博物志》《西京杂记》《搜神记》等都包含大量"非叙事"的内容;而唐代小说如《封氏闻见记》《酉阳杂俎》《独异志》《北户录》《杜阳杂编》《苏氏演义》《唐摭言》《开元天宝遗事》等作品也包含大量的"非叙事"成分,可见这是古代小说创作的固有特性。

最典型的非叙事表现方式是"描述"与"罗列"。

"描述"是指对某一"事"或"物"作不加点染的客观记录。以王仁裕《开元天宝遗事》中的"游仙枕"和"随蝶所幸"为例:

游仙枕。龟兹国进奉枕一枚,其色如玛瑙,温润如玉,其制作甚朴素。若枕之而寐,则十洲三岛,四海五湖,尽在梦中所见,帝因立名为"游仙枕"。后赐与杨国忠。

随蝶所幸。开元末,明皇每至春时,旦暮宴于宫中。使嫔妃辈争插艳花,帝

---

[1] 杰拉德·普林斯:《叙事学:叙事的形式与功能》,徐强译,北京:中国人民大学出版社,2013年,第2页。

[2] 浦安迪:《中国叙事学》,北京:北京大学出版社,2018年,第3页。

亲捉粉蝶放之，随蝶所止幸之。后因杨妃专宠，遂不复此戏也。[1]

"罗列"是指围绕某一主题将符合主题的相关事物一一列举，而不作说明。举《义山杂纂》"煞风景"为例：

> 松下喝道。看花泪下。
> 苔上铺席。斫却垂杨。
> 花下晒裈。游春重载。
> 石笋系马。月下把火。
> 步行将军。背山起高楼。
> 果园种菜。花架下养鸡鸭。
> 妓筵说俗事。[2]

经过考述，我们发现"叙事"内涵绝非单一的"讲故事"可以涵盖，这种丰富性既得自"事"的多义性，也来自"叙"的多样化。就"事"而言，有"事物""事件""事情""事由""事类""故事"等多种内涵；而"叙"也包含"记录""叙述""罗列"等多重理解。对"叙事"的狭隘理解是20世纪以来形成的，并不符合"叙事"的传统内涵，与"叙事"背后蕴含的文本和思想更是相差甚远。尤其在对中国古代小说的认知上，"叙事"理解的狭隘直接导致了认识的偏差，这在笔记体小说的研究中表现得尤为明显。故"叙事"与"narrative"的对译实际遮蔽了"叙事"的丰富内涵，而厘清"叙事"的古今差异正是为了更好地把握中国古代文学尤其是古代小说的自身特性。[3]

三、小说文体研究之检讨

20世纪以来的中国小说文体史研究取得了丰厚的研究成果，开启了现代意义上的中国小说学术史，相关著述主要集中于两个时段。一是二十世纪二三十年代，以鲁迅先生《中国小说史略》为代表。该书较多关注小说文体的演进，提出了不少小说文体或文类的概念，对后世小说文体史研究产生了深远影响。二是20世纪90年代以来，以石昌渝先生《中国小说源流论》为代表。该书专门以小说文体为对象梳理中国古代小说史，在小说史研究中有开拓之功，其影响延续至今。

但翻检中国小说文体研究史，我们发现小说文体史的一些大的判断有明显的"偏差"乃至"失误"。譬如关于中国小说文体源流的阐释，小说研究史上就有不少颇为流行的观念，概括起来主要有：

一，以"虚构"为标尺，认为唐代传奇是中国古代小说中最早成熟的文体，所谓小说的"文体独立""小说文体的开端"等都是在中国古代小说研究中耳

---

[1] 陶敏主编《全唐五代笔记》，西安：三秦出版社，2012年，第3158页。

[2] 李义山等：《杂纂七种》，曲彦斌校注，上海：上海古籍出版社，1988年，第22页。

[3] 谭帆：《术语的解读：中国小说史研究的特殊理路》，《文艺研究》2011年第11期，第34—44页；谭帆：《"叙事"语义源流考——兼论中国古代小说的叙事传统》，《文学遗产》2018年第3期，第83—96页；谭帆：《论小说文体研究的三个维度》，《文学遗产》2022年第4期，第53—62页；谭帆：《中国古代小说文体文法术语考释（增订本）》，上海：上海古籍出版社，2023年。

熟能详的表述。

二，以"故事"为基准，"故事"的长度和叙事的曲折程度是衡量小说文体价值"高低"的标准，于是"粗陈梗概"的笔记体小说自然与"叙述婉转"的传奇体小说分出了在文体上的"高下"，传奇体小说成了文言小说中最为成熟的文体形态。

三，从"虚构""故事"和"通俗"三方面立论，认为以"章回体"为主的白话通俗小说是中国古代小说的主流文体，并在"凡一代有一代之文学"这一观念的影响下，构拟了"唐诗、宋词、元曲、明清小说（指白话通俗小说）"的"一代文学"之脉络，还循此推演出了中国古代小说文体实现了"由雅入俗"之变迁的结论——通俗小说由此而成了中国古代小说的主流文体。

以上这些思想观念已然成了中国小说史研究中的"定论"，但实际情况却是大可辨析的。对此，我们提出如下原则：中国古代小说文体之源流是一个"历史存在"，小说文体源流研究就是要尽可能地梳理出这一个变化的线索，但有"变化的线索"不等于古代小说文体就有一个"发展"的进程。"发展"的观念是以"进化论"为基础的，它"先验"地确认了任何历史现象都有一个"孕育""产生""成熟""高潮""衰亡"的发展规律，这种"机械性"的观念不利于"还原"古代小说文体源流的真实面貌。古代小说文体是一个复杂的"历史存在"：它既是"历时"的，"笔记体""传奇体""话本体"和"章回体"等各有自己产生的时代，由此形成了一个流变的线索；但同时它又是"共时"的，小说文体之间不是前后更替，而是"共存共荣"。[1]

从总体来看，中国小说文体研究的古今差异除了有研究方法、理论观念等之外，最为明显的是对不同研究对象的重视程度的差异：由"重文轻白"渐演为"重白轻文"，从"重笔记轻传奇"变为"重传奇轻笔记"。中国古代小说"文白二分"，文言一系由"笔记""传奇"二体构成。而在漫长的古代中国，小说之"重文轻白""重笔记轻传奇"是一以贯之的传统；20世纪以来中国古代小说研究的基本格局则是"重白轻文"和"重传奇轻笔记"。观其变化之迹，一在于思想观念，如梁启超"小说界革命"看重小说之"通俗化民"；一在于研究观念，如鲁迅等"虚构之叙事散文"的小说观念与传奇小说、白话小说更为契合。这一格局对中国小说史研究产生了深远影响，中国现代学术史范畴的"小说"研究由此生成，然而这一格局也在某种程度上使中国小说研究与传统中国小说之"本然"渐行渐远。

在20世纪的中国小说研究中，白话通俗小说成了小说研究之主流，而在有限的文言小说研究中，传奇研究明显占据主体地位，其研究格局之"偏仄"成了此时期小说研究的主要不足。更有甚者，当人们一味拔高白话通俗小说之历史地位的时候，其所持有的从西方引进

---

[1] 谭帆：《论中国古代小说文体研究的四种关系》，《学术月刊》2013年第11期，第107—117页。

的小说观念却是一个纯文学观念（或雅文学观念），这种研究对象与研究观念之间的"悖离"致使20世纪的白话通俗小说研究也不尽如人意，其中首要之点是研究对象的过于集中，《水浒》《三国》《红楼梦》等有限的几部小说成了人们津津乐道的小说研究主体。

长期以来，我们对于古代小说的研究往往取用西方叙事文学的研究格局，持"思想""形象""结构""语言"的四分法来评价中国古代小说，且"思想"的深刻性、"形象"的典型性、"结构"的完整性和"语言"的性格化在小说研究中几乎成了恒定的标尺，研究者由此判定小说的价值。这一评判路径和价值尺度其实与古代小说颇多悖异。譬如，这一格局和路径勉强适用于以"话本""章回"为主体的白话小说领域，以此评判笔记体小说简直无从措手，甚至对传奇小说也并不适合。又如，中国古代的白话小说绝大部分是通俗小说，而通俗小说有自身的规范与追求，"思想"的深刻性、"形象"的典型性、"结构"的完整性和"语言"的性格化其实与通俗小说大多没有太大关系。在这一尺度的"筛选"和"过滤"下，符合标准的其实已寥寥无几。

文言小说研究亦然，当"虚构的叙事散文"成为研究小说的理论基础时，"叙述婉转"的传奇便无可辩驳地取代了"粗陈梗概"的笔记小说的地位，虽然笔记小说是传统文言小说之"正脉"，但仍然难以避免被"边缘化"的窘境。其实，浦江清早在20世纪40年代就提出了不同的看法：

> 现代人说唐人开始有真正的小说，其实是小说到了唐人传奇，在体裁和宗旨两方面，古意全失。所以我们与其说它们是小说的正宗，毋宁说是别派，与其说是小说的本干，毋宁说是独秀的旁枝吧。[1]

惜乎这一观点没能引起足够的重视。由此可见，20世纪中国小说研究的这一"古今"差异对中国小说研究的整体格局有着很大的影响。

四、小说批评研究之检讨

早在二十世纪八九十年代，中国文学批评史学科就形成了四种比较典型的研究格局：中国文学批评通史研究、中国文学思想史研究、中国各体文学理论史研究和中国古代文体学史研究。不仅如此，还形成了四个相对比较集中的研究阵地：复旦大学的中国文学批评通史研究、南开大学的中国文学思想史研究、华东师范大学的中国各体文学理论史研究和中山大学的中国古代文体学史研究。以"分体"为研究路径，在学术史上由来已久，实际上是对中国文学批评史学科领域的延伸和拓展，并且取得了丰硕的研究成果。仅系列丛书就有三套出版，其中最早以丛书形式出版的是20世纪

---

[1] 浦江清：《论小说》，载《浦江清讲中国古代文学》，北京：团结出版社，2019年，第244页。

90年代中期安徽教育出版社出版的"分体文学学丛书",该丛书以"通论"为名,着重于横向的理论建构,有其独特的价值;2005年,徐中玉先生主持修订"中国各体文学理论史丛书",收录华东师范大学中文系20世纪90年代以来出版的分体文学批评史著作,丛书起名"各体文学"乃对应中文系的研究生专业名称"中国各体文学",并统一书名为"中国古典××理论史",由华东师范大学出版社出版。上述两种之外,复旦大学黄霖先生主编的"中国分体文学学史丛书",分诗学、词学、散文学、小说学和戏剧学五种文体,2013年由山西教育出版社出版。[1]

然从宏观角度言之,20世纪的小说理论批评研究经历了从附丽于文学批评史学科到独立发展的过程,这一进程决定了小说理论批评研究的基本格局和思路,即在整体上它是中国文学批评史研究在小说领域的延伸,而研究格局和思路也是文学批评史研究的"翻版",以批评家为经、以理论著作及其观念为纬成了小说理论批评研究的常规格局。这一研究格局有一定的合理性,但忽略了理论批评在"小说"领域的特殊性。由于受中国文学批评史研究格局的影响,长久以来我们的小说理论批评研究一直以"理论思想"为主要对象,于是对各种"学说"的阐释及其史的铺叙成了小说理论批评研究的首务,原本丰富多样的古人对于小说的研究被主观分割成一个个理性的"学说",一部中国小说理论批评史也就成了一个个理论学说的演化史,而在这种研究格局中,中国小说批评史上最富色彩、对小说传播最具影响的"文本批评"却被忽略了,这无疑是20世纪中国小说理论批评研究中的一大缺憾。而我们拈出"小说学"一词来替代"小说批评",目的正是以"小说学"的"宽泛"来调整以往小说理论批评研究的"偏仄"。[2]

"小说学"一词较早见于近代小说批评,其指称内涵凡三变。如"然则小说学之在中国,殆可增七略而为八,蔚四部而为五者矣"[3]。此处所谓"小说学"其实即指"小说"本身,并没有涉及小说的研究问题,此其一。其后,"小说学"一词转而指称小说的理论研究,较早以"小说学"命名的研究论著是出版

---

[1] 三套丛书的具体构成为:(1)安徽教育出版社:《中国诗学通论》(袁行霈、孟二冬、丁放著,1994年)、《中国戏剧学通论》(赵山林著,1995年)、《中国小说学通论》(宁宗一主编,1995年)和《中国散文学通论》(朱世英、方遒、刘国华著,1995年)。(2)华东师范大学出版社:《中国古典小说理论史》(方正耀著,2005年)、《中国古典戏剧理论史》(谭帆、陆炜著,2005年)、《中国古典词学理论史》(方智范、邓乔彬等著,2005年)、《中国古典诗学理论史》(萧华荣著,2005年)和《中国古典散文理论史》(陈晓芬著,2011年)。(3)山西教育出版社:《中国分体文学学史·诗学卷》(周兴陆著,2013年)、《中国分体文学学史·词学卷》(彭玉平著,2013年)、《中国分体文学学史·散文学卷》(罗书华著,2013年)、《中国分体文学学史·小说学卷》(谭帆、王冉冉、李军均著,2013年)和《中国分体文学学史·戏剧学卷》(刘明今著,2013年)。

[2] 谭帆:《"小说学"论纲——兼谈20世纪中国古代小说理论批评研究》,《中国社会科学》2001年第4期,第146—156页。

[3] 任公:《译印政治小说序》,《清议报》1898年第1期,第54页。

于 1923 年的《小说学讲义》（董巽观撰），全书分二十章详尽讨论了小说的创作问题，如"意境""问题小说"等。随之，以"小说学"指称小说研究论著，如陈景新《小说学》（上海泰东图书局，1925 年）、金慧莲《小说学大纲》（天一书院，1928 年）、徐国桢《小说学杂论》（1929 年《红玫瑰》连载）、黄棘（鲁迅）《张资平氏的"小说学"》（1930 年《萌芽》1 卷 4 期）等，此其二。以"小说学"指称古代小说理论与批评，当在近数十年间，较早的如宁宗一主编的《中国小说学通论》和康来新撰写的《发迹变泰——宋人小说学论稿》，两书分别出版于 1995 年和 1996 年，而所谓"小说学"即指中国古代的小说批评，此其三。

关于"小说学"之内涵，我们的基本认知包括三个维度和一种体式。三个维度是指小说文体研究、小说文本批评和小说存在方式研究；一种体式是指小说评点，这是古代小说学的重要载体。把评点纳入小说学视野和框架下进行研究，既有新意，也有理据，作为小说学的重要载体，评点承载着小说学的诸多内涵：如"小说文体研究"中的观念、范畴、技法均与小说评点息息相关；"小说存在方式研究"中最为独特，也最具价值的"改订"也源自评点；而"小说的文本批评"更是以评点的文本阐释为核心。故脱离评点这一体式来谈论"小说学"，难免会感觉空洞和无所依傍。上述四个层面构成了小说学研究的整体内涵，四者之间既有联系，又有相对的独立性。而我们以此作为小说学的研究对象，一方面是为了突破以往的研究格局，同时更重要的是为了使小说学研究贴近中国古代小说史的发展实际，将小说学研究与小说史研究融为一体，进而呈现"小说"在中国古代的实际存在状况，勾勒出一部更实在、更真切的古人对于"小说"的研究史和阐释史。

首先，以"小说学"为观照视角扩大了小说批评的研究领域，能有效解决小说批评史研究的学科困境问题。比如，20 世纪以来的小说批评史研究经历了一段从附丽于文学批评史学科到独立发展的历史过程。这决定了小说批评史研究的基本格局和思路，即在整体上这是文学批评史研究在小说领域的延伸，其研究格局和思路也是文学批评史研究的"翻版"。其表现为以历史发展为经、以理论家的理论著作及其思想观念为纬来梳理小说批评史。这一格局有其合理性，但忽略了理论批评在"小说"领域的特殊性。实际上，古代小说批评的理论内涵相对来说比较贫乏，这种理论思想对小说创作的实际影响更是甚微。

其次，以"小说学"为观照视角扩大了研究者的学术文化视野，使小说批评史研究有效接续了与传统文化之间的血脉关系。我们以先唐小说学为例：先唐时期对于小说的研究和评判主要在史学和哲学领域，小说学呈现一种依附状态，这一状态与小说在先唐时期的生成与发展相一致。故先唐小说学主要为总体性的把握和评判，大量融合了非"小说"的内涵，而相对缺乏对于小说本体的精深分析。但这种总体性的评判是后世小说学的思想之源，规定和制约了中国古代小说和小说学的发展进程。如"小道可观"一语，从指称与"大道"相对的思想行为到与儒家经典相对的诸子百家，再演变为专指诸子百家中特定的一类书籍，这一演变大致在东汉初年得以完成。无论是桓谭还是班固，其所指称的"小说家"虽与后世的所谓小说有颇多歧异，但毕竟是后世小说之滥觞。

以上我们分别从"评点研究""术语研究""文体研究"和"批评研究"四个角度梳理和分析了20世纪以来中国小说史研究的实绩和缺憾，并检讨了笔者在上述四个领域的研究状况。通过梳理，我们不难看到，中国小说史研究的确取得了非常辉煌的成绩，小说史研究已从研究领域的边缘逐步走向了中心。但同样也令我们沮丧的是，20世纪以来的小说史研究在研究内涵、价值评判和理论方法等诸多方面都表现出了不少值得反省和改造的地方，其中"以西例律我国小说"的研究路径和价值确认无疑是最为核心的部分。因此，中国小说史研究要求得更大的发展，在研究对象和研究方法上的"本土化"是最值得深思的问题。

附记：本文是笔者在上海师范大学人文学院的学术讲座稿，适逢人文学院新办《小说研究》，应编辑部之邀在第一辑上予以刊发。讲座稿并非原创，乃笔者小说史研究中多篇论文之集合。特为说明，并致歉意。

（特约编辑：李玉栓）

名品研究

早期现代欧洲的"普遍语言"理论及其在小说中的呈现

金雯*

内容提要：17和18世纪的欧洲出现了许多"普遍语言"的理论，体现了早期现代欧洲人吸纳东方知识构建普遍知识体系的努力。这些理论大致可以分成两个支流，一种是对规范性自然语言的想象，一种是树立某种基准性语言，建立一套自动翻译机制的理论构思。由于第一种自然语言观流于空想，寻找基准性语言成为18世纪至早期浪漫主义时期普遍语言理论的主流。英语、法语和德语相继被认为是最合适的基准性语言，这在一定程度上促进了欧洲民族主义的崛起。同样重要的是，这些理论在18世纪催生了新的小说形式，比如热衷构想"普遍语言"的乌托邦小说和远航小说，以及代表文化杂糅理念的"东方小说"。

关键词：普遍语言 启蒙时期 威廉·琼斯 弗里德里希·施莱格尔 18世纪欧洲小说

Early Modern European Theories of the "Universal Language" and Their Impact on Fictional Narratives

Abstract: In the 17th and 18th centuries, many theories of "universal language" emerged in Europe, registering the efforts of early modern Europeans to absorb knowledge from the East and build a universal knowledge system. These theories can be roughly divided into two streams. One concerns the construction of a normative natural language, and the other concerns ways of setting up a standard language and establishing a set of automatic translation mechanisms through which other languages can be rendered into it. As the first approach became eclipsed by the second, the

---

* 金雯，女，华东师范大学国际汉语文化学院和中文系双聘教授、博士生导师。主要研究方向：18世纪英美文学、比较文学和文艺理论。

【基金项目】国家社科基金重大项目"18世纪欧亚交流互鉴研究"（项目批准号：21&ZD278）阶段性研究成果。

search for a universal language led to the elevation of specific European languages to the status of the gold standard of all languages, a practice complicit in the rise of European nationalism in the 18th century. Equally importantly, these theories gave rise to new forms of fiction in the 18th century, such as utopian novels and voyage novels containing representations of a "universal language" and oriental fiction embodying the idea of cultural hybridization.

Keywords: universal language; Enlightenment; William Jones; Friedrich Schlegel; 18th-century European novel

---

威廉·琼斯爵士（William Jones）在他编译的东方诗歌集（*Poems, Consisting Chiefly of Translations from the Asiatick Tongues*）的序言中表示，他的心愿是"向有学识的人群推荐一种充满了新表达、新意象和新创意的文学"，并鼓励他们学习东方语言。[1] 无独有偶，约翰逊博士（Samuel Johnson）在他与鲍斯威尔（James Boswell）的谈话中也表示了对所有古老语言的赞赏，甚至还在拿到稳定的退休年金后表示，假如这事在20年前发生，他就会像波考克（Edward Pococke，东方学学者）一样去君士坦丁堡学习阿拉伯语。[2]

文艺复兴以来，欧洲人学习东方语言的热情是无与伦比的，现代语文学就是在这个语境中诞生的。根据《牛津英语大词典》（*Oxford English Dictionary*），"语文学"（philology）一词出自古希腊词源，在古希腊语中表示对话语和修辞的热爱。文艺复兴时期，"语文学"表示广义的对学识和文献的热爱，也开始表示对文献历史维度、语言学维度和阐释维度进行研究，即文献研究的总和。从18世纪开始，"语文学"开始表示系统性的语言学研究，即有关语言结构、历史沿革和不同语言所构成的谱系的知识，也就是对语音、词形的历史性研究。早期现代语言理论——或称之为"语文学"——对19世纪现代语言学的学科化进程有重要的奠基作用。[3] 在英语世界中，"语文学"始终保持着文献研究总称的含义，只有在德语世界才将其从语言学中分化出来，着重表示对文献历史维度和阐释维度的

---

[1] William Jones, *Poems, Consisting Chiefly of Translations from the Asiatick Languages*, London: printed by W. Bowyer and J. Nichols, 1777, p. 15.

[2] James Boswell, *The Life of Samuel Johnson 2*, London: J.M. Dent and Sons Ltd., 1949, p. 335.

[3] 沈卫荣认为"语文学"大致等同于历史语言学，但也包括对文本及其历史的研究。参见沈卫荣：《回归语文学》，上海：上海古籍出版社，2019年，第3—13页。郝岚也强调语文学中包含的"人的历史"，参见郝岚：《比较文学起源与德国语文学遗产》，《上海大学学报（社会科学版）》2003年2月期，第119页。

研究。[1]

我们在研究17和18世纪欧洲的文学和文化时，总有一个绕不过去的悖论。这是欧洲人剧烈调整自身知识框架和话语范式的时期，而这种调整常常分化为两个方向：其一，欧洲人尝试通过融通东方和其他域外知识来构建普遍知识和价值，不断玩味跨越语言隔阂进入他者内心并反观重构自身的可能性；其二，欧洲人也在与异域文化的接触中对"民族性格"和民族差异等问题产生了深刻的兴趣，开始建构文化等级的观念。17和18世纪的欧洲尚未出现坚固的民族-国家观念，这个时候知识精英的话语范式总是在这两种立场之间拉锯，衍生出各种不同的对待东方的立场。笔者之前已经从早期现代欧洲的世界史写作、乌托邦叙事和东方物质文化热等几个维度切入，论述早期现代欧洲知识范式的内在悖论，本文则从语文学角度出发对之前的论述作出补充。17和18世纪的欧洲人在全球范围内寻找不同语言之间的关联，这个时期有关"普遍语言"的理论层出不穷；然而，吊诡的是，对普遍语言的追寻导向了自身的反面，促进了欧洲民族语言地位的上升，也为欧洲民族主义形成提供了重要助推。

一、东方学的发源与欧洲语文学的进展

对东方语言的学习是早期现代欧洲东方学的重要组成部分。早期现代欧洲的东方学源于16世纪，在荷兰、西班牙、法国等地都有关键性发展。至少从17世纪初开始，欧洲大学开始讲授希伯来语、阿拉伯语等东方语言，1613年，荷兰学者厄尔普纽斯（Thomas Erpenius）在莱登大学接受了阿拉伯语教授一职。[2] 早期东方学不仅扩展了欧洲人对伊斯兰和波斯语言文化的认识，也开始引入中国、日本、印度等东亚、南亚等地的知识和典籍，接续了《马可波罗游记》开创的东方知识脉络。

东方学的机构基础始于欧洲图书馆东方典籍馆藏的扩充。文艺复兴时期，欧洲学者依靠去东方传教或旅行的欧洲人获取更多的东方典籍，出版商开始出版辞典、语法书和东方古典典籍，合力建构了一个东方知识的生产和流通网络。此时欧洲人的征战和海盗活动也是阿拉伯典籍的重要源头。[3] 正是由于一次海盗行动，西班牙埃斯科里亚尔修道院在1614年成为早期东方学典籍的重要收藏所。1612年，法国人卡斯特莱恩（Jean-Philipe Castelane）代表法国

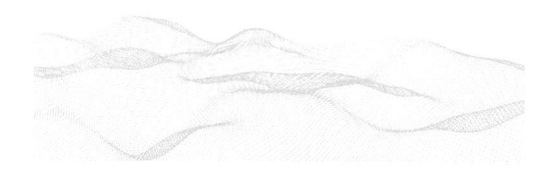

[1] Anna Morpurgo Davies, *History of Linguistics 4*, London and New York: Routledge, 1998, p. 22.

[2] Alastair Hamilton, Jan Loop, and Charles Burnett eds., *The Teaching and Learning of Arabic in Early Modern Europe*, Leiden, Boston: Brill, 2017, p. 13.

[3] Robert Jones, "Piracy, War, and the Acquisition of Arabic Manuscripts in Renaissance Europe," *Manuscripts of the Middle East*, No. 2 (1987): pp. 96—110.

与摩洛哥苏丹兹丹（Mulay Zaydân）签订同盟条约，却旋即将苏丹委托他保管的珍贵财物——包括其收藏的早期东方学著作——偷运出摩洛哥，这些著作半道被西班牙舰队劫走，也因此落脚于埃斯科里亚尔。不过，由于再征服运动之后的西班牙不允许伊斯兰历史和思想公开流通，埃斯科里亚尔的东方图书馆并没有向学者开放。只有国王菲利普三世的阿拉伯语、土耳其语和波斯语翻译古尔曼迪（Francisco de Gurmendi）被允许使用图书馆内的藏书，比如"词汇集和有关如何正确并优雅地使用这种语言的书籍，还有他认为值得译成卡斯蒂利亚语的道德哲学和历史类书籍"。[1]

法国也成为欧洲早期东方学的发源地，当北非摩洛哥积极寻求与英国、法国和联合王国的外交关系，奥斯曼帝国也与法国构成了同盟关系。法国人比莱斯克（Nicolas Peiresc）和荷兰人范厄尔普（Thomas van Erpe）都保持着与摩洛哥的通信，后者的阿拉伯语语法直到19世纪都保持着经典地位，他的弟子戈利厄斯（Jacobus Golius）在摩洛哥居住过两年，与当地学者多有交流。[2]当然，法国东方学的发展有其自身特点：

第一，出于论证天主教教义细微之处以维护王权的政治需求，法国学者对希伯来圣经和其他宗教文献表现出很大兴趣，1743年，从罗马回到巴黎的法国驻奥斯曼帝国大使德·布里弗斯（Savary de Brèves）带回了一架在罗马制造的阿拉伯语印刷机，印制了"巴黎版多语圣经"，包括希伯来语、希腊语、拉丁语、撒马利坦语、古巴比伦语、叙利亚语和阿拉伯语的内容。此后，政治和神学的合流一直推动着法国人对东方语言的兴趣。第二，路易十四的宫廷热衷于建立学院和资助学者，一方面笼络学者使其为国王书写礼赞，一方面也借用学者之力教育王储稳固统治。在这样的背景下，路易十四的国务大臣科尔伯特（Jean-Baptiste Colbert）制定了组织王室藏书网络的制度，用来搜寻奇石异株、异域动物和稀见手稿。[3]科尔伯特大大扩充了王室图书馆，完善了它的分类记录系统，他手下有很多人员到外省的藏书室和图书馆去寻找有利于巩固王权的宪章，他也派人出国去获取希腊或东方书稿，同时获取古董、钱币和摩洛哥皮革等货物。第三，法国与奥斯曼帝国的贸易也使得法国翻译者变得重要，除了在法兰西学院建立的东方语言讲席教授制度之外，法国也对年轻的东方语言学者施以恩惠，造就了服务国王的德洛克拉瓦家族，三代人相继担任"总翻译官"（secrétaires-interpretes）和

---

[1] Oumelbanine Zhiri, "A Captive Library Between Morocco and Spain," in *The Dialectics of Orientalism in Early Modern Europe*, Marcus Keller and Javier Irigoyen-García ed., London: Palgrave McMillan, 2018, p. 23.

[2] Oumelbanine Zhiri, "A Captive Library Between Morocco and Spain," in *The Dialectics of Orientalism in Early Modern Europe*, Marcus Keller and Javier Irigoyen-García ed., London: Palgrave McMillan, 2018, pp. 26—27.

[3] Nicholas Dew, *Orientalism in Louis XIV's France*, Oxford: Oxford University Press, 2009, p. 20.

"皇家阿拉伯语教授"的职位。这些历史条件的一个重要成果就是17世纪晚期法国东方学家德伯洛特（Barthélemy d'Herbelot）编撰的东方知识与文化辞典《东方全集》（Bibliotheque orientale）。这部辞典主要涵盖阿拉伯地区的伊斯兰文化，与克勒米耶（Paul Colomiès）编撰的以希伯来语为中心的《东部高卢人》（Gallia orientalis）相比，可以看出17世纪下半叶法国东方学范围有了明显的扩大。

英国与法国和西班牙既有相似之处，也有区别。从17世纪开始英国在北美、加勒比海等地区占领了众多殖民地，也同时通过商贸向"中东""远东"和印度渗透。1592年，专事经营英国与奥斯曼帝国贸易关系的黎凡特公司获准成立。1675年，黎凡特公司大使芬奇（John Finch）率使团从伊斯坦布尔来到亚德里安堡，试图觐见苏丹穆罕默德四世（Mehmed Ⅳ, 1648—1687年在位），为公司获得更多在奥斯曼帝国境内的贸易特权。与大使同行的还有一些公司官员，他们以自己的方式记录了这次旅途和在亚德里安堡的见闻。虽然芬奇一行人并没有得到苏丹的重视，但牧师柯维尔（John Covel）在记录奥斯曼行程的日记中不厌其烦地描绘苏丹宫廷的建筑风格以及各类繁复的仪式和庆典，并手绘插图描绘令人叹为观止的排场和装饰艺术。柯维尔尤其对帝国号令诸众的威仪表示惊叹：庆典"从四方召集帝国臣民，包括犹太人、希腊人、阿拉伯人、亚美尼亚人、突厥人，不一而足"，来进献贡物或演出。[1]

与此同时，公司官员对亚德里安堡城市景观的总体评价却不高，尤其对街道上的牛车、粪堆和腐尸嗤之以鼻。黎凡特公司官员对待奥斯曼帝国的态度可以被描绘为一种帝国嫉羡，有仰慕也有憎恶。18世纪初，克莱姆伯格（Jakob Kremberg），一个出生在华沙的德裔词曲作家在伦敦谋生，他专门为安妮女王的生日创作了一首配乐的祝寿诗，表达对英帝国的期望。他在诗中启用了"布列塔尼亚""欧洲""亚洲""非洲""美洲""海王星"和"地图册"等人物，再加上战神贝罗娜（Bellona）和谷物神塞勒斯（Ceres），这些人物依次出场列举自己所代表地区敬献给英帝国的珍贵物产，"亚洲"献上的是香料、珍珠、树胶和檀香等物产。[2] 东方学在英国的帝国憧憬中逐渐发展。17世纪初诺尔斯（Richard Knolles）的《土耳其人历史一览》（The Generall Historie of the Turkes）和英国驻土耳其大使里考特（Paul Rycaut）的《奥斯曼帝国的现状》（The Present State of the Ottoman Empire）都被翻译成各种语言，对整个欧洲的影响都很大。17世纪的英国也已经拥有了良好的东方语

---

[1] Lydia M. Soo, "The Architectural Setting of 'Empire': The English Experience of Ottoman Spectacle in the Late Seventeenth Century and Its Consequences," in *The Dialectics of Orientalism in Early Modern Europe*, Marcus Keller and Javier Irigoyen-García ed., London: Palgrave MacMillan, 2018, p. 238.

[2] Jocob Kremberg, "England's Glory," *A Poem*, London: sold by Richard Harrison, 1706, pp. 2—3.

言的研究基础，1632年和1636年，剑桥大学和牛津大学相继设立了阿拉伯语讲席教授职位。贝德维尔（William Bedwell）教授，英国的阿拉伯研究之父，将詹姆斯国王版本的《圣经》译为阿拉伯语。波考克是后续涌现的东方学巨擘之一，通阿拉伯语、希伯来语、叙利亚语、波斯语和土耳其语，1636年成为牛津大学阿拉伯语讲席教授。

东方学的发生与东方语言研习的热潮相伴而生。由于人类语言始于希伯来语这种由《圣经》奠定的传统观念在早期现代的欧洲有所延续，17世纪的欧洲学者十分热衷于构建以希伯来语为中心的东方语言谱系，对中世纪以降梳理希伯来语、古希腊语和拉丁文关联的理论作出重要补充。一个近年来受到不少关注的语言学家的研究可以充分说明17世纪东方语言成为学术研究对象的历程。1647年，出生于耶拿、时年26岁的东方语文学学者格哈德（Johann Ernst Gerhard）重新出版了语文学前辈学者史卡德（Wilhelm Schickard）撰写的希伯来语法，此次出版保留其核心内容，在书中图表的希伯来语一栏旁边增加了阿拉米语、叙利亚语、阿拉伯语和埃塞俄比亚语的参照栏，并添上一篇自己写的附录，名为《东方语言的和谐》（"Harmonia linguarum orientalium"），提出了东方语言之间具有亲缘关系和相似性的理论。这并非一个孤立现象，正是在此时的欧洲出现了"闪族语系"的观念，扩展了中世纪以降在希伯来语和欧洲语言之间建立勾连的尝试，这也对格哈德产生了影响。[1]

身处一个语言多样化急剧发生的时代，早期现代的欧洲人不仅努力尝试勾勒东西方语言之间的亲缘关联，重新构建世界语言谱系，也开始积极设想能够消弭语言隔阂的"普遍语言"。这种探索超越了《圣经》中将希伯来语视为所有人类语言源头的基督教普遍主义，也可以认为是对基督教普遍主义作了世俗转化。总体来说，17世纪的欧洲出现了两种"普遍语言"，一种可以被称为"规范性语言"（即被认为符合人类共通思维方式，可以被全世界民族接受的表意符号系统），另一种可以被称为"基准性语言"（即可以成为所有人类语言翻译的参照性语言）。笛卡尔（René Descartes）和莱布尼茨（Gottfried Wilhelm Leibniz）对"规范性语言"何以可能的问题都有所思考，他们试图提炼出所有语言共享的基本单词和基本语法，由此创造一种通行的语言。1629年，笛卡尔曾对数学家梅森（Marin Mersenne）有关普遍语言的设想作出回应，在回信中表示普遍语音应该基于一个哲学基础。[2] 随后，莱布尼茨出版了《论组合的艺术》（*Dissertatio de arte combinatoria*），试图将人类思想分解为一系列基本概念，为普遍语言的构建

---

[1] Asaph Ben-Tov, *Johann Ernst Gerhard（1621—1668）: The Life and Work of a Seventeenth-Century Orientalist*, Leiden, Boston: Brill, 2021, p. 65.

[2] James Knowlson, *Universal Language Schemes in England and France, 1600—1800*, Toronto and Buffalo: University of Toronto Press, 1975, pp. 65—66.

奠基。不过，成为规范性语言理论最重要渊薮的是英国。英国国教牧师、自然哲学家威尔金斯（John Wilkins）在《水星，隐秘迅疾的传信人》（Mercury: Or the Secret and Swift Messenger）一书中对"密文理论"进行系统性研究，所谓"密文"，即可以代替和遮盖其他语言的符号系统，在威尔金斯看来，"密文"中的一种就是"普遍语言"。威尔金斯在书中列举了少数实际存在的"普遍语言"，包括荷兰传教士金尼阁（Nicolas Trigault）在《中国传教史，1610—1625》（Historia Missionis Sinensis, 1610—1625）中提到的作为东亚通用语言的汉语。与此同时，威尔金斯也提出一种与笛卡尔、莱布尼茨设想相仿的规范性语言，这种语言直接表达"事物"与"念头"，无需借助抽象任意的字符，因此是一种自然语言，可以成为所有民族共同使用的一般语言，作为自然语言的例证，他尤其提到了古埃及象形文字。[1] 在威尔金斯之后有不少欧洲语文学学者尝试推进规范性语言的构建，提出有关其具体结构和元素的构思。[2]

与此同时，欧洲人也在文艺复兴时期传统的基础上开始建构早期翻译理论，希望找到能便利地与所有语言发生转换的基准性语言，由此在所有语言之间架设一道桥梁。17世纪德语区富尔达主教区的耶稣会士基歇尔（Athanasius Kircher）在《中国图说》（China Illustrata）中已经体现了他扎实的古典语文学基础，对汉语和古埃及象形文字的同异进行了分析。在1663年的著作《作为一种新的普遍组合艺术的多语言书写系统》（Polygraphia nova et universalis ex combinatoria arte detecta）中，基歇尔描绘了使用密文实现在不同文字之间自动翻译的愿景。这部著作的第一和第二部分介绍了两种翻译方法，第一部分名为"将所有语言归为一"，用列表的方式为拉丁语、意大利语、法语、西班牙语和德语中的部分相似词汇配上罗马数字和阿拉伯数字（分别表示这些词汇的意义和语法成分）。第二部分"从一出发通抵所有语言"由相似列表构成，将不同语言的相似词组和词汇与大写拉丁文字母相配。以上两组列表都试图说明人们可以把不同语言转换为数字或转换为拉丁文字母，由此实现语言之间的自动翻译。[3]

长远来说，构建规范性普遍语言的努力由于难度太大而无法落实，将基准性语言和密文理论相结合而构成的普遍语言理论成为18世纪以降欧洲试图驯服世界语言多样化的主要路径。

---

[1] John Wilkins, *Mercury: Or the Secret and Swift Messenger*, London: printed for Rich. Baldwin, 1694, p. 101.

[2] 出生于弗莱芒、居住在伦敦的商人洛德维克（Francis Lodwick）在《通用书写》（*A Common Writing*）一书中首次提出普遍语言书写系统的具体样貌，试图将规范性自然语言的构想落到实处。

[3] Haun Saussy, "Magnetic Language: Athanasius Kircher and Communication," in *Athanasius Kircher: The Last Man who Knew Everything*, Paula Findlen ed., New York and London: Routledge, 2004, pp. 263—282.

二、普遍语言的民族化

在从 17 世纪到 18 世纪演变的过程中，对普遍语言的构想基本遵循着寻找基准性语言的路径，并逐渐与兴起中的欧洲民族主义合流。普遍语言理论在推崇拉丁语和具体的欧洲语言之间徘徊，提升了欧洲语言在世界语言版图中的地位，使其跃升于更"自然"（即更与物贴合）的东方象形文字之上，成为普遍语言的主要形式。此时，普遍主义思想和民族主义的上升紧密纠缠在一起，构成了启蒙时期知识范式的两个侧面。分析 18 世纪普遍语言理论的几个主要分支，我们可以看到全球化语境下欧洲语言观念中两种力量的冲撞，一方面是对全世界语言的接纳和重视，一方面是借助欧洲语言地位的上升构建欧洲民族身份和欧洲共同体的倾向。

18 世纪的英国和法国都十分注重构建基准性语言，不约而同地在拉丁语和本国俗语间游移。1768 年，威尔士律诗和语文学家琼斯（Rowland Jones）出版了小册子《普遍象形语言的语法简介》（*A Grammatical Introduction to an Universal Hieroglyfic Language*），试图说明希腊语和随之而来的拉丁语以及罗曼语本来就具有象形特征，而且可以包含一个严谨的语法系统。更重要的是，在这些语言中，英语因其"丰富性、力量及其词语形式和语法结构的简洁"，是"任何地球语言中最适合成为普遍语言的资源"。[1] 从这里可以看出，对 17 和 18 世纪的欧洲人来说，象形文字具有某种原初语言的特征，此时欧洲人对古埃及象形文字和中文都很感兴趣，不过他们仍然认为欧洲语言更接近实际存在的自然语言，故而他们将"象形"的特征从东方语言那里分离出来，附着于欧洲文字，为欧洲民族语言赋能。

不过，与此同时英国的普遍语言理论中也渗透着泛欧洲思想。一位身份不明的法学博士威廉斯（John Williams）秉承希伯来语是人类原初语言的理论，提出阿拉伯语、撒马利坦语、叙利亚语和迦勒底语是希伯来语的方言，希腊语源自希伯来语，而拉丁语源自希腊语，随后再产生所有的罗曼语（意大利语，法语，西班牙语，葡萄牙语）。[2] 同理，威廉斯认为其他东方语言也具有同源性，阿拉伯语、波斯语、帕尔迈拉语和土耳其语的书写文字很相似。综上所述，他认为，如果要发明一种可以适用于"所有科学"的"普遍语言"，那么法语和英语都不适合，只有拉丁文才最合适。

---

[1] Rowland Jone, *Hieroglyfic: Or a Grammatical Introduction to an Universal Hieroglyfic Language*, London: printed by John Hughs, 1768, A4.

[2] John Williams, LL.D., *Thoughts on the origin and the Most Rational and Natural Method of Teaching the Languages*, London: printed by H. Goldney, 1783, p.14. 自中世纪以来，希伯来语就被认为是世界所有语言的源头，18 世纪的时候希伯来语的作用大大缩小，一般被认为是欧洲文字的起源，这个理论在 18 世纪末被印欧语系理论推翻。英国医生和古史学家帕森斯（James Parsons）就曾在《雅弗的遗存》（*The Remains of Japhet*）一书中认为许多欧洲语言源于希伯来语的一个分支，并将其称为雅弗语（Japhetian，雅弗斯是诺亚三个儿子中的一位）。

威廉斯无疑流露出一种浓厚的普遍主义观，他特别指出，所有语言都产生了"值得关注的卓越作品"，因为"天才并不局限于国家、气候或肤色"，但这种普遍主义仍然屈从于欧洲共同身份的建构。[1]

18世纪中叶，法语在欧洲不同国家的地位都非常高，不仅是哲学、科学研究和文学写作的主要用语，也是大部分国家——包括"俄国、德意志、奥地利、英国、波兰、挪威、丹麦、匈牙利和罗马尼亚"在内——的宫廷和外交用语。[2]1784年，柏林学院（Die Königlich-Preußische Akademie der Wissenschaften）围绕"法语的普遍性"征文，法国人里瓦罗（Antoine de Rivarol）应征写作《法语的普遍性》（"Discours sur l'universalité de la langue française"）一文，赢得了征文大赛。不过，与英国的情况类似，法国也有人存在其他想法，拉丁文的地位尚未被完全取代。达朗贝尔（Jean le Rond d'Alembert）就指出过放弃拉丁文而使用欧洲俗语来进行科学研究的弊端，他在《百科全书》的序言（"Discours préliminaire"）中，对拉丁文被欧洲俗语代替的现状表示遗憾，他认为，由于他这个时代的学者必须掌握大量语言，因此他们"在开始学习之前就去世了"。[3]

在早期欧洲的世界语言版图中，古埃及象形文字、以希伯来语为首的东方文字都曾是"普遍语言"的原型，但在18世纪的进程中被拉丁文、法语和英语取代。对普遍语言的构建体现了早期现代欧洲人在世界不同语言之间寻求一致性和互通性的愿望，也表达了用欧洲语言统率其他语言的目标。这种夹杂着民族等级思想的普遍主义精神是对欧洲曾经拥有的统一文化身份的怀旧，也是对全球文化多样性爆发这种新处境的回应，揭示了欧洲的前世今生。

汉语在有关普遍语言的讨论中占据不太有利的位置。虽然汉字与古埃及文字一样，也有象形的特征，但毕竟尚未完全进入欧洲人的视野。不过17世纪以降，欧洲人对汉语的认识逐渐加深，17世纪英国著名的实验科学家胡克（Robert Hooke）曾撰写《有关汉字的一些观察和猜测》（"Some Observations, and Conjectures concerning the Chinese Characters"）一文，试图论证汉语在源头上是一种古老的哲学、规范性普遍语言，只是在使用中逐渐残缺和被误解，失去了原有的特性。[4]

---

1 John Williams, LL.D., *Thoughts on the origin and the Most Rational and Natural Method of Teaching the Languages*, London: printed by H. Goldney, 1783, pp. 37—38.

2 James Knowlson, *Universal Language Schemes in England and France, 1600—1800*, Toronto and Buffalo: University of Toronto Press, 1975, p. 140.

3 Mary Terrall, "French in the Siècle des Lumières: A Universal Language?", *Isis* 108, No. 3（2017）: 636—642.

4 Robert Hooke, "Some Observations, and Conjectures Concerning the Chinese Characters," *Philosophical Transactions* 108, No. 16（1686）: 63—78.

三、印欧语系观念的创建和德语的崛起

在阿拉伯语、古埃及语和汉语之外，梵语在早期现代欧洲的传播也是一件大事。18世纪晚期，威廉·琼斯爵士继承和发扬欧洲语文学研究的传统，提出了有关梵语和欧洲语言同源的假设。这个观点后来被称为"印欧语系"理论，标志着欧洲语文学一个新的里程碑。印欧语系理论一方面提出了一个全新的跨越东西方的世界语言谱系，将欧洲和亚洲语言从源头上相连，一方面也为欧洲语言——尤其是德语——成为新的基准性语言提供了基础，充分显示了启蒙时期欧洲知识体系的两面性。

"印欧语系"（Indo-European languages）这个概念并不是琼斯发明的，19世纪英国医生托马斯·扬（Thomas Young）首次使用"印欧"这个概念，但威廉·琼斯的语言学研究是这个概念提出的最重要基础。正是琼斯的研究推翻了将希伯来语视为所有语言源头的中世纪观点，认为希腊语、拉丁语和梵语拥有很多相似的同源词，可以被追溯至一个至今已经消失的共同源头，而希伯来语与阿拉伯语和阿姆哈拉语等则应该归为闪族语言。这个观点从科学角度重建了欧洲的比较语言学，对后世产生了巨大的启发。1784年，琼斯在孟买成立了亚洲研究学会（Asia Society of Bengal），1786年他在大会成立三周年的纪念活动上做学术报告，报告自己的语言学研究成果。18世纪的后三分之一，不仅东方学问在欧洲更为普及，印度作为英国殖民地的地缘重要性也有所上升，这些条件都为印欧语系理论的成型提供了深厚的土壤。琼斯本人长期在东印度公司从事律师工作，对印度语言文化中渗透的审美想象力有很深的好感，他在印度文化中发现了对植物学和自然的热爱，也在印度教中发现了与基督教契合的神学，不仅翻译了《摩奴法典》（*Manu-smrti*），还翻译了印度古代诗剧《沙恭达罗》（*Sakuntala*）。[1]

琼斯的理论源自一条很长的语文学理论脉络，可以往回追溯到16世纪，也对后来德国浪漫主义时期的语文学理论产生了重大影响。16世纪，一些传教士就注意到梵语和欧洲语言之间的关联。[2] 17世纪，荷兰莱顿大学的历史语言学教授博克斯霍恩（Marcus Zuërius van Boxhorn）已经挑战了以希伯来语为中心的世界语言同源论，将拉丁语、希腊语与德语、俄语、土耳其语和波斯语关联在一起，将它们追溯至同一种源语言，并将其命名为斯基泰语（Scythian）。后来，他的朋友塞尔马修斯（Claudius Salmasius）将梵语也加入其中。1647年，博克斯霍恩在他一篇神话研究著作中提出了自己的"印度－斯基泰语"理论。在德语世界中，瑞士

---

[1] S. N. Mukherjee, "Sir William Jones and the British Attitudes Towards India," *Journal of the Royal Asiatic Society of Great Britain and Ireland* 96, No. 1 (1964): 37—47.

[2] Anna Morpurgo Davies, *History of Linguistics Vol. IV: Nineteenth-Century Linguistics*, London and New York: Routledge, 1998, p. 61.

语文学家雅格（Andreas Jäger）介绍了博克斯霍恩的理论，在英国，蒙勃多勋爵（Lord Monboddo）在18世纪初将其引入。这些语文学理论都是琼斯思想的来源。[1]

琼斯对后来学者的影响非常深远。早期德国浪漫派的施莱格尔（Karl Wilhelm Friedrich Schlegel）是19世纪初印欧研究的重要代表人物，在1819年的一篇文章中，他不仅认为梵语、波斯语和德语同出一源，且认为这个被推测出来的原初民族自称为雅利安人（即"光荣的民族"之义）。[2] 这个理论在19世纪和20世纪被无情地滥用，成为现代种族主义和犹太大屠杀的帮凶，在学理上也引发了争议，但在19世纪初的欧洲思想史语境中，它具有十分复杂的意义，不能简单地被视为现代文明痼疾的征兆。

施莱格尔对印欧语系理论的贡献要回溯到《印度人的语言和智慧》（Uber die Sprache und Weisheit der Indier）一书。施莱格尔在书中提到，他在巴黎的帝国图书馆使用了一部梵语语法简介，并得到了英国加尔各答学会的成员汉密尔顿（Alexander Hamilton）的帮助，汉密尔顿当时在伦敦担任波斯语和印地语教授，在1803—1804年的春天给予施莱格尔私人辅导。施莱格尔还得到了朗格勒先生（M. de Langlés）的帮助，他是巴黎帝国图书馆东方手稿部的管理员。[3] 正是在19世纪初欧洲丰富的东方学资源的帮助下，施莱格尔提出了自己的语文学推论，连通了欧洲语言和亚洲语言，为同时代的施莱尔马赫（Friedrich Daniel Ernst Schleiermacher）的翻译观也提供了很多启迪。在《印度人的语言和智慧》中，施莱格尔开宗明义地提出，梵语与"希腊语、拉丁语"以及"波斯语和日耳曼语言"的相似性最为显著。[4] 这个论点与19世纪初德语地区出现的将德意志民族和东方民族联系在一起的研究形成了共振。许多德语学者研究古埃及、印度、古希腊、波斯和日耳曼等不同民族的神话，并与基督教教义比较，试图"显示它们构成了同一个系统"。[5]

值得注意的是，从《印度人的语言和智慧》开始，施莱格尔的印欧研究就内含一个悖论：既代表东西方语言谱系的进一步融合，也代表构建欧洲共同体

---

[1] 在印度的法国传教士、耶稣会士科尔杜（Gaston-Laurent Cœurdoux）对梵语与欧洲语言在语法上的关联做了更多研究，不过其成果并没有在他有生之年得到出版和传播。

[2] 本文参考的是英文版：Friedrich Schlegel, "On the Beginning of our History, and the Last Revolution of the Earth; as the Probable Effect of a Comet," in *A Course of Lectures on Modern History*, Lindsey Purcell and R. H. Whitelock trans., London: Henry G. Bohn, 1849, pp. 345—404.

---

[3] 本文参考的是英文版：Friedrich Schlegel, "On the Indian Language, Literature, and Philosophy," in *A Course of Lectures on Modern History*, Lindsey Purcell and R. H. Whitelock trans., London: Henry G. Bohn, 1849, pp. 425—533.

[4] Friedrich Schlegel, "On the Indian Language, Literature, and Philosophy," in *A Course of Lectures on Modern History*, Lindsey Purcell and R. H. Whitelock trans., London: Henry G. Bohn, 1849, pp. 428—429.

[5] Chen Tzoref-Ashkenazi, "India and the Identity of Europe: the Case of Friedrich Schlegel," *Journal of the History of Ideas* 67, No. 4 (2006): 715.

的努力。一般认为，施莱格尔的宗教和政治观念在1808年经历了一次保守转向，他从早先的泛神论重新投向基督教的怀抱，正式皈依罗马天主教。[1]这种保守观念也充分体现在施莱格尔的古典语言研究上。施莱格尔的保守转向偏离了赫尔德（Johann Gottfried Herder）所代表的泛神论视野下的文化多元思想，与16和17世纪出现的基督教视野下的普遍主义思想一脉相承，只是施莱格尔的研究更为凸显古印度语言文化与德语世界的关联，为德国国家主义的崛起提供了重要的助推作用。

在《印度人的语言和智慧》中，施莱格尔对印度教中有关自然世界从神祇中"涌现"（emanation）的观念提出了一种新的理解。他反对将"涌现"等同于泛神论主张，因为泛神论将所有人视为神的一部分，取消了俗世的道德区分，而印度教具有和基督教一样的原罪意识，认为人们"在奴役和黑暗中"沿着造物主指定的道路向前徜徉。[2]施莱格尔的观点试图逆转从17世纪法国哲学家贝尔尼埃（François Bernier）到1817年苏格兰历史学家密尔（James Mill）等一系列欧洲人士对印度宗教和文化进行的负面书写。他回归17世纪欧洲普遍主义者的态度，比如荷兰古典学家和神学家沃西厄斯（G. J. Vossius），致力于在基督教立场上重塑世界的整体性。[3]在1815年的《今古文学史演讲集》（*Geschichte der alten und neuen Literatur*）中，施莱格尔更明显地陈述自己基于基督教视域的普遍主义思想：

基督教最早的神父们认为苏格拉底的生平和柏拉图的学说在很大程度上与他们自己的系统契合，他们毫不迟疑地说这些哲学家们在一定程度上就是基督徒。因为自然的所有显现都通过共通的存在原则而相连，所有对理性的使用都会产生有些相似的结果，因此，在一种更高的宗教中，所有这些与神圣之物相关的真理都与其他真理有着神秘的亲缘性。[4]

不过，与17世纪的普遍主义者相比，施莱格尔更为意识到欧洲内部的分裂，他注重的不再是整个世界的缝合，而是欧洲内部的缝合。印度给予的不再是世界大同的愿景，而是对欧洲保守主义文化政治的一种支撑。这也就是为何施莱格尔在《印度人的语言和智慧》一书中对曾经启发了欧洲泛神论的中国哲学思想表示不满，同时对汉语也提出微词：

在汉语中，所有表示时间和人称改

---

[1] Michael N. Forster, *German Philosophy of Language: From Schlegel to Hegel and Beyond*, Oxford: Oxford University Press, 2013, p. 11.

[2] Friedrich Schlegel, "On the Indian Language, Literature, and Philosophy," in *A Course of Lectures on Modern History*, Lindsey Purcell and R. H. Whitelock trans., London: Henry G. Bohn, 1849, pp. 425—533.

[3] 金雯：《16—18世纪世界史书写与"比较思维"的兴起》，《上海大学学报（社会科学版）》2023年第2期，第100—117页。

[4] 本文参照的是英文版：Friedrich Schlegel, *Lectures on the History of Literature Ancient and Modern 1*, Edinburgh: William Blackwood, 1818, pp. 227—228.

变的修饰词都是单音节的，自成一格，相对词根来说是独立的。因此，这个其他方面是优雅和文明的民族在语言方面位居最下；这个艺术性很强的书写系统诞生得如此之早，这可能是导致其不完美的一个原因，使其在婴儿时期就被拽住，在发展过程中过早地固化了自身的特征。[1]

与这番微词相似，施莱格尔也特别在《今古文学史演讲集》中提到印度文化、伊斯兰文化与英国殖民之间的复杂关系。[2]

早期德国浪漫派东方兴趣的政治底色是一个很艰深的问题，需要我们辩证地看待。一方面，我们可以认为施莱格尔在东西方之间建立了桥梁，另外一方面，我们也可以认为他更关心欧洲内在的统一，与东方始终保持着距离。有学者提出，施莱格尔早年对东方传统的兴趣非常真挚，不过这种兴趣到他撰写《印度人的语言和智慧》期间已经转向保守，他希望通过论证梵语与德语和拉丁语衍生的罗曼语之间都具有的同源关系来推动欧洲北部和南部传统的统一。施莱格尔的思想体现了德国国家主义的崛起，也体现了在回归"基督教、封建制和中世纪文化"基础上重建欧洲共同体的愿望。[3]施莱格尔的印度观有一种两面性，他试图依靠自己对印度语言文化的了解（往往是不太确切的知识）为欧洲文化找到一个比古希腊更古老且具有宗教意识的源头，并在此基础上为德语中世纪文化和欧洲文化共同体找到合法性。也就是说，他和其他德国浪漫派人士一样，想要"通过他者重塑自我"，但也在客观上"为德国殖民主义提供了条件"。[4]

18世纪和19世纪之交，德意志民族、欧洲其他国家与东方呈现出一种三方博弈和融合的关系，施莱格尔借助语文学研究，试图在欧洲北部文化与东方文化之间找到契合点，并在此基础上构建起一个新的包含东方的德意志民族，但这个自我也一定因为渗透了他者而发生难以预测的转折。正如有学者指出的，19世纪初德国浪漫派在研究梵语和古印度文学文化的同时也担忧德语文化会被印度"殖民"，但文化的交融必然是互相渗透的过程，不可能长期处于极度不平衡的状态。[5]

---

[1] Friedrich Schlegel, "On the Indian Language, Literature, and Philosophy, " in *A Course of Lectures on Modern History*, Lindsey Purcell and R. H. Whitelock trans., London: Henry G. Bohn, 1849, p. 448.

[2] Friedrich Schlegel, *Lectures on the History of Literature Ancient and Modern 1*, Edinburgh: William Blackwood, 1818, p. 209.

[3] Chen Tzoref-Ashkenazi, "India and the Identity of Europe: The Case of Friedrich Schlegel," *Journal of the History of Ideas* 67, No. 4 (2006): 734.

[4] Dorothy M. Figueira, *The Exotic: A Decadent Quest*, Albany: State University of New York Press, 1994, pp. 12—13.

[5] Robert Bruce Cowan, "Fear of Infinity: Friedrich Schlegel's Indictment of Indian Philosophy in *Über die Sprache und die Weisheit der Indier*," *The German Quarterly* 81, No. 3 (2008): 334.

四、早期现代欧洲小说中的普遍语言理论

要将17和18世纪欧洲的语言理论与启蒙时期的文学叙事关联在一起并不是一件难事，此时的文学创作在走向市场化的过程中不断与学者对话，不少小说作者对世界和东方知识比较熟悉，文学中蕴含的普遍语言理论和哲学中对普遍语言问题的探讨并驾齐驱。

普遍语言对17和18世纪欧洲小说的创作产生了两重影响。首先，普遍语言进入小说，成为其构建的异域世界的基本配置，许多以远航为情节线索的小说继承斯威夫特（Jonathan Swift）《格列佛游记》（*Gulliver's Travels*）中对小人国和慧骃国语言的构想，热衷为异域国度构建语言系统，这些小说中有很大部分为乌托邦小说，想象位于异域（甚至是月球上和地心里）的理想国度。17世纪英国作家葛德温（Francis Godwin）身后出版的登月幻想小说《月中人》（*The Man in the Moone*）就是很早的一例。在小说中，西班牙人冈萨雷斯发现了月球上的一个居住着基督徒的理想国度，月球人使用一种"普遍语言"，它包含很少的字符，经由"音调和粗鲁的声音"（tunes and uncouth sounds）表意。[1] 有研究指出，葛德温很可能读过金尼阁1615年译成拉丁文的利玛窦回忆录《基督教远征中国史》（*De Christiana expeditione apud Sinas*），可见作者很有可能将中国语言与17世纪音符语言理论相结合，创造出一种新的具有共通性的语言。[2] 在葛德温之后，法语和挪威语中也出现了使用音符做普遍语言的幻想叙事，包括西哈诺·德·贝热拉克（Cyrano de Bergerac）身后出版的《月亮上的国度和帝国的喜剧史》（*Histoire comique des états et empires de la lune*），以及挪威作者霍尔伯格（Ludvig Holberg）用拉丁文出版的乌托邦小说《尼古拉斯·克里密的地下世界之旅》（*Nicolai Klimii Iter Subterraneum*）。[3]

其次，早期现代欧洲人对域外语言的兴趣也催生了一种特殊的对异域叙事的热情。此时的欧洲人认为语言之间的鸿沟并非无法跨越，人们完全可以再现另一种语言的内在精髓。启蒙语文学思想的精髓是语言之间的普遍通约性，这种语言观念也体现在此时欧洲人的小说创作中。笔者在2023年发表《中西文学关系研究的新路径》一文，勾勒了18世纪欧洲翻译的东方故事与欧洲人原创东方故事的关联。[4] 这里要补充说明，对东方故事的翻译是文艺复兴时期就开始兴

---

1 Francis Godwin, *The Man in the Moone*, William Poole ed., Toronto: Broadview, 2009, p. 108.

2 James R. Knowlson, "A Note on Bishop Godwin's 'Man in the Moone:' The East Indies Trade Route and a 'Language' of Musical Notes," *Modern Philology* 65, No. 4 (1968): pp. 357—361. 至于17世纪使用音乐做普遍语言的设想，参见James R. Knowlson, *Universal Language Schemes in England and France, 1600—1800*, Toronto and Buffalo: University of Toronto Press, 1975, p. 120.

3 James R. Knowlson, *Universal Language Schemes in England and France, 1600—1800*, Toronto and Buffalo: University of Toronto Press, 1975, p. 122.

4 金雯：《中西文学关系研究的新路径：18世纪欧洲"仿东方小说"初探》，《国际汉学》2023年第4期，第37—44页。

盛的叙事翻译热潮的延伸，早在《一千零一夜》被翻译成法语之前，我们已经看到许多域外典籍和文学作品的翻译，其中包括东方儒家经典。这些早期翻译催生了最早的"仿东方故事"，即欧洲人创作的以东方为背景和题材的虚构叙事。我们可以举出如下两例。

意大利作家、多明我会士班德罗（Matteo Bandello）在其出版的《故事集》（*Novelle*）第一卷中讲述了一个名为艾琳的女性基督徒的虚构故事。在这个故事中，土耳其人攻占了君士坦丁堡，苏丹穆罕默德捕获了一位希腊的花季少女艾琳，为之倾倒而疏于朝政，后来在密友穆斯塔法的规劝下毅然杀死艾琳，不过后来他在攻打格林纳达的战役中失利，得到了报应。[1] 班德罗对穆斯林苏丹的描写与此时欧洲人对伊斯兰世界总体上的敌意是相匹配的。这种态度一直延续至17世纪下半叶，路易十四的宫廷壁画中就充斥着对穆斯林的种族化呈现。[2] 到了18世纪，基督教世界和穆斯林世界的关系发生了变化，艾琳故事的演绎也随之变化。约翰逊博士的剧作《艾琳》（*Irene*）用诗体改写这个令人动容的故事，将重心放在了艾琳本人做出的道德选择上。这个时代的转折可以归功于早期东方学的重要成就。

还有一例是西班牙巴斯克地区的作家古尔曼迪（Francisco de Gurmendi）在马德里出版的《君主的行为与道德准则》（*Doctrina Phisica y moral de principes*）。古尔曼迪称此书为源自阿拉伯语的译本。这样的伪译在18世纪非常盛行，东方故事经常自称译自某种东方语言。法国作家格莱特（Thomas-Simon Gueullette）的《中国故事集：达官冯皇的历险》（*Contes chinois, ou les avantures merveilleuses du mandarin Fum Hoam*）自称译自汉天子朝臣冯皇的自述，英语中的一部类似作品——达朗松（D'Alenzon）的《僧侣》（*The Bonze*）自称译自汉语。同样，法国作家特拉松（Jean Terrasson）神父撰写的《塞提的一生》（*Sethos: histoire ou vie*）声称由古希腊文手稿编辑而成，实则也是一部标准的伪译，它看似是古埃及法老塞提一世（Seti I）的传记，实为以翻译为外衣的幻想小说。19世纪之后，仿东方小说总体减少，其尾声可能是英国作者马里亚特（Frederick Marryat）的《讲故事的帕夏》（*The Pacha of Many Tales*），不过这点还有待未来进一步考证。

随着18世纪末以降对语言的科学化、实证性认识增强，欧洲人创作东方题材故事的热情逐渐减弱。更为严密的翻译理论催生了对语言间差异和关联更为精确的把握，侵蚀了启蒙时期的普遍主义情结。但对普遍语言和世界性叙事的追寻并没有从此消弭，20世纪初对普遍语言的憧憬以"世界语"的形式复现，20

---

[1] 本文参考的是英语译本：Matteo Bandello, *The Novels of Bandello 1*, John Payne trans, London: printed for the Villon Society, 1890, pp. 147—159.

[2] Meredith Martin and Gillian Weiss, "Turks on Display during the Reign of Louis XIV," *L'Esprit Créateur* 53, No. 4 (2013): 98—112.

世纪末以降，各类翻译工具井喷，人类在不同语言之间实现自动转换的梦愈演愈烈。人类语言的分化对今天的人类而言依然是巨大的困扰，新的技术和新的文学想象仍在不断涌现，展望着人类超越语言障碍进行更有效沟通的途径。今天的我们回望早期现代欧洲的语言理论，还是心有戚戚。

结语

17和18世纪见证了欧洲知识结构的重大转型。欧洲中世纪大学的古典语言学传统在东西方交流的语境中产生了对普遍知识的追求，普遍宗教、普遍语言、普遍"人性"等观念在这个时期接踵而来。然而，欧洲人在商贸、殖民和传教过程中发现的人类文化多样性使符合所有人思维方式的规范性自然语言的构想无法落实。实际发生的是大量对语言之间连接和转换方式的思考，这种思考总是需要寻找一个"基准性"语言，就像货币中的"金标准"。这也就是为什么福柯（Michel Foucault）在《词与物》（*Les mots et les choses*）中指出，18世纪的语言观出现了重要转折，即从自然语言观念向语言与物的脱节转换，但福柯并没有关注这个重要转折的世界史基础。这也就是本文尝试完成的任务。本文指出，对普遍语言的追求悖论地导向了自身的反面，即人为地树立某种基准性语言的行为。

欧洲民族主义在18和19世纪兴起有诸多源头，但总体来说都包含对文化多样性的回应，也因此不可能是纯粹单一的意识形态。早期现代欧洲不同民族的文化之间，以及欧洲国家和亚洲文化之间都形成了复杂的勾连。此时欧洲人的语言理论与他们对经济、政治和社会制度的看法一样，都是在全球交流的语境中进行的。他们一方面不断试图找到重新整合世界文化的方法，一方面也在重新为不同民族文化划定边界。17和18世纪见证了欧洲民族文学的发生，也见证了跨国文学的发生。今天我们书写欧洲文学史，必须要在一个比以往更广阔的文学场域中寻找和挖掘如繁星般闪烁在18世纪欧洲各类虚构叙事体裁作品中的东方和世界知识。

在今天看来，17和18世纪欧洲人构建普遍知识的雄心对我们而言不仅是启迪，也是警示。要勾勒今天全人类的"共同价值"，我们必须推进启蒙时期欧洲开启但并没有完成的过程，重新从主体性、情感、系统等不同理论维度出发，结合我们今天的国际化实践，建立新的沟通世界不同民族文化的方法论。无论如何，民族文学和文化总是在大量模仿中发生，18世纪文学最重要的价值之一就在于反复展示模仿与游戏、模仿与创造力的紧密关联。

（特约编辑：叶晓瑶）

芥川龙之介《竹林中》的立体主义叙事探究
——基于多元视角叙事、多重时空建构的文本阐释

秦 刚 *

内容提要：芥川龙之介的短篇小说《竹林中》以其独特的叙事结构和深邃的主题内涵备受瞩目，该作品是对《今昔物语集》的一个故事的改写与重构，作者还可能借鉴了英国诗人勃朗宁的长诗《指环与书》以及美国小说家比尔斯的《月夜黄泉路》等西方文学的叙事结构。此外，该小说的女性角色形象塑造可能受到了作者在北京观看过的昆曲《蝴蝶梦》的影响。本文旨在深入探讨《竹林中》所采用的多元视角叙事及多重时空拼接的非线性叙事结构，将巴赫金的复调小说理论作为解读其复杂的叙事逻辑的重要工具，并与毕加索的立体主义绘画中对同一对象从多个视角进行解构与重组的绘画手法相类比，将《竹林中》定位为一篇立体主义小说。

关键词：芥川龙之介 《竹林中》 多元视角 复调小说 立体主义

**The Exploration of Cubist Narrative in Akutagawa Ryunosuke's *In a Grove*
——Textual interpretation based on narrative from multiple perspectives and on multiple spatiotemporal constructions**

Abstract: *In a Grove*（『藪の中』, *Yabu no naka*）, the short story of Akutagawa Ryunosuke, has been attracting increasing attention owing to its unique narrative structure and its profound thematic connotation. It is the rewriting and reconstruction of a story in *Anthology of Tales from the Past* （『今昔物語集』, *lit. Konjaku Monogatarishū*）, and the author probably uses the narrative structure of western literature for references such as the British poet Browning's *The Ring and the Book,* and the American novelist Bierce's *The Moonlit Road.* Besides, the image

---

* 秦刚，男，北京外国语大学日本学研究中心教授、博士生导师。主要研究方向：近现代日本文学。

shaping of its female characters is likely influenced when the author watched *The Butterfly Dream*, a Kunqu Opera in Peking. The paper aims to explore the nonlinear narrative structure of multiple perspectives and multiple spatiotemporal concatenation in *In a Grove*, and aims to define it as a cubist novel on the basis of taking Bakhtin's Theory of Polyphonic Novels as an important tool to interpret its complex narrative logic, and on the basis of the analogy of drawing practice of deconstructing and reconstructing the same object from multiple perspectives in Picasso's cubist painting.

Keywords: Akutagawa Ryunosuke; *In a Grove*; multiple perspectives; polyphonic novel; cubism

---

日本作家芥川龙之介的短篇小说《竹林中》(『藪の中』) 发表于 1922 年 1 月号的知名文学杂志《新潮》。当时作者还未满三十周岁，但早已展现出超凡的小说创作才华。如今距离这篇小说问世，已过去一个世纪。《竹林中》以故事情节错综复杂、叙事结构独辟蹊径而著称，在形式表达与主题探索方面均显现出强烈的实验性和前卫性，堪称芥川龙之介在小说艺术革新领域的标志性力作。

对于读者而言，《竹林中》并非一部仅凭线性的文字通读即可轻易理解的作品。初读之后，读者往往会为其扑朔迷离的情节和重重交错的叙事所困惑。要真正读透这部作品，文字层面的阅读之后的反复反刍至关重要；它属于那种需要读者以高度的反思意识和批判性思维进行深层次解读的文本。这在无形之中挑战了传统的阅读方式，并将阐释的权力交予每一个试图解开谜团的读者。如此独特的阅读感受，在世界文学经典宝库中实属罕见。

《竹林中》虽是一部篇幅仅数千字的短篇小说，却凭借其深邃内涵与创新叙事在全球范围内赢得了广泛的知名度和深远的影响力。日本著名电影导演黑泽明于 1950 年将其改编成电影《罗生门》(*Rashōmon*，编剧黑泽明、桥本忍)，该片在 1951 年的第十二届威尼斯国际电影节上荣膺最高荣誉——最佳影片金狮奖，并于次年斩获第二十三届奥斯卡金像奖的最佳外语片奖项。电影《罗生门》的成功，不仅让黑泽明在西方电影界声名鹊起，同时也使原著作者、当时已离世二十多年的芥川龙之介的名字进入欧美读者的阅读视野。

该小说发表后，便为现代日语增添了一个比喻性的新词汇，即小说篇名"藪の中"。其语义为"真相不明"，指当事人或相关者针对同一事件的说法不一，导致事件的经过扑朔迷离。尤其值得注意的是，电影《罗生门》的成功改编和广泛传播，将与原本的日文片名相对应的"Rashōmon"以及中文翻译"罗生门"，成功地移植到英文世界及中文文化土壤之中。在中国，"罗生门"这一外来词，无疑源自黑泽明执导的同名电影，并在 21 世纪以来成为中文媒体乃至日常对话中一个常用的比喻性表达，用于形容各执一词、事实复杂难辨的现象。一部短篇小说的原作和改编影片，能够为东西方不同的语言体系带来崭新的词汇与观念，这直观体现了这部作品关乎 20 世纪乃至当下人类共同面对的一个深刻哲学命题——如何理解和探求纷繁世界中的事物本质与真实性。

一、对《今昔物语集》故事的改写

《竹林中》在芥川龙之介的创作中属于"王朝题材"的历史小说，即从"王朝时期"的民间故事集里选取故事素材而创作的作品。"王朝时期"指天皇握有实权的日本平安时期，大约从公元 9 世纪到 12 世纪。"王朝物语"中的最重要者，当属平安末期的民间故事集《今昔物语集》。芥川龙之介的作品中有十几篇小说都取材于此，如《罗生门》《鼻子》《偷盗》《好色》《往生绘卷》等，大多集中于他的创作前期。

《竹林中》的故事素材，来自《今昔物语集》第二十九卷第二十三篇"携妻赴丹波国之男子于大江山被缚故事"（「具妻行丹波国男於大江山被缚语」）。其大致情节为，京城有个男子，因妻子是丹波国人，夫妻二人一道前往丹波国（京都西北方向）。男子身上背着插有十来支箭的箭囊，手持一张弓，妻子骑在马上，他自己步行跟随。走到大江山附近时，二人遇到一名身挎大刀的彪悍青年。这个青年主动搭讪，称自己手中的刀是把名刀，男子接过一看便有些爱不释手。青年表示对方如果喜欢的话可以用弓来交换，男子认为自己的弓并非稀罕之物，用来换把名刀很划算，便答应了。青年又说只拿一张弓会让人生疑，请求再借两支箭，男子也答应了。赶上将吃午饭时分，青年壮汉将夫妇骗到远离大路的树丛深处，突然把箭搭在弓上，逼着男子放下手里的刀，然后将其捆绑在树上，又强暴了男子的妻子。之后他对女人说："看在你的情面上饶你丈夫不死，马我就骑走了。"青年骑马离开后，妻子解开捆绑在丈夫身上的绳子抱怨道："看你这么不中用，怕是今后也依靠不了你。"听到妻子的责备，丈夫无言以对，默默地跟着妻子继续前往丹波国。

芥川龙之介之所以关注到这个故事，很可能是着眼于妻子在丈夫眼前遭陌生人奸污这一事件的特殊性。这样的场景如果以现代人的视角和心理来重新演绎，必定不会像千年前的"物语"一样，仅仅被当作旅途中一段意外的小插曲。与日本平安时期相比，现代人的贞操观、荣辱观，乃至生死观等，都已经发生巨大变化。

芥川龙之介改写了这个故事，而且演绎出来的故事结局完全不同于《今昔物语集》。芥川龙之介小说里的夫妇遭遇到"竹林中"的意外之后，二人的心理及彼此关系发生了决定性的变化，这甚至导致了丈夫的死亡。在《今昔物语集》里，结果不过是丈夫被妻子数落几句的一个小事件，在现代小说里，却成为人命攸关的大事件。

《竹林中》的故事来源于《今昔物语集》，但经研究发现，作者还借鉴了多篇欧美文学作品中的元素。芥川龙之介毕业于东京帝国大学英国文学专业，对欧美文学的阅读和了解远超一般作家。《竹林中》的创作有可能汲取了来自东西方古典文学与现代文学的多重养分。其中被指出的主要相关作品有以下三篇：法国13世纪传奇文学《蓬蒂厄伯爵的女儿》（*La Fille du comte de Pontieu*）、英国诗人罗伯特·勃朗宁（Robert Browning）的长诗《指环与书》（*The Ring and the Book*）和美国作家安布罗斯·比尔斯（Ambrose Bierce）的恐怖小说《月夜黄泉路》（*The Moonlit Road*）。[1]

《竹林中》与《指环与书》和《月夜黄泉路》之间的相通性，主要在于小说的叙事结构。《竹林中》以一名武士之死的刑事案的法庭审理展开情节，共由七个小节构成全篇，即事件的四名相关证人和三名当事者的陈述，均以第一人称叙事展开。这一结构与勃朗宁的长诗《指环与书》高度相似。《指环与书》以17世纪末发生于罗马的一桩凶杀案为情节框架，包括三名当事人在内，还有控辩双方的律师、立场不同的罗马市民、最终做出判决的教皇，先后共有九人从不同视角对同一事件展开叙述和评判。芥川曾经在1918年写给作家江口涣的书信中自称是"勃朗宁的信徒"[2]，而且承认过勃朗宁的《戏剧抒情诗》（*Dramatic Lyrics*）对《竹林中》的影响[3]。所以，《竹林中》的叙事方式很可能借鉴了《指环与书》的叙事结构。

而比尔斯的小说《月夜黄泉路》，讲述的是一桩丈夫因怀疑妻子的忠诚而将其错杀的凶杀案。对于这一事件，他们的儿子作为第三者先展开叙述，然后再由丈夫及被误杀的妻子的亡灵分别讲述事件经过。《竹林中》的三名当事人中，最后出场的也是死者的亡灵，亡灵借助巫女之口来讲述自己因何死去。让死者的声音最后出现，这个构思与《月夜黄泉路》相通。之所以有学者关注于此，是因为芥川龙之介不仅收藏和阅读过比尔斯自编的全十二卷英文版《安布罗斯·比尔斯全集》（*The Collected Works of Ambrose Bierce*），还是第一个将他的小说介绍到日本的人。芥川龙之介在1922年2月号《新潮》上发表的随笔《点心》中，用专门一节介绍了比尔斯，并评价说：

---

1 石割透：《藪の中》，载菊地弘、久保田芳太郎、関口安義编《芥川龍之介事典》，東京：明治書院，1985年，第506—508页；神田由美子：《藪の中》，载石本隆一等编《日本文芸鑑賞事典：近代名作1017選への招待》第7卷（大正9—12年），東京：ぎょうせい，1988年，第99—100页。

2 芥川龍之介：《江口渙宛芥川龍之介書簡》，1918年4月19日，载《芥川龍之介全集》第18卷，東京：岩波書店，1997年，第207页。

3 芥川龍之介：《木村毅宛芥川龍之介書簡》，1926年5月30日，载《芥川龍之介全集》第20卷，東京：岩波書店，1997年，第236页。

在建构短篇小说方面，他是无人能比的敏锐的技巧家。评论家将他视为第二个爱伦·坡（Edgar Allan Poe），在这一点上一语中的。而且，他喜欢描写的也和爱伦·坡一样，都是恐怖的超自然的世界。[1]

特别值得注意的是，芥川对比尔斯的介绍，就在《竹林中》发表的一个月后，且在同一刊物上。而且，芥川龙之介在两年后曾编纂了一套面向旧制高中的英美文学读本，《英语现代文学丛书》八卷本（The Modern Series of English Literature，兴文社，1924—1925），其中的第三卷便收入了比尔斯的《月夜黄泉路》。当然，《竹林中》和《月夜黄泉路》对死者叙述的定位是完全不同的。比尔斯的小说里，死者的视角是全知的，所掌握的信息量远超现世之人。因而，事件经过因死者的陈述最终真相大白，而芥川龙之介的小说却并非如此。

二、难以还原的现场

《竹林中》的故事素材在《今昔物语集》中，原有三名出场人物，均无姓名。小说家将其改写时，为每个人物设定了具体的身份与名字。原来故事里的青年壮汉在小说中被设定为一名远近闻名的江洋大盗，名曰多襄丸。被骗男子被命名为武弘，其身份是一名武士。武弘之妻则名曰真砂。素材源头《携妻赴丹波国之男子于大江山被缚故事》讲述的只是一起旅途中发生的强奸事件。但在芥川龙之介的笔下，这个事件还导致了另一桩死亡案。《竹林中》即以武弘之死案件审理中各人的应答，作为小说前半的叙事架构。《竹林中》前半部分共分四节，以砍柴人、行游僧、捕快（放免）、老妪四人回答庭审官"检非违使"的审问而依次展开。每节均冠以"×××回答检非违使"的小标题。[2]

砍柴人是武士尸体的发现者，他讲述了最初发现死者时的现场状况，死者的致命伤在胸口，流出的鲜血将地上的树叶染成黑红，地面的凌乱表明曾有过激烈的争斗，地面上遗留的木梳，证明事发现场有女性出现；行游僧讲述了与武士夫妇在路上相遇时的所见，头戴面纱的女人骑在一匹桃花马上，胯着长刀、身背弓箭的武士步行相随；捕快则讲述了抓捕多襄丸时的情形，多襄丸刚从桃花马上跌落下来，他背上背着的正是武士生前佩戴的弓箭。第四个出场的老妪是真砂的母亲，她讲述了被害人生前的概况，并且交代她的女儿真砂至今下落不明。

通过上述四人在"检非违使"面前的陈述，读者可对"竹林中"事件的主要人物及各自结局有一个基本了解，但对事件经过并不清楚。能大致推测出，武士之死以及武士妻子的失踪，都可能与被抓的江洋大盗相关。继之，小说让

---

[1] 芥川龍之介：《点心》，载《芥川龍之介全集》第7卷，東京：岩波書店，1996年，第262页。

[2] 本文使用的《竹林中》译文出自芥川龙之介著、秦刚等译《竹林中》（人民文学出版社，2019年）译本。

三名"竹林中"的当事人分别展开陈述，构成小说的后半。首先，被抓捕的多襄丸面对"检非违使"讲述了事情的经过，此段作者所加小标题为"多襄丸的供述"。

多襄丸在"供述"中表示，男人是他杀死的，但女人去了何处他并不知晓。他说在路上碰到武士夫妇，见到女人长得漂亮，就动了邪念。但要是不杀死男人就把女人抢到手当然更好，随即他心生一计，对武士说自己在山里挖开了一座古坟，里面有很多长刀，可以低价转让。于是，他将武士骗到了竹林里，并将其绑在一棵杉树上。随后，他又转身将女人也骗入竹林中。女人看到丈夫被绑在树上，便拔出短刀竭力反抗，可最终还是被多襄丸强暴。正当多襄丸要逃之夭夭时，女人拽住他说，你们两人必须死掉一个，谁活着我就跟谁走。多襄丸决意要让女人做自己的妻子，心中燃起杀掉武士的念头。他为武士解开绳子，交还长刀，之后与武士较量二十三个回合并将其杀死。可他回过身来后却发现女人早已跑掉。于是，他捡起武士的长刀和弓箭，骑上武士的桃花马夺路而逃。

多襄丸承认自己强奸了武士的妻子，随后通过一对一的决斗方式杀死了武士。他的供认不讳似乎让法庭审判的关键性悬疑迎刃而解，庭审已经可以了结。但接下来武士之妻真砂的叙述，却让"竹林中"的故事又陷入疑云。

以"女人在清水寺的忏悔"为标题展开的陈述中，真砂说自己被奸污后，看到绑在树下的丈夫，本想向其身边跑去，却被强盗踢倒在地。这时，她发现丈夫正用冰冷而鄙夷的目光看着她，这比被强盗踢倒更令她不堪承受，于是尖叫一声后便昏迷过去。当她醒来时强盗已经跑掉，而丈夫眼里依然是冰冷而鄙视的眼神。真砂对他说："没法和你在一起了，我已决心一死，可是你看到了我被人羞辱，我不能让你活在世上。"丈夫听到此话，终于动了动嘴唇。他的嘴里塞满竹叶，发不出声音。但真砂说看到丈夫蠕动的嘴唇就看出他要说的话了，他在说"杀死我吧"。于是，她毫不犹豫地拿起短刀刺向丈夫的胸口。随后她再一次失去意识。当她醒来时，丈夫已经断气。她把绑着尸体的绳子解开，想了结自己的性命，结果用尽办法也没能死掉。这就是真砂独自在清水寺的观音菩萨面前的"忏悔"。

真砂的叙述是从她被强暴之后开始的，她所讲述的武弘之死的事件经纬和多襄丸的"供述"大相径庭。多襄丸说他与武弘决斗二十多个回合才将其杀死，可是真砂却说，她在强盗逃走后用一把短刀杀死了丈夫。

小说最后一节为"借巫女之口的亡灵之言"，死去的武士成为讲述者。他的亡灵借助巫女之口，讲述了自己如何走到生命的尽头。武士的"亡灵"陈述道，强盗强暴了他的妻子后，开始劝妻子跟他走，而妻子竟然答应了。可当强盗拉着她要逃出竹林时，她突然对强盗嚷道："你要把那个人给我杀掉！"这句话让强盗大惊失色，不由得一脚将其踹倒在地，然后问武士"怎么处置这个女人"。"亡灵"说，就凭这一句话，他就可以宽恕这个强盗。此时，妻子一声尖叫，向竹林深处跑去。强盗见女人跑掉，便从地上捡起刀和弓箭，将武士松绑后逃走了。武士解开身上的绳子，看到了落在地上的短刀，于是拿起来刺向自己的胸口。过了很久，有人走到他身边，从胸口处拔出了短刀，武士便坠入了另一重世界。

小说全篇就此结束。三名当事人对于同一事件的叙述全然不同。阅读者被小说独特的叙事悬置于对核心事件充满疑惑的状态。

小说开始于砍柴人关于发现尸体的讲述，终结于尸体主人亡灵的述说。生前和妻子一同赶路的武士因何陈尸于竹林中？这是小说的叙事主线。事件的关键地点如篇名所示，为京都郊外的"竹林中"。多襄丸将偶遇的武士夫妇骗入竹林，并奸污了武士的妻子，在此将其称为"第一事件"。关于"第一事件"的发生经纬，小说文本没有给出过第二种说法，因此别无异议。然而，那之后又发生了什么？什么原因导致了武弘之死？武弘之死可以称为"第二事件"。真砂和武弘的陈述，都省略了"第一事件"的过程，从其发生后讲起，"第二事件"才是小说叙事的真正核心。可是，关于"第二事件"的发生过程，"竹林中"的当事人的叙述形成了树权状的分散结构，三条枝权的叙述在很多关键性情节上各执一词，相互矛盾，从而无法整合，读者无法通过线性阅读，还原出"第二事件"的因果链条与完整过程。

被誉为日本"侦探推理小说之父"的江户川乱步的处女作《二钱铜币》，其实还晚于《竹林中》一年发表。《竹林中》也曾被当作推理小说来理解和阅读。但在通常的推理小说中，当事人或嫌疑人往往会否认自己和事件相关，否认自己是杀人真凶。可是，《竹林中》的三个当事人都说自己杀了人。至于他杀或者自杀的动机为何，三人也是各有说辞。多襄丸说是女人要求他和她丈夫两个人中必须死掉一个，所以双方才用刀来一决雌雄的；真砂说强盗走后，她无法忍受丈夫鄙视的眼神，因此将其杀死，而且她还说，从丈夫的嘴唇上看出了他在说"杀死我吧"；武弘则说，妻子让强盗杀死自己，她的狠毒甚至让强盗都感到不齿，他们都离去之后，自己出于绝望，选择了自绝于人世。

当事人自说自话的陈述，为读者展示了人性的黑暗和心理的迷宫。在三者之间，特别是夫妻之间相互抵触的陈述中，足以窥探到人性的残忍、自私和冷漠，窥探到男女、夫妻之间的背叛、敌视，甚至是谋害。但因为小说中的关键性事实被悬置起来，读者无法完整地拼接或还原事件过程，无法获得阅读一个情节完整的叙事后的安心和愉悦，因此便难以释怀。用一个比喻来形容这种极为特殊的阅读感受，可能近似于被抛入冰窖后的寒冷与晕眩。而这种阅读感受，其实源于小说特殊叙事的精心设计。

三、暗含的女性偏见及其互文性

前文论及《竹林中》的叙事结构有可能受到长诗《指环与书》及小说《月

夜黄泉路》的启发，但这两者虽以多元视角和声部展开叙事，所讲述的故事情节却仍完整有序，不同人的叙述构成了互补的情节链条，最终可以再现出核心事件的基本事实。而芥川龙之介在借鉴这种叙事方式的同时，刻意反其道而行，讲述了一个无法拼接出真相、无法复原出实情的故事。

然而，需要注意的一个问题是，前面四个证人的陈述，以及首位事件当事人多襄丸的陈述，都是在庭审法官面前的证词。而后面两个当事人的陈述，完全来自不同的场域和时空。对于文本中潜在的倾听者，即庭审法官而言，他所倾听到的信息是连贯而且完整的。他有足够的条件以对多襄丸治罪的方式了结案件的审理。

真砂的叙述以"女人在清水寺的忏悔"为题，可见其地点是在京都的清水寺，她可能是在寺院供奉的观世音菩萨面前忏悔。而借巫女之口的亡灵之言，具体地点则无法确定，倾听者为谁也成疑问。然而，无论如何可以肯定的是，在小说构建的内在时空关系中，没有任何角色具备跨越不同叙事场域和时间维度去直接听取多方陈述的能力。这也就意味着，唯有作为文本外部观察者的读者，才能够在阅读过程中整合和对比来自不同视角的信息。小说文本所引发的困惑与思索，正源于读者所处的这一超然于文本世界的特权位置——它让读者得以从一个超越文本内部限制的"全知"角度来审视来自不同时空的故事叙述。这种全知式的阅读体验，实际上是对传统线性叙事和单一视角叙事的挑战，同时也对读者的理解和认知能力提出了更高的要求。读者必须通过自身的解读与重构，才能拼凑出相对完整且多维的故事图景，而且还要去试图理解这个看似没有绝对可信性、充满不确定性的故事空间。

面对小说叙事所营造的疑云密布、相互缠绕的情节链，试图寻找出事件"真相"是每个阅读者的本能。如果做侦探推理式解读的话，也是能从三人不同的叙述中找出一些破绽或可疑之处的。比如，多襄丸在激烈的白刃战中能精确计算决斗的回合，就让人难以置信。真砂强调她丈夫的眼神竟然让她失去意识，也未免过于夸张。即便信其所言，认为她的杀夫之举成立，可是她在和自己的丈夫讲话时，竟然没有把他口里塞满的竹叶取掉，显然不合情理。在对方无法讲话的情况下，她说已看出丈夫在暗示她杀死他，这也难免有武断之嫌。在武士亡灵的讲述中，也存在难以理解之处。强盗本来是祈求女人跟他走的，可为什么当女人要他杀死武士时，强盗却突然变卦并厌弃女人了？而且，武士还表示他因此能原谅强盗的一切所为，瞬间便与强盗结成了心理联盟。他的话还为作品留下一个悬念：是谁最后出现在武士的身边，从胸口处拔出了短刀？总之，每一个当事者的叙述都有其内在逻辑，也都能被挑出破绽。可是，如此反复去做推理式的分析，终将面对残破而不可解的事实碎片，难以找出事件"真相"。

可是，另一方面还需要注意到，强盗、武士、女人的陈述也并非在所有问题上都南辕北辙。譬如，被强盗强暴后的妻子企图杀死丈夫这一点，三者的叙述就比较相近。真砂是"第一事件"的直接被害人，但在每个当事者的叙述中，她在被强暴之后的言行都难以获得同情。三者的叙述所暗示和指证的，似乎都是她的言行导致了武士的死亡。毫无疑问，小说文本中渗透着男性中心主义意识下的女性偏见。而这种妻子试图弑夫的情节，可能与芥川龙之介接触过的另两部作品有关，其中一部是法国13世纪传奇《蓬蒂厄伯爵的女儿》。

《蓬蒂厄伯爵的女儿》中有这样一段情节：蓬蒂厄伯爵女儿的丈夫是一名骑士，这对夫妻婚后无子，骑士和妻子为求子踏上圣地巡礼的旅途，途中遭遇多名强盗。在短兵相接之中，骑士杀死了三名强盗，却因寡不敌众被其余五名强盗绑住了手脚。五名强盗强暴了骑士的妻子后扬长而去。骑士本希望妻子为他解开绳子，妻子却拿起了死去的强盗留在地上的剑，刺向骑士的胸口。因为剑在刺过去时发生偏离，反将绳子割断，手臂受伤的骑士终于挣脱出来，他把妻子安置在一家修道院内，独自完成圣地巡礼后再接她回家。《蓬蒂厄伯爵的女儿》在1894年被英国作家威廉·莫里斯（William Morris）翻译成英文，芥川有可能阅读过这个英文版，因为他在东京帝国大学英国文学科的毕业论文就是对威廉·莫里斯的研究，而且他在笔记中，留下了一条可以与该作品联系起来的线索。因此，有研究者认为《竹林中》关于妻子受辱后试图杀死丈夫的举动，有可能来自《蓬蒂厄伯爵的女儿》。[1]

《指环与书》《月夜黄泉路》以及《蓬蒂厄伯爵的女儿》等被研究者指出的芥川龙之介有可能借鉴的作品，均属于西方欧美文学。在此，笔者想补充一部有可能影响了《竹林中》女性人物塑造的中国戏曲，那就是芥川龙之介在北京观赏过的昆曲《蝴蝶梦》。

这出昆曲改编自同名的明代传奇剧本，剧情讲述的是修成得道的庄子在回家途中，见到一名寡妇边哭边用扇子扇丈夫的新坟。在得知她是想将新坟上的湿土扇干后好尽快改嫁后，庄子想到自己的妻子也未必忠贞，于是决定试探一下妻子田氏。他回到家里佯装生病去世，后又变成楚王孙前来吊唁。田氏见到楚王孙便与其勾搭，庄子变的楚王孙又佯装头疼，并说死人的脑髓可以治头风之症。结果，田氏拿起斧子就要劈开庄周的棺材，准备取脑治病。庄子从棺里一跃而起，大骂田氏，田氏无地自容，上吊而死。

1921年6月27日芥川龙之介在北京前门外门框胡同的同乐园，由剧评家辻听花等人陪同观看了《火焰山》《闯帐》等几出昆曲，其中韩世昌主演的《蝴蝶梦》让他留下了深刻印象。他在1925年出版的《中国游记》中的《北京日记抄》中详细介绍了这出昆曲的情节，并表示"这出戏是我迄今看过的六十多出中国戏中最有意思的一出""称得上是一出对普天之下的女人大为不敬的讽刺剧"；甚至在走出

---

[1] 富田仁：《藪の中 その源泉とモチーフへの一考察》，《比較文学年誌4》1967年7月，第88—109页。

剧场后，他还回味着剧中反映的"古人们厌世的贞操观"，将其作为"在同乐茶园二楼上的几个小时"的一种收获。[1]

《竹林中》的武士眼中的妻子，与《蝴蝶梦》的庄子眼中的田氏相类似，都是无法守节甚至怀有弑夫之心的不贞之妇。这也证明《竹林中》的叙事手法虽然具有实验性和颠覆性，但叙事本身所反映的妇女观和贞操观却是异常传统和守旧的。同时，这篇小说对东西方文学作品的广泛摄取也足以令人惊叹。

四、《竹林中》的研究史

早在20世纪40年代，芥川研究专家吉田精一就指出：

> 当事人对于事实的介入和接受各有不同，根据各人的关心、解释和感情的差异，一个单纯的事实会如何以种种不同的面目呈现，人生的真相难以把握，这便是这篇作品的主题。[2]

而且，他最早指出了小说与《指环与书》以及《月夜黄泉路》之间的关联性。在有关《竹林中》的前期研究中，要数寻找材料来源的比较文学角度的研究成果最丰。至海老井英次在《芥川龙之介论考——从自我觉醒到解体》中进行总结罗列，被推测为《竹林中》的素材来源的西方文学作品已有八部。[3] 但他也认为《指环与书》《月夜黄泉路》《蓬蒂厄伯爵的女儿》是最不可忽视的三部。

1970年，在三位文艺评论家、作家之间，展开了一场关于《竹林中》的论战，让关于该作品的研究和讨论活跃起来。这三位分别是中村光夫、福田恒存和大冈升平。文艺评论家、剧作家中村光夫在20世纪70年代曾担任日本笔会会长。他率先在一篇文章中指出，《竹林中》后面的叙述否定了前面的叙述，最终，连女人的丈夫是死于他杀还是自杀的根本性疑问都没有得到解决，更不知道谁是真正的凶犯，如此一来，无法让读者看到文字背后的人生，讲述一个事实却从三个侧面给出三种不同的解释，让人最终无法理解。[4] 中村光夫等于否定了这篇小说的文学价值。对此，评论家福田恒存站出来为作者辩护说，小说里并非有三种事实，而是有三种"心理事实"，这篇小说表现的是"事实或者真相，从第三者的角度是无法了解的"，"真相不明，恰恰是《竹林中》的主题"。[5] 并且，福田还推理出了一个事件的"真相"，他说：

---

1 芥川龙之介：《中国游记》，秦刚译，北京：中华书局，2007年，第153—154页。

2 吉田精一：《芥川龍之介》，東京：三省堂，1948年，第219页。

3 海老井英次：《芥川竜之介論攷：自己覚醒から解体へ》，東京：桜楓社，1988年，第297—308页。渡辺正彦《『藪の中』における＜現実の分身化＞——西欧文学との比較による新しい読み》（《国文学：解釈と教材の研究》第41巻5号，1996年4月号）列举出16部被学者推测为《竹林中》的材料源的西方文学作品。

4 中村光夫：《「藪の中」から》，《すばる》1970年6月，第204—209页。

5 福田恒存：《公開日誌（4）——「藪の中」について》，《文學界》1970年10月，第172—179页。

如果一定需要有某种"事实"的话，比如可否这样理解——多襄丸强暴了女人之后，在一种残暴的兴奋之中刺伤了武弘然后逃走。可武弘并没有马上死去，现场只留下了彼此失去信任的夫妇，妻子希望两人殉情，丈夫却想自杀。两人在争夺短刀之际，丈夫因身上的重伤而毙命。夫妇两人的话之所以不一致，是基于嫉妒与绝望的"自我戏剧化"。[1]

面对中村光夫和福田恒存的讨论，发表了非虚构文学作品《莱特战记》(『レイテ戦記』)的作家大冈升平也加入进来。他撰文强调说，两个男人争夺一个女性的"男女间永恒的纠葛"才是这篇作品的主题，寻找"真相"也是重要的，说寻找"真相"不重要，等于否定了这篇作品，并且他认为这部作品里是有"真相"的，"死者与现实世界没有利害关系"，因此死者的话更接近于真实。[2]

这场论战为学术界拉开了推理《竹林中》"真相"的序幕。此后，涌现出一批推理式作品研究的论文。推断当事人的证词孰是孰非，推理杀害武士的真正凶手，一度成为该小说研究的主流。其中，像大冈升平那样，认为死者武弘的证词可信度更高的见解最为多见。然而，此种论点其实也不免落入到另一个陷阱之中。死者之言真的可信吗？死者的声音是借巫女之口传递出来的，那么巫女可信吗？死者真有亡灵吗？事实上，任何一种推理式的解读，都不可能完美阐释这篇作品，无法给出一个没有漏洞的"真相"。基于上述思路的分析，只能将研究引向无休止的循环式解谜的迷途。

20世纪80年代之后，芥川文学研究者海老井英次提出的见解逐渐得到了认同。他说芥川龙之介在写作的时候，就有意让"真相"无法再现和被重构，所以关于"竹林中"发生的事情，其实并没有一个能够复原的"原画"，也就是说，作者并没有预设一个事件原过程的"真相"，因此，寻求真相式的解读，只能是徒劳的。[3] 此后，为探明真凶的推理式解读逐渐退潮，研究的角度也更为多样化，作品研究开始围绕小说的叙事特点、叙事话语、多元视角等展开分析，探讨其方法、意识的实验性，以及作品与时代的关联等问题。高桥修的《作为"暴力"小说的〈竹林中〉》关注作品中"看"与"被看"的暴力关系[4]，佐藤泉的《芥川龙之介 一九二二·一》聚焦以多元化小说视角再现作品创作的时代语境[5]，篠崎美生子的《〈竹林中〉的话语分析》犀利地分析了小说话语中隐含

---

[1] 福田恆存：《公開日誌（4）——「藪の中」について》，《文學界》1970年10月，第172—179頁。

[2] 大岡昇平：《芥川竜之介を弁護する——事実と小説の間》，《中央公論》增刊1970年12月，第50—61頁。

[3] 海老井英次：《芥川竜之介論攷：自己覚醒から解体へ》，東京：桜楓社，1988年，第215頁。

[4] 高橋修：《〈暴力〉小説としての「藪の中」》，《昭和学院短大紀要》1990年3月，第31—42頁。

[5] 佐藤泉：《芥川龍之介 一九二二·一：多元視点小説の、あまりに明瞭な境界＝輪郭》，《日本文学》1997年9月，第34—44頁。

的固有"规范"[1]。这些论文均从不同角度打开了新颖的研究视域，提出了具有启发性的卓见。

在芥川龙之介创作出《竹林中》的20世纪20年代，人类经历了第一次世界大战，以广播、电影为代表的现代大众视听媒体开始进入人们的日常生活，心理学领域诞生了弗洛伊德的精神分析学，物理学领域提出了相对论以及不确定性原理，故而这也是人类认知和感受世界的方式发生革命性变化的时代。小说《竹林中》没有给出一个关于谁以及为何杀死武士的唯一"真相"，读者也很难通过推理方式完美演绎出一个"真相"。这表面上看似体现了无法了解世界"真相"的怀疑主义的命题，同时研究界、评论界也出现了从"不可知论"出发，或以不可靠叙事为切入点的作品分析。但这篇小说所呈现的，本质上是一个多重视角的世界，一个映现在多棱镜中的多面体般的世界。它的"不可知"是指唯一性真相的"不可知"，它提示的是世界的"真相"可能不是唯一和绝对的，而是多元和相对的。

将《竹林中》置于20世纪20年代全球化艺术思潮与实践的广阔背景之下进行深度审视，可以发现其在叙事结构和主题表达上的前卫性。芥川龙之介的这部作品与巴赫金（Michael Bakhtin）所倡导的"复调小说"理念有着显著的共鸣。同时，在视觉艺术领域，毕加索（Pablo Picasso）的"立体主义"绘画的精神原理也可作为一种富有启发性的分析框架来解读这篇小说。

五、复调小说与立体主义

复调小说是苏联文艺理论家米哈伊尔·巴赫金通过对陀思妥耶夫斯基（Fyodor Dostoevsky）小说的深入研究提炼出的小说类型，借用"复调"这一音乐术语，来归纳和概括陀思妥耶夫斯基小说的创作特点。

在乐曲中，多种声部和旋律层叠在一起构成的音乐被称为复调。巴赫金指出欧洲传统小说都属于只有一种声音的"独白型小说"。与之相比，"复调型小说"中"有着众多的各自独立而不相融合的声音和意识"[2]，展示出来的是一个多声部的世界。在那里，多种声音各自独立又不相融合，这些声音都具有同等价值，它们之间构成了对话甚至交锋的关系。"复调型小说"能够多途径、多角度地展示一个事件，这是它与只有一种声音的"独白型小说"的最大区别。巴赫金认为陀思妥耶夫斯基创造了全新的小说类型，是复调小说的开创者。

小说《竹林中》在很大程度上符合巴赫金关于复调小说的定义，是一部典型的具有多声部复调叙事结构的作品。它围绕同一事件，通过并行的多声部叙事，呈现出不同声部所表达的不同意识

---

[1] 篠崎美生子：《「藪の中」の言説分析》，《工学院大共通课程研究论丛》1997年12月，第15—27页。

[2] 巴赫金：《陀思妥耶夫斯基诗学问题》，白春仁、顾亚铃译，北京：生活·读书·新知三联书店，1988年，第29页。

与心理。巴赫金主张，在这类小说中，各类人物的声音不是由一个统一的旋律所支配的，而是各自发声，每种声音都具有独立价值。《竹林中》的三名当事人在不同时空里的叙述，便具有各自的独立性和独立价值，它们之间不是用一种声音覆盖、排斥另一种声音的关系。三种声音既不相融合，也无法彻底分割或是相互取代。这让该小说成为一个多声部并存、杂糅，乃至互动共存的统一体。巴赫金还强调，对话是复调小说的基础，对话性是复调小说的重要特征。在他看来，不仅生活、思想的本质在于对话，艺术、语言的本质同样在于对话。小说《竹林中》的叙事结构便潜藏了一种特殊的对话性，只不过与巴赫金分析的陀思妥耶夫斯基的小说不同的是，《竹林中》不同声音的对话没有直接形成于小说故事的内部。由于三名当事人的叙述场域并不相同，他们之间没有形成当面的交锋或对质。他们之间的对话关系逾越出小说文本，形成于阅读者的意识层面，在读者对于情节的理解和想象中形成交叉与交错关系。因为只有阅读者通过文本阅读，才有条件相继倾听到三个当事人的三种声音。反而在文本内部，并不存在一个可以接收到三者的声音、近于读者位置的超越性存在。

复调小说的另一个重要特征是未完成性。巴赫金指出，因为对话是开放的、持续的，也是不可完结的，所以复调小说具有本质上的不可完成性。《竹林中》正呈现出一种"未完成"的开放结构，小说没有一个通常意义上的特定故事结局或叙事的终结，而且要求阅读者通过反刍和阐释，将小说的阅读过程延伸下去。

这种多声部混合的复调叙事，显示出一种对现实世界的全新理解和姿态，让作品人物的心理、行为、命运，乃至其所处的现实以前所未有的复杂面貌展现出来。读者可以从不同角度听到多种声音，看到不同观点的相互碰撞。提出复调小说理论的巴赫金的著作《陀思妥耶夫斯基诗学问题》虽在 1929 年初版，但据学者研究，其主要部分其实是在 1922 年，即《竹林中》的发表当年完成的。[1] 复调小说批评理论的问世与《竹林中》的发表有一种共时性关系。

巴赫金的复调小说理论借用了音乐术语，笔者认为还可以借用 20 世纪里程碑式的美术流派，"立体主义"的概念，即通过关联立体主义美术的创作理念，进一步理解和阐释小说《竹林中》。立体主义是人类现代艺术史中一次革命性的艺术运动，其代表者人物是西班牙画家巴勃罗·毕加索。自文艺复兴以来，画家都是从一个固定角度去观察人物或者物体的，画布上所表现的都是立体的人或物体的一个侧面。而立体主义打破了传统的焦点透视法和空间结构规则，以全新方式展现对象的不同维度的立体形态，尝试通过多角度的观察，将单一视点不可能看到的几个侧面，用并列或叠加的方式表现出来。毕加索 1907 年完成的《亚威农少女》（Les Demoiselles d'Avignon）宣告了立体

---

[1] 望月哲男：《解说》，载ミハイル·バフチン《ドストエフスキーの詩学》，望月哲男、鈴木淳一译，東京：筑摩書房，1995 年，第 581 页。

主义的诞生，这幅描绘了五名裸体女性的奇特作品在诞生后曾饱受非议，直到1916年才被正式展出，并得到了现在的名称。20世纪20年代初期，这幅画作才被认定为开启了立体主义艺术之门的具有革命性意义的作品。

《竹林中》的结构和手法与立体主义绘画有异曲同工之处。立体主义颠覆了绘画从一个角度观察物体的定式，将多个方向看到的形状和侧面组合起来。因此，在立体派绘画作品中，画家需要以多角度来描绘对象物的立体形状，并将其同置在一个平面之上，以此表达对象物更为完备和真实的形态。画家从不同角度分解了描绘对象，就局部而言，看上去是许多碎片的组合。但另一方面，这样的作品实现了多视点的全景共存，改变了基于单一视点表现事物的传统手法。

《竹林中》的叙事结构，由七个人物的独白组接而成，其中三名当事人的独白分属于不同时空，小说叙述将原本分割开的不同时空的人物独白结合、排列、拼接在一起，让不同立场的三名当事人的内心世界得到多面相的呈现。他们的叙述互不调和，甚至相互冲突，正凸显了不同视角的感受和体验的差异。对于竹林中发生的强暴事件，三名性别、身份、立场以及相互关系全然不同的当事人对于事件的发生必定会有全然不同的心理感受，甚至根本无法互通和互换。

《竹林中》的作品研究史已充分证明，阅读这篇小说时不宜对作品中纷繁复杂的情节和信息作排除式的非此即彼的处理，去判断谁有不实之言，谁更值得信赖，也不应轻易否定任何当事者的话语，因为每人的叙述都有其真实的心理依据。强盗试图以武力决斗的方式抢夺武士的妻子，杀死武士后女人却跑掉了，这完全可能；妻子为洗刷自己被奸污的屈辱，反而想去杀死自己的丈夫，也有其必然的心理逻辑；武士因妻子的背叛而对人生绝望，含恨自尽，也是符合因果关系的一种结局。由此，可以从立体主义的立场出发对这篇小说重新审视定位，并展开多元视角的叠加和重构。

立体主义绘画，是将物体分解为不同的侧面，重构表现立体之物的线条与形状。而《竹林中》重构的是不同时空下的人物叙述，以及叙述之中的自他关系。被多个视角所分解的核心对象，是"武士之死"相关者的心理、言行以及动机。由此，小说得以演绎出武士之死的三种极端化的情节链条，而且这三种死亡方式和过程，都构成了对所谓武士道规范中的理想化武士形象的背离和解构。明治以后被建构出来的"武士道"强调武士对君主的"绝对忠诚"，但小说无形中已经让这种"绝对"与"忠诚"都彻底瓦解而化为乌有。

小说家芥川龙之介其实还是一名鉴赏力颇高的西方美术爱好者。早在1914年，他在读东京帝国大学英文学科二年级时，就在写给留美友人的信中提到了"立体派"的毕加索，还称赞了野兽派画家马蒂斯（Henri Matisse）。[1] 约离

---

[1] 芥川龍之介：《芥川龍之介の原善一郎宛書簡》，1914年11月14日，載《芥川龍之介全集》第17卷，東京：岩波書店，1997年，第238頁。

世的两个月前,他在一篇题为《两个西洋画家》的短文中再次提及毕加索和马蒂斯:"毕加索永远在攻城,攻打只有圣女贞德才能攻下的城堡。他或许知道这座城堡是攻不下来的,但却依然在火炮之下独自顽强地进攻。""我在同情毕加索的同时,也对马蒂斯感到亲近和羡慕。""但如果让我选择一方的话,我想选的是毕加索。"[1] 他还在生前与谷崎润一郎关于小说情节的论战中,高度评价被称为"现代绘画之父"的塞尚(Paul Cézanne)的作品,称塞尚为"绘画的破坏者",表示对他的画作深感共鸣。[2]

毕加索在创作《亚威农少女》时,受到法国数学家庞加莱(Jules Henri Poincaré)的非欧几何、第四维度理论的启发,而后者同样是爱因斯坦(Albert Einstein)提出相对论的重要基础。[3] 毕加索的《亚威农少女》是20世纪现代美术的开山之作,爱因斯坦的相对论则是20世纪人类科学领域最重要的物理学理论。不论是立体主义还是相对论,在大正时期的日本社会获得关注和产生影响,恰好都是在《竹林中》发表的1922年之后。立体派作品最早在1915年前后移植到日本,但立体派艺术理论与历史在20世纪20年代后才得到进一步的介绍与理解。[4] 而爱因斯坦的相对论在日本的普及也始于1922年。这一年的11月17日,爱因斯坦到访日本。除了在东京帝国大学连续做了六天的学术演讲,他还相继在仙台、名古屋、京都、大阪、神户、福冈等地做了学术讲演,在日本停留达43天。邀请他访日的是一家名为改造社的出版社,而该社发行的1922年新年号《改造》杂志,正好发表了芥川龙之介的另一篇重要作品——解构了乃木希典神话式的偶像形象的小说《将军》(「将軍」)。而同期专栏"1922年以后之人"中的文章之一便是《爱因斯坦》(「アインシュタイン」),作者为竹内时男。小说《竹林中》则于同一时期发表于1922年新年号《新潮》杂志上。

在20世纪的艺术领域,各种艺术形式通过不同的艺术语言和手法,在不同的艺术范式下尝试对世界进行的探索和表达,往往不约而同地表达了共同的主题,或是殊途同归地揭示了相似的世界认知。本文论证了《竹林中》的多元视角的叙事结构以及它所确立的最具可行性的阅读方式,与立体主义理念之间具有相通性和呼应关系。笔者认为,可以将这部发表至今已逾一个世纪的日本现代文学中的短篇小说杰作追认为一部立体主义小说。

(特约编辑:叶晓瑶)

---

[1] 芥川龍之介:《二人の紅毛画家》,载《芥川龍之介全集》第15卷,東京:岩波书店,1997年,第91页。

[2] 芥川龍之介:《文芸的な、余りに文芸的な》,载《芥川龍之介全集》第17卷,東京:岩波书店,1997年,第238页。

[3] 阿瑟·I·米勒:《爱因斯坦·毕加索:空间、时间和动人心魄之美》,方在庆、伍梅红译,上海:上海科技教育出版社,2016年,第111—115页。

[4] 石田仁志:《日本の未来主義と立体主義》,载《コレクション・モダン都市文化》第27卷,東京:ゆまに書房,2007年,第742页。

奥戈特《应许之地》中的非洲民俗与本土文化身份建构

杨建玫 *

内容提要："肯尼亚文学之母"格蕾丝·奥戈特是一位具有社会责任感的民族作家。在她的创作中，民俗成为她纠正白人抹杀非洲文化行为的有力工具。在小说《应许之地》中，奥戈特扎根卢奥族的口头叙事传统，通过民歌弘扬非洲本土文化的同时，揭示现代社会问题，试图唤醒卢奥族人的民族意识；她还展现了卢奥族风俗习惯中的民间信仰和民间医学，通过亡灵形象和西方现代医学与非洲民间医学的冲突对抗殖民者文化，弘扬了非洲的本土文化。奥戈特的非洲民俗书写有助于卢奥族人建构本民族的文化身份。

关键词：奥戈特 《应许之地》 非洲民俗 本土文化身份

African Folklore and the Indigenous Construction of Cultural Identity in Ogot's *The Promised Land*

Abstract: Grace Ogot, often hailed as the "Mother of Kenyan Literature," is a highly esteemed national writer known for her unwavering dedication to social responsibility. Within her literary works, she adeptly harnesses folklore as a means to combat the erasure of African culture at the hands of colonial forces. Embodied within her novel *The Promised Land,* Ogot draws inspiration from the rich oral storytelling traditions of the Luo community, skillfully preserving and transmitting indigenous African culture through the evocative medium of folk songs. In this way, her work not only sheds light on modern social issues, but also seeks to ignite a strong sense of national consciousness within the Luo community. Ogot also delves deep into the folk beliefs and medicine of the Luo people's customs. By depicting the presence of ancestral spirits and showcasing the conflict between Western modern medicine and African traditional medicine,

---

* 杨建玫，女，苏州科技大学外国语学院教授、硕士生导师。主要研究方向：非洲英语文学、英语教学、英美文学、翻译。
【基金项目】国家社科基金一般项目"肯尼亚当代文学的政治书写研究"（项目批准号：22BWW071）阶段性研究成果。

she confronts the lasting remnants of colonial influence on African culture. Ogot's narratives of African folklore is conducive to the Luo community in constructing their own unique cultural identity.

Keywords: Ogot; *The Promised Land*; African folklore; Indigenous cultural identity

---

格蕾丝·奥戈特（Grace Ogot）是东非第一位出色的女作家，被誉为"肯尼亚文学之母"。她创作了小说《应许之地》（*The Promised Land*），标志着非洲女作家正式登上世界文坛。奥戈特扎根于非洲传统文化，是一位具有社会责任感的民族作家。作为卢奥族人，她通过书写本族民俗弘扬本土文化，她的小说均以卢奥族的民俗为背景展开，在传统的卢奥族社会内部进行写作，使整个卢奥族社会以全新面貌焕发全新的生机。《应许之地》是一个警世的民间故事，奥戈特扎根卢奥族的口头叙事传统和风俗习惯，表达了民族自豪感和文化自信，并对后殖民时期非洲传统社会习俗的丧失发出警示，试图建构非洲人的民族文化身份。"民族文化身份的本土建构是民族主义意识、民族文化身份认同发挥作用的重要领域……要彰显自己的民族文化特色，尊重自己的历史文化传统，立足自己的民族文化氛围。"[1] 民俗作为民俗文化，广泛存在于非洲族群的生活中，成为把族群成员连接起来的文化纽带。在《应许之地》中，奥戈特通过描绘非洲民俗展示了非洲人对族群文化传统的承继，这些非洲传统文化元素成为非洲人民族文化认同的重要组成部分。本文拟从民俗学角度探讨《应许之地》中奥戈特的非洲民俗书写及其对卢奥族传统文化和现代文化的思考。

一、奥戈特民俗书写溯源

与阿契贝（Chinua Achebe）、恩古吉（Ngugi wa Thiong'o）等第一代非洲作家一样，奥戈特也书写非洲本土文化，这与欧洲人对非洲文化的抹杀、"黑人性"运动、卢奥族传统文化和20世纪60年代非洲现代文学的发展密切相关。

长期以来，欧洲人歪曲、抹杀非洲的文化成就，往往把非洲殖民地的过去说成是未取得任何成就的一片空白。索因卡（Wole Soyinka）认为："白人扭曲非洲人的行径既是出于种族主义动机，也是为了掩盖他们无法洞察非洲人

---

[1] 张其学：《文化殖民的主体性反思：对文化殖民主义的批判》，北京：北京师范大学出版社，2017年，第143—144页。

复杂真相的事实。"[1]在这种情况下，非洲作家重写历史变得愈发迫切。博埃默（Elleke Boehmer）认为，彻底的非殖民化意味着用本土文化取代外来文化，把文化领域作为社会改造的中心战场，民族主义者需要从自身的文化源泉中汲取灵感。[2]"民歌民谣和寓言故事证实了本土文化的丰富蕴藏；证明了它也有一套早于殖民者，而且殖民者根本无法读解把握的认识体系。"[3]

"黑人性"作为一种突显非洲民族文化的思想传统，对非洲文学产生了深远影响，成为奥戈特本土文化书写的思想传统。非洲文化传统成为非洲第一代现代作家歌颂的内容，反对殖民主义、歌颂非洲传统、唤醒民族意识成为他们创作的主题和文学批评的标准，也成为民族作家的职责。阿什克利夫（Bill Ashcroft）等将这场运动概括为"对非洲文化与身份特质的最响亮表达"[4]，从一开始非洲文学就"用文字武器合法捍卫非洲文化遗产"[5]，这种政治意识最终演变成非洲运动。肯尼亚独立后也出现了振兴本土文化的社会运动。针对西方的文化殖民，以奥戈特和恩古吉为代表的民族作家在创作中有意识地运用肯尼亚的传统文化题材。奥戈特从民族文化和民族历史中寻找题材，挖掘文化资源，在创作中表达民族文化的尊严，这也就是萨义德所说的"二线反抗——意识形态反抗时期"[6]，显示出奥戈特逐渐增强的民族意识。

奥戈特的写作扎根于卢奥族文化，这源于她所受的本土文化熏陶。她在父亲讲的圣经故事与祖母讲的传统卢奥族神话中长大，形成了自己的传统文化观。奥戈特拒绝把"神话"和真实的故事区分开来，对卢奥族的神话深信不疑，她说："当我们向卢奥族同胞或肯尼亚同胞讲述这样的故事时，我们不会认为这是神话。我们只是说这是远古时期祖先在原始生活中经历的真实事情。"[7]奥戈特的传统文化观充分显示出她的传统文化情结，也造就了她的创作成就。她把这些观念和卢奥族的传统文化融入创作中，她小说的主题主要是关于卢奥族传统民俗、神话和口头传统的重要性的。此外，奥戈特在乌干达的医院接受培训期间，对非洲传统的医药故事和巫医反对现代科学、医学的故事十分着迷。后来她的写作模式发生了变化，她说："我不仅对传统的非洲生活感兴趣，也对我在非洲和伦敦的现代医院做护理的经历

---

1 Wole Soyinka, *Myth, Literature and the African World*, London: Cambridge University Press, 1976, p. 107.

2 艾勒克·博埃默：《殖民与后殖民文学》，盛宁、韩敏中译，沈阳：辽宁教育出版社，1998年，第209页。

3 艾勒克·博埃默：《殖民与后殖民文学》，盛宁、韩敏中译，沈阳：辽宁教育出版社，1998年，第214页。

4 Bill Ashcroft, Gareth Griffith and Helen Tiffin, *The Empire Writes Back: Theory and Practice in Post-Colonial Literature*, London: Routledge, 2002, p. 20.

5 Bill Ashcroft, Gareth Griffith and Helen Tiffin, *The Empire Writes Back: Theory and Practice in Post-Colonial Literature*, London: Routledge, 2002, p. 20.

6 爱德华·W·赛义德：《赛义德自选集》，谢少波、韩刚等译，北京：中国社会科学出版社，1999年，第267页。

7 Bernth Lindfors, "Interview with Grace Ogot," *World Literature Written in English* 18, No. 1 (1979): 56—68.

感兴趣,这些都激发了我的创作灵感。"[1]这促使她思考非洲传统文化与西方现代文化的冲突。

奥戈特强调传统文化在非洲现代文化中的重要性,认为民间故事是一种文化融合方式。作为卢奥族女性,她既相信西方宗教的作用,又相信非洲民间医学的威力。她认为非洲人对挖掘过去、复兴珍贵的口头文学和民间故事的兴趣很大,他们的兴趣与一个国家政治生活中的社会经济问题有联系。对于他们来说,民间故事的作用是能够间接评论殖民主义引起的后果,特别是能够评论两性关系。[2]这些观念成为她在创作中探讨传统文化的基础和目的。

20世纪60年代非洲现代文学的发展也影响了奥戈特对传统文化的挖掘:

(20世纪50年代末至60年代)当非洲国家从外国殖民统治下获得独立时,他们承诺要重新审视和彻底改革统治机构和改变西方人长期宣传的非洲文化形象,其目的是表明非洲自古以来就有值得尊重的传统和值得骄傲的文化。[3]

"伴随非洲研究的新热潮,人们逐渐对非洲口头文学重新产生兴趣……作家转而从口头文学中寻求灵感。"[4]正是在这一时期,许多非洲学者和作家回归民族文化,寻找口头文学的材料。奥戈特像阿契贝一样忠实地描绘本族人的传统生活,重申他们的尊严,纠正殖民者对非洲文化的贬低。她回归到卢奥族文化中寻找民俗材料,研究本民族的历史,向殖民者证明在白人来到这里之前非洲人早已有自己的历史、文化和文明。同时,她也提醒那些经历了现代社会变迁的非洲人,他们需要了解本民族曾经生活过的世界,并建构自己的民族文化身份。

二、非洲口头民俗与卢奥族文化弘扬

民俗来源于民众,服务于民众,是处于边缘地位的民族发声的途径。从19世纪末至20世纪60年代,肯尼亚长期遭受英国殖民统治的压迫,其文化被白人文化压抑、排斥和同化。非洲人无法表达自己的思想,这迫使他们去寻找诉说自我的途径。邓德斯(Alan Dundes)将民俗分为口头民俗学、风俗民俗学和物质民俗学。[5]口头民俗是口头传播的民间文学艺术,包括神话、传说、民间故事、民歌等。[6]奥戈特借鉴卢奥族的口头传统将民歌融入小说,在弘扬非洲的本土文

---

1 Bernth Lindfors, "Interview with Grace Ogot," *World Literature Written in English* 18, No. 1 (1979): 56—68.

2 Kathleen Flanagan, "African Folk Tales as Disruptions of Narrative in the Works of Grace Ogot and Elspeth Huxley," *Women's Studies* 25, No. 4 (1996): 371—384.

3 Isidore Okpewho, *African Oral Literature*, Bloomington: Indiana University Press, 1992, p. 293.

4 Ruth Finnegan, *Oral Literature in Africa*, Nairobi: Oxford University Press, 1976, p. 41, 46.

5 Alan Dundes, *The Study of Folklore*, Englewood Cliffs: Prentice-Hall, 1965, p. 2.

6 王娟编著《民俗学概论》,北京:北京大学出版社,2002年,第18页。

化时，试图唤醒民族意识，表达她对民族文化身份的认同。

民歌在口头民俗中具有重要地位，也出现在非洲的口头叙事中。"在非洲，相当一部分故事是通过改编语言和民歌来讲述的"[1]，作家将民歌用于口头叙事的原因是民歌在故事表演中有重要作用。"民歌是卢奥族讲故事的重要组成部分……民歌能够帮助人们记忆……可以使充满悲情的情境更加令人心酸，可以为欢乐的故事增添情趣。"[2]奥戈特不但在民歌中保留卢奥族的传统文化，还赋予其新的内容，使之可以反映时代变化和社会现实。

在小说中，一首民歌反映了第二次世界大战给非洲人带来的苦难：许多人因此失去生命，却从未得到补偿。恩亚波尔和奥乔拉在乘船前往坦噶尼喀追寻更美好的生活时，听到一位竖琴师在吟唱：

听着，拉莫吉的儿子们，听着……听着，你们这些幸免于难还能生存和吃饭的人！他们像你一样年轻，也像你一样是父亲。父亲们、母亲们，还有那些失去了（睡着的）兄弟的人，你们和我一起哭泣吧。[3]

1　Isidore Okpewho, *African Oral Literature*, Bloomington: Indiana University Press, 1992, p. 220.

2　B. Onyango-Ogutu and Adrian A. Roscoe, *Keep My Words*, Lusaka: East African Publishing House, 1974, pp. 31—32.

3　Grace Ogot, *The Promised Land*, Nairobi: East African Publishing House, 1966, p. 61.

歌曲聚焦非洲人被迫参战的历史，揭示战争给他们带来的创伤，控诉法西斯给他们造成的伤害。战争导致许多家庭被剥夺了基本的人性需求，留下被剥夺男人温暖的妇女、被剥夺父爱的儿童、失去新郎的新娘和失去儿子的父母。歌曲偏离了口头叙事传统中的战歌内容，其目的不是歌颂战士，而是声讨法西斯战争的罪恶。战争夺去了年轻人的生命，他们被白人殖民者强迫参战而有去无回。殖民者在打仗时曾给予卢奥人分享"战利品"的空洞承诺，但最终却未给他们带来任何利益。因而，歌曲中的白人是骗子的形象。歌曲还暗示在场有一些失去亲人的观众，竖琴师以此呼吁观众哀悼逝去的亲人。

奥戈特采用非洲口述叙事传统在叙事中插入民歌。这一手法增强了故事的戏剧性效果，有助于表达主题思想，烘托气氛。她的创作因融入民歌而具有本土特色，还保留了非洲口头叙事传统，彰显出卢奥族传统文化的魅力。民歌成为连接歌者和观众的纽带，歌者通过民歌拉近了与在场卢奥族人的情感距离，凸显出他们共同遭受的战争创伤，引发了他们怀念逝去亲人的共鸣，增强了卢奥族族群共同体的凝聚力。

歌唱是卢奥族人欢庆场合中必不可少的活动。卢奥族人在盛大聚餐后常举行演唱会，歌唱形式生动活泼，既有提前准备好的传统民歌，也有歌手与观众之间的即兴发挥。在小说中，一位竖琴师吟唱的内容既有传说故事，也有现代社会现实。他唱到卢奥族传说人物的死亡，还歌颂在部落战争中为保卫土地而英勇战斗的男人。这些歌曲无不凸显出卢奥族悠久的历史。

歌者通常会与观众互动，以烘托气氛，引发观众的兴趣，博得人气。观众中也常有人遵循古老的娱乐传统打断竖琴师的表演，对他赞不绝口，甚至站起来说出他们赞美的人的名字。于是，会有人不断把钱投到竖琴师面前，以鼓励他继续赞美观众说出的其他人。演唱会将传统文化与现代文化相结合，既丰富了人们的精神生活，也传承了卢奥族传统文化，增强了卢奥族人对共同的民族文化身份的认同感。

奥戈特使用卢奥族传统的民歌和歌唱形式揭示现代社会问题。她赋予了民歌现代内容，唤醒了人们对二战时卢奥族人被殖民的共同历史记忆，揭示了英国殖民者给非洲人带来的身心创伤，表达了自己对殖民主义罪恶的批判。这种共同的记忆唤醒了卢奥族人的民族意识，有助于增强他们对卢奥族文化身份的认同感。

三、非洲风俗习惯与卢奥族的文化认同

奥戈特除了采用卢奥族的口头民俗弘扬本土文化之外，还展现了卢奥族的风俗习惯。风俗习惯指流传于民间的民俗活动，包括民间仪式、民间信仰（或迷信）和民间医学等。[1]《应许之地》中展现的卢奥族民间信仰和民间医学勾勒了族群共同体的传统文化，彰显出奥戈特对卢奥族文化的传承。

民间信仰"是一种无形的心理文化现象。正是因为此类民俗事象表现出强烈的心理特征，所以在民俗学研究中，有时将其称为'信仰民俗''心理民俗'或'心意民俗'"[2]。奥戈特通过亡灵的形象再现了非洲宗教文化，以弘扬民族文化，对抗殖民者的文化。

在小说中，奥戈特塑造了有魔幻色彩的"亡灵"形象，与非洲的"万物有灵论"相呼应。亡灵具有超自然的预言能力，常出现在亲人的梦境中，在小说中有着举足轻重的分量。奥乔拉在困惑时试图与逝去的母亲的亡灵对话。他准备动身去坦噶尼喀时来到母亲坟前，期待此行能够得到母亲亡灵的同意，这显示他远走他乡别离故土时的犹豫和摒弃传统文化时的困惑，这也是他后来遭受疾病困扰的伏笔。恩亚波尔并不愿意离开故土，但是作为妻子她只能违心地跟随丈夫离开。临走前，她希望得到婆母的祝福。然而，两人的祈祷并未如愿，母亲的亡灵未支持他们的选择。奥乔拉在母亲墓前闭上了眼睛，好像听到母亲说："别走！陪着我们，和我们在一起吧。"[3]他感到母亲好像在阻止他们动身。在奥戈特的笔下，这些亡灵的预言往往正确，奥乔拉因为未采纳母亲的建议，

---

[1] 王娟编著《民俗学概论》，北京：北京大学出版社，2002年，第18页。

[2] 陶立璠：《民俗学概论》，北京：中央民族学院出版社，1987年，第252页。

[3] Grace Ogot, *The Promised Land*, Nairobi: East African Publishing House, 1966, p. 39.

后来几乎遭受灭顶之灾。奥乔拉病入膏肓时做的梦预示着他会抛弃以前的错误选择，重新回到族群中：

　　那天晚上，奥乔拉梦见自己在晒太阳。只有孩子们在他旁边跳舞……母亲对他说："儿子，别害怕，你不会死在外国，你很快会回到自己的家，重新和族人生活在一起，继承你的遗产——我们祖先的土地。你离开这个世界时将长眠于我们的族人中。"[1]

　　这是母亲文化自信的表现，她坚信儿子能够重新认识传统文化，回到他们部落中来，把传统文化传承下去。奥乔拉最终抛弃了在异域他乡获得的物质财富，带领家人回到了家乡，这意味着他将重新认同卢奥族的传统文化。

　　亡灵还出现在他的兄弟阿别尔罗的梦里。在阿别尔罗的梦中，母亲的亡灵让他在找到奥乔拉之前不要回家乡。他醒来时感到母亲还在房间里，这个梦吓坏了他，但却给了他希望，他决心去找回哥哥。这意味着他去寻找奥乔拉不仅是因为深厚的兄弟情义，还源于母亲亡灵的嘱托。母亲希望阿别尔罗能把奥乔拉找回来，这说明前辈不希望晚辈迷失生活的方向，丢弃传统文化。

　　奥戈特通过奥乔拉回到家乡的选择构建了卢奥族的族群共同体，揭示如下隐喻：卢奥族人只有坚守文化传统，传承本民族的历史和文化精髓，才能过上和谐稳定的生活。奥戈特塑造的亡灵形象不仅起到了预言的作用，还增添了小说的神秘感，彰显出卢奥族文化的悠久历史、丰富内涵以及非洲传统文化的传承力量，增强了族群共同体的向心力，唤醒了卢奥族人的民族意识，加强了他们对民族文化的认同感。

　　民间医学也是非洲风俗习惯的一部分。在非洲人的传统观念中，疾病是由某种精神性的存在引起的，比如巫术。疾病和死亡也由邪恶的精灵所致，巫术、魔法、诅咒、鬼和神会导致人的死亡。[2]这种疾病的观念影响着非洲人，他们生病时常会求助于巫医或药医，而非西医。在《应许之地》中，奥戈特分别塑造了马赛族药医、卢奥族巫医和白人医生的形象，折射出非洲现代化进程中西方现代医学与非洲民间医学的冲突，表现出她对非洲传统文化的认同，反映了非洲民间医学的强大力量。

　　非洲的原始信仰中有一种巫医崇拜。人们认为人与神之间不能直接交往，需要一个能在两者之间进行沟通的使者，这就是巫医。巫医能与精灵打交道，能向祖灵祈福，是民族的保护者，是被信赖和敬畏的神秘人物，为全民族所崇拜。[3]巫医是传统的祭司，会治疗因巫术而发病的人，其中许多人有丰富的生物学、药理学和心理学知识。虽然他们用一些

1　Grace Ogot, *The Promised Land*, Nairobi: East African Publishing House, 1966, p.193.

2　艾周昌主编《非洲黑人文明》，北京：中国社会科学出版社，1999年，第345页。

3　吕大吉主编《宗教学通论》，北京：中国社会科学出版社，1989年，第367页。

"魔法"给患者治病，但其疗法有一定的科学性。药医与巫医的差别在于药医懂得如何用草药治病，他们从陆地和海洋等矿产物中挑选出无数药材给人治病，包括烤干的昆虫，风干的爬行动物，各种动物皮和骨头，以及数百种树皮，植物的根、浆果和树叶。这些有益的、有害的和中性的物质有药用价值，不管病人得了什么病，药医通常会用这些药物治疗。他们还把药材制成涂抹用的药膏和粉末，甚至用偏方治病，比如沐浴出汗和放血。许多药医声称他们的秘方是从仙人那里得到的，所以在许多人眼里他们也具有神秘性。

非洲神话中的巫医和药医通常是男性。他们能通灵，既能治病救人，也能害人。他们知道哪些物质具有药用价值，还能正确地使用这些药物，发挥药物的超自然力量。他们的灵感并非来自最高神灵，而是来自自身特有的魔法。小说中的巫医和药医具有二元对立的双重审美属性：马赛族老药医是致奥乔拉得病的邪恶之人，而卢奥族巫医马贡古则是为奥乔拉治病的正面形象，两人都具有超自然魔力。

奥乔拉一家人得病的根源是那位老药医。因为他具有超自然力量，便施魔法造出害人的毒药，给奥乔拉一家人下诅咒，导致他们疾病缠身。当恩亚波尔请其他巫医来给奥乔拉看病时，这位药医并未善罢甘休，而是晚上继续在奥乔拉家树篱旁埋毒药，并放出有毒的蛇、猴子和乌龟，使奥乔拉的病情进一步加重。这充分显示出药医的威力和其自身具备的魔法。

与邪恶的药医形成对比的是给奥乔拉治病的巫医马贡古。奥乔拉生病以后，恩亚波尔请来许多巫医给奥乔拉治病。她花费了大量钱财，却收效甚微。马贡古有一定的超自然能力，这给奥乔拉带来了希望。他借助杀死的公鸡找到了药医偷埋在奥乔拉家的罐子，发现了药医害人的罪证："他先拿出了一条僵直的死蛇，然后是一只乌龟，最后是一只猴子。"[1]马贡古不仅查出奥乔拉的病因来自那位药医，还认识到药医的威力及其险恶用心。马贡古与药医不同，他的行医准则是治病救人，而不是靠自身的魔法去害人。他在奥乔拉的皮肤上涂抹了油性药物后，奥乔拉浑身颤抖，疼痛加剧，觉得整个身体像被撕成了碎片，但是：

奇迹就在他们眼前发生了，刺状的疣一个个开始脱落……看起来像细长的箭似的以飞快的速度向四面八方飞舞……所有的疣都掉了以后，马贡古把一些草药和药膏抹在剩下的伤口上。很快原来长疣的大洞开始收缩。看来奥乔拉的身体又恢复正常了。[2]

马贡古的治疗药到病除，困扰了奥乔拉多日的怪病竟然霎时痊愈！奥戈特以此显示非洲民间医学的奇特效果，表明她坚守非洲传统文化的立场。药医和

---

[1] Grace Ogot, *The Promised Land*, Nairobi: East African Publishing House, 1966, p. 157.

[2] Grace Ogot, *The Promised Land*, Nairobi: East African Publishing House, 1966, p. 195.

巫医形象的鲜明对比，凸显出奥戈特对巫医的看法。她打破了非洲神话中邪恶巫医的原型形象，表明正直的巫医可以帮助人们免受疾病的折磨。她曾这样表达自己对非洲医学的信任：

  我不敢说从我做护理工作以来见过类似的病，但也有其他一些非常奇怪的疾病和皮肤病与奥乔拉的皮肤疣类似，这些病不是精神诱发的，科学方法无法治愈，所以奥乔拉只好求助于非洲医学。如今肯尼亚政府并不认可咨询非洲巫医的做法，但是人们仍旧这么做，而且许多人的病确实治好了，也可能是他们心中的信念治好了病。[1]

  奥戈特通过迥异的药医和巫医形象，以魔幻现实主义手法展现了非洲民间医学的悠久历史和博大精深，表明了她坚守非洲传统文化的立场。

  奥戈特还塑造了充满人道主义思想的白人医生汤姆森。她通过奥乔拉求医的经历描述了白人在肯尼亚开办的医院，从侧面反映了肯尼亚的殖民史。奥乔拉家人在走投无路时把他送到白人开办的医院，求助于西医。救治奥乔拉的汤姆森医生是一位福音传道者，在其他（非洲和白人）医护人员都嫌弃奥乔拉的情况下，他以基督徒的无私奉献精神耐心地为奥乔拉医治怪病，并向其他白人医生求助，查阅研究医学杂志上类似的病例。"他费力地阅读他能找到的所有关于热带疾病的医学杂志和书籍，试着去找一些能帮助奥乔拉医治疾病的病例。"[2] 他从未见过这种病，但决心用一切现代方法帮助奥乔拉恢复健康。汤姆森给《英国医学》杂志写信求助，给伦敦的皮肤病专家写信询问其建议，并邀请外地的医生来为奥乔拉做检查。他努力进行新的试验，并尝试新的药物，但是都毫无效果。最后他只好放弃，充满了挫败感。

  奥戈特通过奥乔拉的求医过程将传统与现代的主题和观念并置，展示了传统和现代思维方式之间的冲突。奥乔拉的病以非洲传统医学的成功和西医的失败告终，这反映了奥戈特对西方现代医学的怀疑和对非洲民间医学的信任。她说：

  这是传统和现代的交融，我讲的许多故事都是基于日常生活的。当教会和医院治疗病人失败时，非洲人会陷入自己的文化信仰中。这在我们看来可能只是迷信，但确实能治好病。在肯尼亚一些族群的生活中，现代疗法和传统疗法并存。[3]

  她的话反映了两种文化的冲突以及非洲人不信任西医而相信民间医学的事实。

---

[1] Bernth Lindfors, "Interview with Grace Ogot," *World Literature Written in English* 18, No. 1 (1979): 61.

[2] Grace Ogot, *The Promised Land*, Nairobi: East African Publishing House, 1966, p. 172.

[3] Bernth Lindfors, "Interview with Grace Ogot," *World Literature Written in English* 18, No. 1 (1979): 62.

奥戈特本人相信非洲传统文化中的神话、非洲医学等的真实性。她这样解释小说副标题"真实的想象"的内涵：

> 主人公奥乔拉和家人是生活在我们中间的一代人，这种家庭至今还存在。他们在这个世纪迁到坦桑尼亚，然后又返回来。我们能看到并能和这个群体交谈，所以这部小说是"真实的想象"。[1]

她说，小说中描述的事件确实存在，一些人验证过奥乔拉的迁徙情况，并询问过他的病情。这表明奥戈特对现代问题的思考中渗透着民族主义意识。

奥戈特通过西医医治奥乔拉疾病的失败经历，反映了白人文化与非洲巫术的碰撞。她以此建立一种非洲文化自信，显示非洲传统文化的威力，表明非洲人不能轻易放弃传统文化，而西方现代医学并非如人们想象的那么万能。这充分表现出她对非洲传统文化的肯定与认同。

结语

民俗不仅属于过去，还能更好地洞察过去和现在的关系。在《应许之地》中，民俗成为奥戈特纠正白人歪曲、丑化非洲人行为的有力工具，加强了卢奥族族群的凝聚力。奥戈特借此表达了她对现代问题的看法和态度。她利用熟悉的卢奥族传统文化资源抵制欧洲文化的影响，通过大量的非洲民俗书写弘扬卢奥族的传统文化。奥戈特继承了非洲的口头叙事传统和风俗习惯，在勾勒非洲的民歌、民间信仰和民间医学时弘扬卢奥族文化，反映现代社会现实，重构民族精神，彰显民族意识。她通过民俗书写展示非洲人对非洲传统文化的认同，并促进了非洲人文化身份的本土建构。非洲的过去不再是黑暗和野蛮的，而是像其他地方一样充满了人与人之间的交流。奥戈特的非洲民俗书写重构了非洲的过去，使世人能够重新认识非洲悠久的传统文化，有助于提升非洲的形象。

（特约编辑：袁俊卿）

---

[1] Bernth Lindfors, "Interview with Grace Ogot," *World Literature Written in English* 18, No. 1 (1979): 61.

| 名品研究

欧亚主义变奏曲：
俄国文学的鞑靼人形象书写

杨明明 *

内容提要：作为欧亚主义者建构的图兰民族的重要组成部分，鞑靼在俄国的不同历史时期其所指也不尽相同，从最初的蒙古人到后来的突厥人，其指称对象的演变也折射出俄罗斯国家的历史变迁。13—19世纪的俄国文学全景式地记录了鞑靼人形象从凶残野蛮的侵略者到并肩作战的好兄弟的演变，书写了鞑靼与俄罗斯民族从敌对走向构筑命运共同体的漫长历程，这不仅是俄国文学东方因素的艺术再现与审美表达，更是成为欧亚主义的重要思想来源与理论依据。

关键词：俄国文学　欧亚主义　尼·谢·特鲁别茨科伊　鞑靼人　列夫·托尔斯泰

Variations on Eurasianism: Tartar Images Writing in Russian Literature

Abstract: As an important part of the Turan nation constructed by Eurasianists, the Tartar refers to different denotations in different historical periods of Russia, from the initial Mongolians to the later Turkic people, the evolution actually reflects the historical changes of the Russian state. From the 13th to the 19th century, Russian literature completely recorded the evolution of the Tartars' image from brutal and barbaric invaders to brothers fighting side by side, depicting the long journey of the Tatar and the Russian nation from hostility to building a community of shared future, which not only as an artistic reproduction and aesthetic expression of the Eastern elements of Russian literature, but also became an important ideological source and basis for Eurasianism.

Keywords: Russian literature; Eurasianism; N. S. Trubetskoy; Tartar; Leo Tolstoy

---

* 杨明明，女，上海交通大学外国语学院研究员、博士生导师。主要研究方向：俄罗斯文学。
本文系上海高校特聘教授（东方学者）岗位计划成果。

鞑靼作为俄罗斯联邦人口最多的少数民族，不仅是与俄罗斯国家同步形成与发展起来的，更是为俄罗斯国家的统一与巩固作出了重要贡献。但是，长期以来，其作为俄罗斯－欧亚文明空间开发者的历史功绩却一直被漠视，直至欧亚主义者们率先提出鞑靼等草原民族与俄罗斯民族在长期的对抗与融合中共同成为俄罗斯统一国家缔造者这一观点。从野蛮凶残的侵略者到与俄罗斯人并肩作战的同盟者，欧亚主义者对鞑靼人的定位与评价并非哗众取宠，而是有其历史与现实依据的，俄国文学即是其一。鞑靼人形象的这种演变全景式地体现于13—19世纪的俄国文学中，这七百年来俄国文学对鞑靼人的书写与建构亦从一个侧面印证了欧亚主义者的主张。

一、森林与草原：
欧亚主义的图兰－鞑靼民族观

鞑靼人在人口数量上是俄罗斯联邦第二大民族，主要居住在伏尔加河沿岸、克里米亚、南乌拉尔、西伯利亚西部和东部、远东等地。语言与土耳其语、阿塞拜疆语等同属阿尔泰语系突厥语族。绝大多数鞑靼人属伊斯兰教逊尼派，少部分信仰东正教和萨满教。俄罗斯的鞑靼民族由喀山鞑靼、卡西姆鞑靼、米沙尔鞑靼、阿斯特拉罕鞑靼、西伯利亚鞑靼、克里米亚鞑靼等多个部族组成。其民族起源问题较为复杂，存在着布加尔－鞑靼说、蒙古－鞑靼说和突厥－鞑靼说三种假说。布加尔说认为鞑靼民族形成于布加尔统治的10—13世纪，是伏尔加河布加尔人的直系后裔；蒙古说认为其民族产生于金帐汗国时期亚洲游牧民族的迁徙过程中，是蒙古人和波洛夫人混血的产物；突厥说作为当今最受学界认可的学说，认为鞑靼民族由多个族群组成，经历了从布加尔汗国、金帐汗国、喀山汗国到沙皇俄国等多个发展阶段，直到20世纪才最终形成。不同地区的鞑靼人虽然在血统和族源上存在着某些差异，但是一个拥有共同语言与文化的统一民族。

欧亚主义理论奠基人特鲁别茨科伊（И.С. Трубецкой）也倾向于将鞑靼人归入突厥人之列，他在《论俄罗斯文化中的图兰因素》（«О туранском элементе в русской культуре»）一文中指出，图兰民族包括乌戈尔－芬兰人、萨摩耶德人、突厥人、蒙古人和满族人，图兰人的心理面貌在突厥人身上表现得最为突出明显，同时，突厥人在欧亚大陆历史上发挥了至关重要的作用。但是，图兰民族这一称谓并未获得学界与民众的广泛接受。鞑靼作为突厥民族的后起之秀和俄国人口最多的少数民族，不仅对俄罗斯的地缘政治、经济、军事与文化产生了深刻影响，也是与俄罗斯民族交流往来最密切的民族，因此，鞑靼这一称谓后来反倒常常被用来指称所有突厥语民族。作为图兰民族的重要组成部分，鞑靼人一直受到欧亚主义思想家们的关注，他们在自己的诸多著述中探讨了鞑靼人在俄罗斯历史与文化中发挥的重要作用。

欧亚主义者认为俄国的自然地理环境决定了它必然是森林与草原这两个既相互对抗又相互融合的文化世界的统一体。森林和草原既代表了定居与游牧两种不同的生活方式，也反映为农耕与畜牧这两种经营活动形式，由此形成了两种不同的精神价值体系，导致了两种不同的世界观与宗教的产生。在他们看来，森林和草原的斗争构成了俄国历史的主线，二者一直在争夺国家与文化的主导权。"蒙古－鞑靼桎梏"（монголо-татарское иго）是草原取得的最重大胜利，而俄国则借助这一胜利变成了强大的军事化中央集权国家，然后开始了对草原的反攻，并且最终取得了对草原军事与文化的胜利。但是，无论孰胜孰负，森林与草原之间的互渗与融合从未停息。这种长期的融合最终体现为草原造就了俄罗斯国家的肉体，而受到拜占庭文化影响的森林则赋予了其基督教价值体系。基于这一原因，鞑靼人自然而然地成了俄罗斯大家庭的一员，甚至从某种意义上说，俄国历史是由俄罗斯民族与鞑靼、蒙古等草原民族共同书写的。

二、上帝之鞭：蒙古－鞑靼入侵时期的鞑靼人形象

13世纪初，罗斯开始遭到蒙古的侵袭，1223年的卡尔卡河战役蒙古大军大败罗斯与波洛夫人联军，1237年位于罗斯东南边境的梁赞陷落，拔都可汗率领游牧民族大军长驱直入，1240年占领基辅，罗斯从此开始了长达二百四十年的"蒙古－鞑靼桎梏"。关于鞑靼一词的来源学界一直未有定论，众说纷纭，有来自突厥语、波斯语、古希腊语、通古斯语、吐火罗文等多种说法。事实上，早在蒙古西征之前，这个带有好战意味的词即已通过阿拉伯和波斯文献传到了欧洲，对于亚洲知之甚少的欧洲人接受了这一称谓，并把好战的东方游牧民族统称为鞑靼人。因此，当蒙古人首次在罗斯出现时，罗斯人将其称为鞑靼人也并非异事，此后这一称谓就出现在所有古罗斯文献当中。

蒙古－鞑靼入侵在这一时期的俄国文学中有着广泛而深刻的反映，其中比较有代表性的有《卡尔卡河之战的故事》（«Повесть о битве на Калке»）、《拔都侵袭梁赞的故事》（«Повесть о разорении Рязани Батыем»）、《俄罗斯大地陆沉记》（«Слово о погибели Русской земли после смерти великого князя Ярослава»）、《顿河彼岸之战》（«Задонщина»）等。蒙古－鞑靼人是俄国古代文学"最主要、最伤痛也是最寻常的主题"。[1] 在有关鞑靼人的作品中，古代俄国作家的作品常常涉及所处时代最重要的主题，即通过公义的举止获得神圣性、为俄罗斯领土和自己的领主服务、寻求真理、信仰战胜无信仰、正教战胜"异教"、对基督教利益的背叛、叛国罪的必然报应、对即将

---

[1] Былинин, В. Кидр, *Древнерусская литература Изображение общества*, М.: Наука, 1991, p. 191.

到来的最后的审判的拯救。[1] 蒙古－鞑靼人入侵后出现的文学作品，都把蒙古－鞑靼人的出现与罗斯王公们的失败及此前在罗斯形成的"精神情境"[2]联系在了一起，认识到自己有罪并呼吁忏悔是作家们对蒙古－鞑靼入侵的普遍反应。这在13世纪中期的作品中表现得最为明显。

蒙古－鞑靼人形象最早出现在反映卡尔卡河战役的编年史故事中。《卡尔卡河之战的故事》中首次出现了"鞑靼人"的形象。故事的开头写道：

> 6732年（即公元1223年），因我们的罪来了一群陌生人，他们是不信神的摩押人，没人清楚他们是谁，来自何方，操何种语言，是哪个部落的，信仰什么。有人说他们是鞑靼人，有人说是塔乌门人，还有人说是佩彻涅格人……只有上帝知道他们来自何方。[3]

作者在开头便赋予了蒙古入侵某种宗教－道德意味，这样一群不知操何种语言的人是"因我们的罪"而来，是世界末日之兆。古代作家一方面将鞑靼人描写成上帝派来惩罚他们的罪孽的，另一方面却又将其描写为对抗"渎神的波洛夫人"的"上帝之鞭"。他们对待俄罗斯人态度友善，宣称：

> 我们没有占领你们的土地，没有占领你们的城市和村庄，也没有攻打你们。我们是上帝派来的，攻打的只是自己的奴隶和马夫，渎神的波洛夫人。而你们要与我们缔结和约。如果波洛夫人跑到你们那里，不要接纳他们，把他们从你们身边赶走，把他们的好东西占为己有。因为我们听说他们对你们做了许多坏事，所以我们攻打他们。[4]

由此可以看出，作者认为鞑靼人并不是不信神的，而是和俄罗斯人一样，对上帝负有同等责任，作品的隐含之义就是鞑靼人是上帝派来惩罚不信神的波洛夫人的。

古代俄国作家对于蒙古－鞑靼这一未知民族的入侵及其带来的灾难无疑是十分关注的，他们痛苦地思考着蒙古－鞑靼人出现的原因与未来的出路，这种道德与精神探索也反映在有关拔都可汗的作品中。由于末日论的盛行，末日的救赎就成了这类作品的主题，而蒙古－鞑靼人也就成了作家眼中的末日使者。此外，由于这些作品均在蒙古入侵几十年后问世，作

---

[1] Рудаков, В. Н, *Монголо-татары глазами древнерусских книжников середины XIII — XV вв*, М.: Квадрига, 2009, p.9.

[2] Рудаков, В. Н, *Монголо-татары глазами древнерусских книжников середины XIII — XV вв*, М.: Квадрига, 2009, p.88.

[3] Летописные повести о монголо-татарском нашествии Из. Тверской летописи. (Повесть о битве на Калке)// Библиотека литературы Древней Руси: В15 т. Под ред Д.С. Лихачёва, Л.А. Дмитриева, А.А.Алексеева, Н. В. Понырко Т.5: XIII век СПб.: Наука, 1997. http://lib.pushkinskijdom.ru/Default.aspx?tabid=4954.

[4] Д.М.Буланина, "Летописные повести о монголо-татарском нашествии Из Тверской летописи," *Библиотека литературы Древней Руси*, March 6, 2023, lib.pushkinskijdom.ru/Default.aspx?tabid=4954.

家们一方面按照传统将蒙古－鞑靼人塑造为侵略者、敌人、上帝惩罚俄罗斯人的工具；另一方面，他们对蒙古－鞑靼人也有了一定的了解，看到了他们身上的种种消极品性，认为他们也要在上帝面前为自己所犯下的暴行负责。

《亚历山大·涅夫斯基传》（«Житие Александра Невского»）中虽然主要记述了亚历山大大公与瑞典、日耳曼骑士团的战争，但也有很多地方提及了其与金帐汗国的密切联系，他曾多次亲赴金帐汗国。例如，亚历山大到达弗拉基米尔的消息刚一传到伏尔加河口，摩押（即鞑靼）女人就开始用"亚历山大来了"吓唬自己的孩子。此外，在《亚历山大·涅夫斯基传》中，亚历山大第二次前往金帐汗国是为了率军参加鞑靼人的远征。虽然书中对鞑靼人的正面描写较少，但由亚历山大大公的举动可见这一时期鞑靼人与俄罗斯人的关系也不再是完全敌对的，俄罗斯大公已经逐渐承认了金帐汗国的宗主国地位。

14世纪初，莫斯科公国崛起，并且借助金帐汗国的势力逐步统一了东北罗斯。1380年，莫斯科大公德米特里率军在库里科沃战役中大败马麦汗，俄罗斯人民民族意识空前高涨。1480年，俄军与蒙古在乌格拉河对峙，蒙古不战而退，蒙古－鞑靼统治自此终结。在反映莫斯科公国战胜鞑靼人的作品中，同样包含了自我评价的因素，蒙古－鞑靼桎梏"唤醒了俄罗斯精神中与渎神的野蛮人截然对立的基督教民族意识"[1]。通过对蒙古－鞑靼统治的反思，新的俄罗斯国家的政治意识形态开始成熟，其主要成分就是"莫斯科－第三罗马"、俄罗斯民族是上帝的选民等思想。这些变化也影响了此时俄国文学对鞑靼人的态度与描写方式。

作为对蒙古－鞑靼人的首次胜利，库里科沃战役是莫斯科公国与金帐汗国关系的转折点，从此其对金帐汗国从臣服走向对抗，展开争取国家独立的斗争。同时，对库里科沃战役的反思也成为俄罗斯社会意识的重要因素之一。战后数十年间，不断有反映此次战役的作品问世，其中比较有代表性的有《德米特里大公在顿河大战马麦汗的故事》（«Побоище великого князя Дмитрия Ивановича на Дону с Мамаем»）、《顿河彼岸之战》（«Задонщина»）、《关于马麦汗大战的传说》（«Сказание о Мамаевом побоище»）等。

在《德米特里大公在顿河大战马麦汗的故事》中，与"热爱上帝""热爱基督"的德米特里大公的"理想的基督徒"形象形成鲜明对比的是"不信神的""邪恶的""老恶棍""毒蛇""无头野兽""愚昧的茹毛饮血者"——马麦汗。在反映库里科沃战役的系列作品中，《顿河彼岸之战》占有特殊地位。这部作品虽然提及马麦汗之处不多，并且对马麦汗的

---

[1] Буслаев, Ф. И, *История русской литературы: Лекции, читанные Его Императорскому высочеству наследнику цесаревичу Николаю Александровичу (1859—1860 г.г.)*, Вып 2. М.: Синодтип, 1905, p. 181.

修饰语也依然是"渎神的"的，但有两次称其为"царь"（国王、君主）。对于鞑靼人的描述虽然也是以"渎神的"为主，但出现了"我们看看东方之国，挪亚之子闪的土地，从那里来了一群希诺瓦人——渎神的鞑靼人，异教徒"这样的文字。

此外，在这部作品中"俄罗斯大地"与"基督教信仰"常常一起出现，例如"大公、贵族和勇敢的人们……为了俄罗斯大地，为了基督教信仰抛头颅""考验勇敢者的时刻到了，为了俄罗斯大地，为了基督教信仰流的血会填满顿河""我们为了俄罗斯大地，为了基督教信仰不会吝惜生命""万众一心为了俄罗斯大地，为了基督教信仰抛头颅""我的儿子雅科夫就应该为了俄罗斯大地，为了基督教信仰捐躯在库里科沃旷野的绿色草地上""大公，带着你英勇的卫队，为了俄罗斯大地，为了基督教信仰，消灭渎神的希诺瓦人马麦吧""为了神圣的教会，为了俄罗斯大地，为了基督教信仰你们抛头颅"。[1] 由此可见，作者将"俄罗斯大地"与"基督教信仰"联系在了一起，二者成了同义词。因此，作者对于马麦汗与俄罗斯开战的描写，实则也隐含了使其皈依东正教的意图，例如作品中写道：

大车在顿河与第聂伯河之间吱吱作响，希诺瓦人在向俄罗斯大地进发！灰狼从顿河与第聂伯河河口袭来，嗥叫着，藏在梅恰河边，妄图向俄罗斯大地发起猛攻。那不是灰狼，来的是渎神的鞑靼人，他们想让战火席卷俄罗斯大地。[2]

俄国古代文学作品中对蒙古-鞑靼人的态度经历了从"上帝之怒""上帝之鞭"到"东正教之敌"的转变。但是，同样是渎神的异教徒和"东正教之敌"，古代作家们对待鞑靼人和波洛夫人的态度却大相径庭，他们对鞑靼人似乎隐含着某种暧昧的期许，即希望他们能够接受东正教，一起抵抗共同的敌人。罗斯人的这种复杂心态反映出他们开始对鞑靼人抱有某种程度的认同，这也为其日后接受鞑靼人奠定了心理基础。

蒙古-鞑靼人侵促使罗斯人去重新思考与定位国家形态，加强了其对统一的中央集权制国家的认识，在这一点上罗斯人倒是与后来的欧亚主义者有些相通之处。欧亚主义者一直在力图证明鞑靼、蒙古等草原民族在俄罗斯国家及其文化建立过程中所起到的积极作用。欧亚主义理论家列夫·古米廖夫（Лев Николаевич Гумилев）甚至还在系统研究鞑靼民族历史的基础上，提出亚历山大·涅夫斯基正是通过与鞑靼人结盟才平息了各公国的纷争、恢复了国家秩序、挫败了日耳曼人入侵的观点。在他看来，所谓鞑靼人残暴的说法，完全是

---

[1] Задонщина//Библиотека литературы Древней Руси: В15тПодред Д.С.Лихачёва, Л.А.Дмитриева, А.А.Алексеева, Н.В.Понырко.Т.6: XIV - середина XV века. СПб.: Наука, 1999. http:// lib.pushkinskijdom.ru/default.aspx?tabid=4980.

[2] Л.А.Дмитриева, "Задонщина," *Библиотека литературы Древней Руси*, March 6, 2023, lib.pushkinskijdom.ru/default.aspx?tabid=4980.

凭空捏造的，后者不仅"对其他文化抱以尊重的态度，容许不同的宗教信仰存在"，与罗斯人之间更是相互赞赏有加，这些因素最终构成了"俄罗斯超民族形成的基础"。[1]虽然欧亚主义者时常被批评有美化蒙古－鞑靼统治之嫌，但其对鞑靼在国家形成中所起到的决定性作用的论述亦不宜全盘否定。

三、认同与融合：19世纪俄国文学中的鞑靼人形象

"剥去俄罗斯人的皮，你会发现一个鞑靼人"（«Поскреби русского-найдешь татарина»），这句出自法国阿斯托尔夫·德·库斯汀侯爵（Astolphe de Custine）的《1839年的俄国》（La Russie en 1839）一书的名句，曾被普希金（Александр Сергеевич Пушкин）、果戈理（Николай Васильевич Гоголь）、陀思妥耶夫斯基（Фёдор Михайлович Достоевский）等多位俄国作家引用。无独有偶，哈萨克斯坦也有句谚语："剥去鞑靼人的皮，你会发现一个俄罗斯人。"现代遗传学研究也显示，俄罗斯民族与鞑靼民族拥有许多共同的基因，可谓你中有我，我中有你。两个民族之间不仅有血缘关系，更多的是在政治、经济与文化方面的密切交流与互渗，正如欧亚主义理论家列夫·古米廖夫所指出的那样，"鞑靼人不是我们身边的一个民族，而是在我们之中，他们在我们的血液、我们的历史、我们的语言和我们的世界观里"。[2]

自14世纪起，就不断有鞑靼贵族投奔莫斯科公国并为其效力，他们出任军职或公职，融入了俄国统治阶层。在俄国贵族中，就有一百二十余个姓氏源自鞑靼人。在俄罗斯作家中，拥有鞑靼血统的亦不在少数，屠格涅夫（Иван Сергеевич Тургенев）、阿赫玛托娃（Анна Андреевна Ахматова）等人的祖上都是归化的鞑靼贵族，而他们本人却早已跻身俄国经典作家之列。他们作为"这片土地的理想存在的隐秘真理"的表达者，"为鞑靼人与俄罗斯人共有的祖国空间的形而上存在创造了独特的诗学艺术基础"。[3]

此外，普希金、莱蒙托夫（Михаил Юрьевич Лермонтов）、果戈理、陀思妥耶夫斯基、列夫·托尔斯泰（Лев Николаевич Толстой）、高尔基（Максим Горький）等诗人、作家则塑造了不少鲜活的鞑靼人形象，其中比较有代表性的有普希金的《巴赫奇萨拉伊的喷泉》（«Бахчисарайский фонтан»）、列夫·托尔斯泰的《袭击》

---

[1] Пушкин, С. Н, "Л.Н.Гумилёв об этносе и этнониме «татары»," *Медина*, March 6, 2023, www.idmedina.ru/books/materials/faizhanov/3/hist_pushkin.htm.

[2] Альянс Сабиров, Лев Гумилёв, "Отрывок из беседы журналиста Альянса Сабирова с Львом Гумилёвым," *ТЛТгород*, March 6, 2023, tltgorod.ru/warning/?theme=14&page=2&warning=122.

[3] Камиль Тангалычев, "Русская литература татар," *ЕВРАЗИЯ*, April 9, 2010, evrazia.org/article/1319.

（《Набег》）、《哥萨克》（《Казаки》）、《高加索的俘虏》（《Кавказский пленник》）、《舞会之后》（《После бала》）、《哈吉穆拉特》（《Хаджи-Мурат》）等。

普希金于1820—1824年被流放到南俄，其间曾随拉耶夫将军（Николай Николаевич Раевский）一家赴高加索和克里米亚等地观光游览，还特意到克里米亚汗国的都城巴赫奇萨拉伊参观了基列伊可汗的宫殿和喷泉遗址。南俄组诗是普希金这一时期最有代表性的作品，其中的《巴赫奇萨拉伊的喷泉》充满东方的异国情调，被公认为诗人最富浪漫主义色彩的作品。主人公基列伊可汗是克里米亚"高傲自负的君王"[1]，后宫佳丽成群，可他却爱上了被俘的波兰公主玛丽娅，因此变得郁郁寡欢。他的宠妃莎莱玛出于妒忌杀死了玛丽娅，自己也被基列伊下令扔进了大海。玛丽娅死后，基列伊陷入痛苦无法自拔，他"又带领着大队鞑靼人"[2]出征，"用战争的烈火烧干净了俄罗斯许多和平的村庄"[3]，但无论是女人还是战争都无法让他获得安慰，他在王宫的一角建造了一座喷泉，用以纪念玛丽娅，并且还在喷泉上竖起了带着十字架的新月。

诗中对鞑靼人的描写依然是"各族人民的灾星"[4]、残暴恐怖的侵略者，诗人写道：

很久了吗？哪里话！鞑靼人
像山洪似地向波兰涌来，
收割过后田亩中的野火
也没有这般可怕，这般快。
烽火连天中备受蹂躏的
繁华的国土变成了瓦砾场；
升平的歌舞如过眼云烟，
村落、丛林和豪华的城堡
都阒无人迹，已一片凄凉[5]

但主人公基列伊可汗却是一个充满矛盾的浪漫主义人物。《巴赫奇萨拉伊的喷泉》的创作明显受到拜伦（George Gordon Byron）的东方叙事诗的影响。在拜伦笔下，每个东方主人公（восточный герой）都会有一个对抗者，并且充当对抗者的通常是欧洲人，但在《巴赫奇萨拉伊的喷泉》中，对抗者却不是来自欧洲的玛丽娅。基列伊可汗作为鞑靼君主，他冷酷无情，暴虐多疑，四处征战，掠夺财富和美女，是一个典型的东方主人公；但他最终又成了自己的对抗者，他爱上了基督徒玛丽娅，开始逐步脱离东方的法则和习惯。他厌倦了信仰伊斯兰教的莎莱玛的狂热爱情，而玛丽娅的虔诚温顺、纯洁美丽却照亮了他阴郁的心灵，他尊重玛丽娅的人格

---

[1] 普希金：《普希金长诗选》，余振译，北京：外国文学出版社，1984年，第193页。

[2] 普希金：《普希金长诗选》，余振译，北京：外国文学出版社，1984年，第213页。

[3] 普希金：《普希金长诗选》，余振译，北京：外国文学出版社，1984年，第215页。

[4] 普希金：《普希金长诗选》，余振译，北京：外国文学出版社，1984年，第216页。

[5] 普希金：《普希金长诗选》，余振译，北京：外国文学出版社，1984年，第202页。

与情感，其中也包括她的基督教信仰。从某种意义上说，莎莱玛与玛丽娅之间的冲突代表了东方的、伊斯兰教因素和欧洲的、基督教因素之间的斗争，而这一冲突也同样体现在基列伊身上，其标志就是纪念玛丽娅的喷泉中的装置。作为一位具有潜在欧亚主义意识的诗人，普希金在其作品中建构的俄国实则就是一个由俄罗斯、鞑靼等多个不同文化、不同信仰的民族组成的欧亚主义大家庭，而他塑造的这位基列伊可汗亦因自身东西方因素的碰撞而折射出某种欧亚主义气质。

列夫·托尔斯泰是19世纪俄国作家中与鞑靼人交往最密切、对鞑靼人了解最深刻的一位。托尔斯泰的祖父曾担任过喀山省总督，1841年父母双亡的作家随家人迁居喀山，1844年考入喀山大学东方系。当时的喀山大学是俄国东方学研究的中心，东方系的师资力量和教学水准远超欧洲任何一所大学。托尔斯泰在此系统学习了鞑靼语、土耳其语等多种东方语言。青年时代作家曾在高加索和克里米亚服役，参加过克里米亚战争，他对高加索山民抱有好感，记录和收集了大量当地的民间故事和歌谣。不仅如此，他还与苏巴耶夫（Шейх-Касим Субаев）、沃伊诺夫（Асфандияр Воинов）等鞑靼人保持通信，鞑靼作家卡里米（Фатих Карими）、社会活动家阿塔丘尔卡（Ататюрка）甚至还造访过作家的雅斯纳雅·波良纳庄园。

托尔斯泰的很多小说中都有鞑靼人的形象出现，但作家却从未刻意突出其民族特性，而是使其服务于作家一贯的思想探索主题。在战争题材的小说中，作家在广阔的哲学历史语境下对战争进行了反思，其关注的中心是"战争心理"，"首先就是（真伪）爱国主义问题"[1]。《袭击》作为此类短篇小说的第一篇，其主旨并非描写俄军对一个鞑靼山村的袭击行动，而是着力探讨了什么才是"真正的勇敢"的问题。在托尔斯泰看来，勇敢是人民的宝贵品格，因为他们清楚地知道"什么应该害怕和什么不应该害怕"[2]，在作为"美与善"化身的大自然的怀抱中，"憎恨与复仇的感情或者毁灭同类的欲望"等"一切恶念"都应该统统消失。[3] 相比俄军军官对勇敢轻率幼稚的理解，小说中归顺俄军的鞑靼人倒是对俄军军事行动的徒劳无功有着更加清醒的认识，他们知道俄军每次行动鞑靼山民都一清二楚，鞑靼首领沙里尔也并不会亲自应战。事实证明，俄军轻而易举地进入鞑靼村庄，结果却只抓到一个衣衫褴褛、年老体衰的鞑靼山民，其他人早就逃进了山里。这个老山民既是对俄军"勇敢"的绝妙反讽，又是对"什么是真正的勇敢"的最佳注脚。在面对"难道你不怕俄罗斯人吗"的问题时，老人"若无其事地"回答道："俄罗斯人会拿我怎么样？我是个老头儿。"看似是"老

---

[1] Пруцков, Н. И. идр, *История русской литературы*: В 4 т, Т.3. Л.: Наука, 1982, p.804.

[2] 托尔斯泰：《一个地主的早晨》，草婴译，上海：上海文艺出版社，2008年，第3页。

[3] 托尔斯泰：《一个地主的早晨》，草婴译，上海：上海文艺出版社，2008年，第17页。

年人对生命的冷漠"[1]，实则是一个以英勇善战著称的民族对于"什么是真正的勇敢""什么不应该害怕"的深刻理解。托尔斯泰笔下这个不卑不亢的鞑靼老人，完全不同于此前俄国文学中的那种残暴嗜血的传统鞑靼人形象，他源于作家在高加索的生活经历，因而更加真实可信，作家对他寄予的更多的是尊敬和同情，从某种意义上说，甚至把他视为人民的一分子，因为他对生命、对勇敢有着更加深刻而睿智的理解。

19世纪70年代，托尔斯泰的创作发生了一场"普希金转向"（поворот к Пушкину），从"心灵辩证法"转向对事件本身的刻画和对语言"优美、精练、朴实"以及"通俗易懂"的追求，普希金的小说因符合这些原则而受到托尔斯泰的高度关注。托尔斯泰的这一转向"不仅表现在主题和情节的接近上"[2]，他更多地把普希金小说视为"纯净明晰叙事的典范"[3]，《高加索的俘虏》便是作家的首次尝试。与此前的作品相比，这篇小说无疑与普希金小说的风格更为接近，甚至连其名称也源自普希金的同名叙事诗。小说描写了军官日林在回家探亲的路上被鞑靼人卡济绑架到一个小山村，而后又被转卖给另一个鞑靼人阿卜杜尔抵债的故事。阿卜杜尔为了索要赎金将日林囚禁在自己家中，日林受到阿卜杜尔的女儿季娜的善待，最后又在她的帮助下逃回了俄军军营。小说描绘了鞑靼山民的日常生活图景，塑造了多个鲜活生动的鞑靼人形象，但其中最引人注目的无疑是季娜。这个看上去只有十三岁的鞑靼小姑娘，心地善良，乐于助人，富有同情心，经常背着父亲偷偷给日林送来食物，最后还冒着被父亲责罚的风险放走了日林。不同于普希金的《高加索的俘虏》中的切尔克斯女郎和俘虏，季娜和日林之间完全是纯洁真挚的友谊，而非爱情，这就更加突出了季娜心灵的纯洁美好与难能可贵。不同于《哥萨克》对鞑靼人带有理想化色彩的描写，《高加索的俘虏》更加注重从道德而非民族的角度对人物进行评判。季娜凭借自己的善良与美德成为俄国文学史上最优美动人的鞑靼人形象。

在19世纪的俄国，鞑靼人并非是一个严格的民族学概念，俄罗斯人习惯把所有信仰伊斯兰教的高加索山民都称为鞑靼人，因此，这种广义上的鞑靼人实际上还包括切尔克斯人、车臣人、印古什人、奥塞梯人等。这种将高加索山民统称为鞑靼人的情形在很多19世纪的俄国文学作品中都有所反映，《哈吉穆拉特》就是其中最具代表性的一例。考虑到这些民族与鞑靼人在语言、信仰、心理上较为相近，其所面临的处境与问题也无本质差异，对文学作品中的鞑靼人形象进行精确的民族区分似乎也并无太大的文学意义。

---

[1] 托尔斯泰：《一个地主的早晨》，草婴译，上海：上海文艺出版社，2008年，第27页。

[2] Эйхенбаум, Б. М, *Работы о Льве Толстом*, СПб.: Факультет филологии и искусств, СПбГУ, 2009, p. 659.

[3] Эйхенбаум, Б. М, *Работы о Льве Толстом*, СПб.: Факультет филологии и искусств, СПбГУ, 2009, p. 604.

哈吉穆拉特本是阿瓦尔人，但在小说中，托尔斯泰并未刻意强调主人公的民族属性，反倒是多次强调哈吉穆拉特与俄罗斯人使用俄语交谈，还借少校夫人玛莉娅之口称其为"鞑靼人"。不仅如此，作家还把哈吉穆拉特与一种名叫"鞑靼人"的花联想在一起，因为这种花像哈吉穆拉特一样，具有顽强的生命力并且从不屈服。托尔斯泰在《哈吉穆拉特》中对比了"以尼古拉一世为代表的欧洲专制政体和以沙米尔为代表的亚细亚严酷的专制政体"，指出"那个时代的两个主要敌人"并不是俄罗斯人民和山民，而是尼古拉一世和沙米尔。[1]他们在独裁专制、残暴伪善、视臣民如草芥等方面是一丘之貉。作为两种专制制度的牺牲品，哈吉穆拉特命运多舛，集各种复杂而矛盾的情感和思想于一身。他关爱家人，信奉东方民族以血还血的复仇法则，却不允许虐待敌人的家眷；即便投降俄军，他也仍旧保持着自己的尊严，绝不奴颜婢膝。他身上汇集了鞑靼等所有东方游牧民族崇尚的美德，英勇顽强、真诚豁达、直爽开朗，这些品格也是托尔斯泰特别珍视的。哈吉穆拉特内心也曾经历过权力与荣誉的斗争，最终他选择了道德与良知，内在的哈吉穆拉特战胜了外在的哈吉穆拉特。《哈吉穆拉特》是一曲充满东方色彩的英雄主义赞歌，主人公的肉体虽然走向了死亡，但饱经摧残的"鞑靼人"之花却依然顽强地绽放，象征着主人公的精神屹立不倒。

托尔斯泰从不刻意渲染其笔下鞑靼人的民族色彩，这是因为他首先把鞑靼人视为一个人，一个生命个体，他们与俄罗斯人一样，有善有恶，这属于人性范畴，而非民族范畴；然后他视鞑靼人为人民的一分子，因为他们遭受着与俄罗斯人民一样的苦难与压迫。托尔斯泰的小说淡化人物的民族特征，实际更多地寄托了作家对哲学与道德主题的思考与探索。在托尔斯泰塑造的所有鞑靼人形象中，短篇小说《舞会之后》中那个因开小差而被执行夹棍刑的鞑靼士兵无疑是令人印象最为深刻的一个。小说的核心主题是道德问题，旨在揭露社会的虚伪与残酷，作家以人道主义的立场，对被侮辱者、被欺凌者给予了深切的同情。俄国士兵身处俄国社会的底层，遭受种种非人的待遇，而这个被残酷体罚的鞑靼士兵不仅是千千万万个俄国士兵的代表，他的鞑靼民族属性还加重了作品社会批判的分量。

在19世纪的俄国文学作品中，鞑靼人经常充当次要人物，以贵族的仆人、马车夫、侍应、士兵等形象出现，例如莱蒙托夫的《当代英雄》（«Герой нашего времени»），果戈理的《塔拉斯·布尔巴》（«Тарас Бульба»），屠格涅夫的《烟》（«Дым»），托尔斯泰的《战争与和平》（«Война и мир»）、《安娜·卡列尼娜》（«Анна Каренина»）等。这其实也是俄国现实生活的写照，随着俄国在高加索和东方的推进，越来越多

---

[1] 洛穆诺夫：《列夫·托尔斯泰的一生》，赵先捷译，哈尔滨：黑龙江大学出版社，2017年，第224页。

的鞑靼人走进了俄罗斯人的生活。很多鞑靼上层在归顺俄国后，融入俄国的贵族阶层，而底层人民为了谋生，只能充当俄罗斯人的仆役，或是在军中服役。俄国文学中经常出现的鞑靼士兵形象并非偶然，众所周知，鞑靼是一个英勇善战的民族，他们信奉的箴言就是"你不仅是父亲之子，更是祖国之子"。1812年，卫国战争爆发，仅喀山省就组建了28个鞑靼-巴什基尔军团，由库图佐夫元帅（Михаил Илларионович Кутузов）的女婿、鞑靼公爵库达舍夫（Николай Данилович Кудашев）率领奔赴战场，鞑靼人在波罗金诺会战中的作战之勇猛更是给法军留下了深刻印象。此后，鞑靼人一直与俄罗斯人民并肩作战，共同捍卫国家的独立与统一，成为当之无愧的俄罗斯国家一分子。

总体上看，19世纪俄国文学塑造的鞑靼人形象相对较为单一，其原因在于绝大多数作家所能接触到的鞑靼人只有早就俄罗斯化了的归化贵族和仆人、侍应、士兵等。即便如此，俄国文学仍旧体现出鞑靼人与俄罗斯人构建命运共同体的复杂历程，其中既有二者因自身的草原与森林属性而导致的对立与冲突，又有二者在世界观、价值观与文化上的碰撞与融合，也印证了欧亚主义对鞑靼人的描述、评价与定位。

结语

从俄国历史来看，鞑靼并非一个一成不变的民族学概念，在不同的历史时期其所指与内涵也不尽相同，从最早的蒙古人到后来的突厥人，其指称对象的演变实则体现了俄罗斯国家的历史变迁。相应地，俄罗斯文学中的鞑靼人也并不完全等同于今天严格的民族学意义上的鞑靼人，但这丝毫不会影响到俄罗斯文学塑造的鞑靼人形象的独特艺术魅力与珍贵的历史价值。蒙古-鞑靼入侵时期与19世纪，作为俄罗斯文学史上对鞑靼人形象书写最为集中的两个时期，为后世留下了大量反映俄罗斯民族与鞑靼民族从战争敌对走向认同融合的精彩作品，这些作品不仅是俄国文学东方因素的艺术再现与审美表达，更是欧亚主义的重要思想来源与理论依据，值得我们关注与思考。

（特约编辑：张静）

创作者谈

提审美国：
《"非常"事件与美国历史小说》

虞建华 *

内容提要：本文从主撰人的角度对《"非常"事件与美国历史小说》一书的书写意图、理论基础、研究方法、创新点和特征诸方面进行陈述。该书选择 20 余个美国历史上的"非常"事件，在整体构思中串联起众多反映历史的相关小说，逐一比照官方的历史叙述与小说家的艺术再现，讨论书写者的角色和策略，凸显小说的历史批判功能，强调历史小说家的小叙事在补正和重构官方宏大历史方面的重要贡献，由此打开"另眼"观察美国历史的窗口，以期重新认识美国的历史、政治和文化。

关键词：历史事件 历史小说 互文研究 历史批判

America Arraigned: *Disputed Events and American Historical Fiction*

Abstract: This article is an introductory comment of the new book *Disputed Events and American Historical Fiction* by its main author in the areas of the intended aim, the theoretical basis, the methodology and the features and contributions. In its overall design, the book covers over 20 disputed events in American history and the historical novels that take such events as their source materials and, by juxtaposing the official narrative and the writers' artistic representation, the book looks into the role and strategies of the fiction writers so as to highlight the critical function and important contribution of historical novels in their rewriting and revision of the the grand narrative by their petit narratives, thus, providing a new perspective of observing American history, politics and culture.

Keywords: historical incident; historical fiction; intertextual study; historical criticism

---

* 虞建华，男，上海外国语大学教授、博士生导师。主要研究方向：美国文学。

一、"非常"历史的文学解读

2024 年初，上海外语教育出版社推出了由笔者主持的国家社科研究重点项目成果《"非常"事件与美国历史小说》两卷本，其中讨论的"非常"事件之一，是发生在 20 世纪 20 年代的"萨科审判事件"（第二十章）。新移民、工人运动地方领导、现代派诗人萨科（Sacco）和樊塞蒂（Vanzetti）在"红色恐怖"的歇斯底里审判气氛中，在没有任何"杀人"实证的情况下被判死刑，送上电椅。参与长达 7 年"营救行动"的作家们，在两人被实施"政府认可的谋杀"[1]后的第二年，编辑出版了萨科和樊塞蒂的狱中诗集，以《提审美国》（America Arraigned）为书名，逆转角色，象征性地让被审判者坐上法官席，对滥用司法权的"美国"进行"提审"，可见文学作品确实可以成为"提审美国"的起诉状。

萨科审判事件引出了大批研究著作，从执行死刑当年出版的皮埃尔·伊昂迪（Pierre Yiondy）的《七年痛楚：萨柯和樊塞蒂的殉难》（Seven Years of Agony: The Martyadom of Sacco and Vanzetti）到最近的布鲁斯·沃森（Bruce Watson）的《萨柯和樊塞蒂：其人其案与人类的审判》（Sacco and Vanzetti: The Men, the Murders, and the Judgment of Mankind），已有十余部著作从法律、政治、社会层面对这一事件进行深入讨论。[2]这一事件也催生了大量文学作品，包括名家作品如：厄普顿·辛克莱（Upton Sinclair）近 800 页的长篇小说《波士顿》（Boston）；马克斯维尔·安德森（Maxwell Anderson）赢得首个纽约剧评奖后又被拍成电影的经典诗剧《冬景》（Winterset）；约翰·多斯·帕索斯（John Dos Passos）的报告文学《面对电椅》（Facing the Chair）和从多方面涉及事件的长篇小说《大钱》（The Big Money）；由冯亦代译成中文的霍华德·法斯特（Howard Fast）的长篇纪实小说《萨柯和樊塞蒂的受难》（The Passion of Sacco and Vanzetti）；凯瑟琳·安·波特（Katherine Anne Porter）逝世前写下的长篇回忆录《永无了结之冤》（The Never Ending Wrong）；直到 2021 年仍在纽约隆重上演的马克·布里茨坦（Marc Blitzstein）和里昂纳德·勒尔曼（Leonard Lehrman）的三幕剧《萨科

---

[1] Glen A. Love, Babbitt, an American Life, New York: Twayne Publishers, 1993, p. 4.

[2] 除上述两部著作外，还包括：G. Louis Joughin and Edmund M. Morgan, The Legacy of Sacco and Vanzetti（1948）; Francis Russell, Tragedy in Dedham（1962）; Herbert B. Ehrmann, The Case that will not Die（1969）; Roberta Strauss Feuerlicht, Justice Crucified: The Story of Sacco and Vanzetti（1977）; Robert D'Attilio and Jane Manthorn, eds., Sacco and Vanzetti: Developments and Reconsiderations（1979）; Ronald Creagh, Sacco et Vanzetti（1984）; William Young and David E. Kaiser, Postmortem: New Evidence in the Case of Sacco and Vanzetti（1985）; Francis Russell, Sacco and Vanzetti: The Case Resolved（1986）; Paul Avrich, Sacco and Vanzetti: The Anarchist Background（1991）; Kerry Hinton, The Trial of Sacco and Vanzetti: A Primary Source Account（2003）; John Davis, ed., Sacco and Vanzetti: Rebel Lives（2004）。

和樊塞蒂》（Sacco and Vanzetti）；马克·比奈利（Mark Binelli）的后现代风格长篇小说《萨柯和樊塞蒂死定了》（Sacco and Vanzetti Must Die）；以及无数谴责当权者或赞美两位文化英雄的诗文。

批判性、艺术化再现这一"非常"事件的文学作品为数不少，但却受到冷遇，鲜有从历史批判角度出发的专门研究，即使有所涉及，也基本是一般层面的泛泛而论。其他反映美国"非常"历史片段的文学作品情况类同，基本不被纳入严肃的史学、政治学和文化研究中。这种状况在新历史主义理论出现之后已经开始略有改变。美国文学中将"非常"事件用作素材的历史小说蕴藏丰富，不乏可供开发研读的思想深刻、书写精湛的优秀作品和获奖作品。《"非常"事件与美国历史小说》的意图正是开发这一"富矿"，努力通过解读小说蕴含的历史编码，对美国政治和民族道德体系的核心价值问题进行重新审视。

这部研究作品的副标题为"小说再现与意识形态批判研究"。主标题和副标题中有三个关键词："非常事件""小说再现"和"意识形态批判"，即通过解析反映历史事件的美国历史小说，达到从意识形态角度审视美国历史的目的。标题用"非常"一词对历史事件进行限定，专指违背美国本国律令，甚至常规常理，并引起争议的历史事件。研究力图透过小说打开的窗口，"另眼"观察事件凸显的美国的种族、阶级和宗教矛盾。

作为研究对象的"萨科审判事件"是一系列美国历史上颇多争议的事件之一。本书选择了25个"非常"历史事件和法案，结合相关的32部长篇小说，把小说看作作家书写的"另类历史"，比照官方历史叙事，互文解读作家对美国历史揭示性、修正性的"重写"。作品分为上、下两卷，上卷标题为"'非常'历史事件的文学重构与解读"，下卷为"'非常'法令与法案的文学演绎与重审"。其中"重构"和"重审"反映了这项研究的重心所在。上下两卷互相交叠：过往的法令或有争议的审判也是历史事件，而很多"非常"历史事件都终结于不公正的审判。这样，历史记载和小说家笔下的故事就形成了呼应和冲撞，描绘出考察美国历史别样景观的线路图。这种以记叙"非常"事件的小说为切入口的历史研究，可以揭示数百年来美国政治意志和法律在媒体的协助下对土著人、异教徒、少数族裔、新移民、激进青年、政治异己等"非主流"群体实施的权力压迫。

二、历史书写与小说再现

新历史主义理论认为，叙事是小说与历史共享的基本特征，由此拉近了两者的亲缘关系。这一新史学观认为，历史的本真，即本体论的历史，不可能在任何叙事中被重复。史书和历史小说都是知识论的历史叙事，其中最关键的不是孰真孰假的问题，而是由谁叙述和如何叙述的问题。书写者的角色，其观点，其立场，其意图，成为最重要的关注点。从这一理论层面进行认识，历史和小说边界交叠，可以互为参照和补充。同时，历史不再是大写的单数的历史（History），而成了小写的复数的历史（histories）。因此，作家的艺术呈现可以让历史片段在小说中复活，还可以提供不同的视角，描绘不同的语境，寄寓不同的认识，凸显历史书写的多种可能性和历史真相的多面性。在比照和交叠生成的巨大阐释空间中，小说对"非常"事件的艺术化再现，可以成为一种强大的历史言说。

鉴于此，研究视相关历史小说为一种特殊模式的历史书写，希望在文学文本与历史文本的关联性解读中，在两者的平行对比和互相碰撞中洞悉美国历史和政治的本质。小说家在再现历史方面具有得天独厚的优势。他们具有"虚构特权"，不必为"真实性"辩护，不受历史学规范性的束缚，可以比历史教材更生动有效地勾画出事情的来龙去脉、卷入其中的利益纠缠、人性的善良与丑恶、背后权力黑手的操纵等许多复杂因素。他们也可以选择性地采用有效的叙事策略，通过虚构故事引渡历史认识，打破简单化的历史说教。

小说确实可以成为对抗权力话语的制衡力量。《"非常"事件与美国历史小说》强调小说的历史批判功能，"扶正"历史小说，凸显小说家历史建构参与者的地位。本研究所选作品都对某一争议历史事件进行了想象性、多面性、补充性的推演——重新选择和组合历史素材，重新考察和塑造历史人物，重新描述和铺垫历史语境，从而提供更直接、更真切的历史体验，引向对历史的新认识。不管是采用现实主义的白描写实手法，还是后现代的戏仿或拼贴，这些"重写"美国历史的小说都具有鲜明的批判基调，都在历史"辩论"中严肃陈词，都为边缘群体代言，都是一种对抗性书写。通过比照作家的个人化陈述和美国官方历史的宏大叙事，结合讨论小说家为放大历史修正功能而采用的叙事策略，本研究解析并揭示隐含于小说作品表层故事之下的历史批判。小说的想象性"虚构"不是无视或违背真实的"编造"，而往往指向更深层次的真实，由此可以凸显历史的多面性、复杂性和可阐释性，补正被改写或未被史书辑录的历史断面。

马克思主义文艺理论提供了本项研究的认识基础，其他如后现代政治理论、新历史主义、历史叙事学等当代理论也在总体上为思辨提供支撑。《"非常"事件与美国历史小说》结合文本研究和语境研究，在相关事件与小说文本之间进行共时的对比分析和叙事分析，也在系列事件和小说形成的历史链条中进行历时考察，强调连贯性的意义，意在织成一张历史与文学纵横交错的网络。在这样的整体构架中，研究强调文学作品介入政治、参与历史建构的功能——不管作家是否宣布或承认他们抱有这样的意图。历史小说是作家以特殊手法、从特殊视角对主流历史的修正性重构，这种重构具有建设性的意义。

三、历史个案与研究实例

研究所选的历史小说编码丰富，信息多元，具有历史批判的深刻性和尖锐性。在此仅举两方面的代表性实例，管中窥豹，对本项研究作具体陈列。

第一方面与美国本土作家笔下的印第安历史有关。美国的历史记载始于欧洲白人殖民，这也是当地人不幸历史的开始。尤其在被美国官方和媒体长期以来宣传为"光荣史"的西进运动开始之后的半个世纪内，印第安人口锐减，仅剩原来的5%。美国官方叙事对这方面讳莫如深，遮遮掩掩，或忽略细节，不得已时轻描淡写。但在20世纪70年代后殖民风潮推起的"印第安文艺复兴"中涌现的美国本土作家詹姆斯·韦尔奇（James Welch）及后来的路易丝·厄德里克（Louise Erdrich）、戴安·葛兰西（Diane Glancy）等，勇敢承担起了"重写历史"的责任，以小说的形式描绘了西进历史中的不同画面，揭示那些"'占有西部'过程中丑陋但又缺之不可的部分"[1]。

《"非常"事件与美国历史小说》以"西进之路：殖民者与印第安人"为开篇第一章，通过韦尔奇的长篇小说《愚弄鸦族》（Fools Crow）"逆写"西进运动的不同视角，聚焦"西进"过程中政府军针对原住民的诸多血腥屠杀事件之一的"马利亚斯大屠杀"（Marias Massacre）[2]，让读者看到西进运动残暴的另一面：以胁迫和暴力为手段抢夺土地，如印第安人不愿签协议"自愿"让出土地并获得些许"补偿"，那么等来的就是军队的清除。作家根据家族的口传历史，以及对史料的深入研究，踢开殖民者的叙述，完全从被殖民的土著人的视角讲述他们的不幸历史。韦尔奇的故事栩栩如生，到"马利亚斯大屠杀"达到高峰。该章又与下卷第二章（总第十四章）"得寸进尺：法律迷宫与土地蚕食"和下卷第三章（总第十五章）"逐出家园：'血泪之路'与印第安保留地"形成呼应。

第十四章主要讨论厄德里克的《圆屋》（The Round House）与美国的印第安司法权问题，以1887年的《土地总分配法案》（Dawes General Allotment Act，亦称《道斯法案》）为历史背景。小说通过一些与土地相关的法律纠纷，揭示美国联邦或州政府不断推出法规法令，为白人殖民者获取或掠夺原来法定划归印第安人的土地提供便利，让没有解释权的印第安人在法律迷宫中不知所措的历史真相。这类法令中较早的是1830年颁布实施的《印第安人迁移法》（Indian Removal Act），

---

[1] Kathryn Shanley Vangen, "Time A-Historical: A Review of James Welch's Fools Crow," Wicazo Sa Review 4, No. 2 (1988): 62.

[2] 西进运动中的同类事件主要还包括1863年的熊河大屠杀（The Bear River Massacre）、1864年的沙溪大屠杀（The Sand Creek Massacre）、1868年的瓦西塔大屠杀（Washita Massacre）、1890年的伤膝河大屠杀（Wounded Knee Massacre）等。美国官方历史往往"省略"此类作为，或标注为"之战"（battle），或以"事件"（incident）、"冲突"（conflict）、"行动"（expedition）等命名，在概念上偷梁换柱，进行洗白。

第十五章把1830年的《印第安人迁移法》与葛兰西的长篇小说《推熊》姐妹篇（*Pushing the Bear: A Novel of the Trail of Tears; Pushing the Bear: After the Trail of Tears*）放在一起解读，揭示在层出不穷的新法规的支撑下，白人殖民者如何蚕食印第安人的土地，并用暴力将他们赶出家园的历史。《推熊》的故事让读者"重走"印第安人记忆中的"血泪之路"：在冬季徒步前往保留地的长途迁徙中，16 000名被赶出家园的彻洛基族印第安人中有4 000人在途中被饿死、冻死或病死。此行由军队押送，前面提到的马里亚斯屠杀也是军队实施的。难怪美国军队在印第安人的语言中被称为"抢夺队"。[1]

上述三人都是印第安裔获奖小说家，他们分别从屠杀土著人、法律压迫和强迫迁移三个方面重述历史，对美国官方历史进行了修正性的重写。印第安人在美国官方历史中没有话语权，但小说赋予了他们言说历史的权利，让这些当事民族的后裔或混血后裔以文学作品为武器，"以诗证史"，表达自己的见解，传承部落的历史记忆，揭示光艳的美国西进历史背后凶残和丑恶的一面，打破白人主流话语的霸权独白，为"帝国的历史就是一部野蛮史"[2]的论断提供佐证。

研究对象的另一幅组图，是历史上美国蓄奴制和种族歧视对黑人的压迫。本书的第四章"种族压迫：奴隶反叛与镇压"结合"奈特·特纳起义"（Nat Turner Revolt）和著名作家威廉·史泰伦（William Styron）的长篇小说《奈特·特纳的自白》（*The Confessions of Nat Turner*），讨论被镇压的奴隶起义事件，揭露蓄奴制的罪恶。第五章"废奴义举：官方历史与小说的多重书写"的核心事件是约翰·布朗（John Brown）领导的废奴起义（John Brown Uprising）。这次暴动成为拉塞尔·班克斯（Russell Banks）《分云峰》（*Cloudsplitter*）等四部以布朗起义为题材的当代历史小说的素材。这些小说从不同视角以不同形式再现历史，为被诬陷为"疯子"和"宗教狂徒"的白人废奴义士正名。

第十六章"制度压迫：逃亡奴隶法与蓄奴罪恶"涉及1850年的《逃亡奴隶法》（*Fugitive Slave Act*）和1856年的"加纳弑婴"（Garner Infanticide）事件及其审判。法案与事件在诺贝尔文学奖得主托妮·莫里森（Toni Morrison）的当代经典《宠儿》（*Beloved*）中得到了艺术再现。《逃亡奴隶法》是美国北方在南方退出联邦的威胁下签订的"妥协方案"。法令规定对隐藏或协助逃亡奴隶者罚巨款并收监，以阻止善良的北方人帮助南方黑奴逃脱奴役。法案导致已逃到北方的黑奴加纳因别人不敢救助而在被"奴隶猎人"包围的绝望中，亲手杀死3岁女儿，以阻止她继续成为奴隶。诡异的是，加纳被判处盗窃罪，因为她蓄意破坏了奴隶主的私有财产。

---

[1] 在韦尔奇的《愚弄鸦族》中，作家用英语直译印第安人的语言，小说中对应美国军队（骑兵队）的词是"seizers"，即抢夺队。

[2] Robert Spencer, "J.M. Coetzee and Colonial Violence," *Interventions* 10, No. 2（2008）: 174.

过了一阵，事件不再被媒体提及，渐渐隐入历史的黑暗角落。莫里森决定挖掘这一事件背后的历史潜台词，相信文学再现可以超越事件本身，帮助当代读者穿透官方历史叙事的迷障，重审种族歧视的历史根源和当今的遗毒。《宠儿》带有后现代主义色彩，以"加纳弑婴"事件为起点重新演绎故事，让《逃亡奴隶法》隐入故事的背景中。"宠儿"的幽灵回到母亲身边，激活了记忆中一幕幕的历史悲剧。小说凸显了蓄奴时代黑人比死亡更糟糕的命运，强烈暗示北方的国家政权与奴隶主联盟携手制定的《逃亡奴隶法》，才是将这个黑奴母亲逼入绝境的原因。

本书第十七章"法定边缘人：种族歧视与肤色之罪"聚焦"斯考茨伯罗审判"（The Scottsboro Trial）这一令人发指的种族迫害事件。这起审判案中，9名黑人青少年被控在一辆货运火车上轮奸两名白人女子。审判从1931年开始，案件在民权组织和进步媒体的不断抗议和多次申诉下不断重审，直到2013年最后一名被告去世后，亚拉巴马州州长罗伯特·本特利（Robert Bentley）签署正式文件宣告斯考茨伯罗案9名被告无罪，这个原本就没有任何证据的跨世纪丑闻案件才有了终结。当时这些黑人青少年被押至斯考茨伯罗受审，全白人的陪审团判处全部9名被告——年龄最大的18岁，最小的12岁——死刑。后因司法条文的关系，改判年龄只有12岁的罗伊·莱特（Roy Wright）为终身监禁，后又推翻了对年仅13岁的尤金·威廉姆斯（Eugene Williams）的死刑判决，但另外7人仍维持原判。

在国际劳工保护会的帮助下，"斯考茨伯罗男孩"开始了艰难的上诉之路。证据完全不成立：医生鉴定女孩未被强奸，其中一名女孩承认诬告，唯一见证人为从远处看到列车缓缓驶过的一位农民。尽管如此，申诉仍一次次被驳回。在"废奴"之后种族歧视和"私刑"依然盛行的南方，这样的判决显示了当地白人和白人政府对黑人歇斯底里的仇恨。法官霍顿（Horton）表示案件有疑点后，愤怒的当地白人民众迫使州议会更换法官，而新法官威廉·卡拉汉（William Callahan）发誓要把那些黑人青少年送上电椅，而全部白人组成的陪审团对疑点全不在乎。虽然抗议不断，年复一年刑期缓慢地一次次被修正减轻，但那些被关押的黑人受尽了磨难。这一事件引发了包括著名非裔美国作家兰斯顿·休斯（Langston Hughes）在内的大批文化人狂怒的反响。作家们一个个站出来发声，创作了很多相关的诗集、小说、电影和剧作，以进行抗议声讨。其中哈珀·李（Harper Lee）的《杀死一只知更鸟》（To Kill a Mocking Bird）和艾伦·费尔德曼（Ellen Feldman）的《斯考茨伯罗》（Scottsboro）两部长篇小说被选为本书解析对象。

哈珀·李的《杀死一只知更鸟》在美国文学史上占有特殊的地位。小说显然不是为迎合社会热点而推出的抗议作品，它似乎与"斯考茨伯罗男孩"案件本身并无直接关系。小说中的黑人汤姆因为同情穷困无助的白人女孩马耶拉而被诬告强奸，具有正义感的律师阿蒂克斯虽然努力证明汤姆的清白，但是处处碰壁，白人陪审团仍旧判汤姆有罪，而绝望的汤姆则在越狱过程中被击毙。作品故事与事件形成多方面的呼应，影射的南方问题与斯考茨伯罗案件所反映的问题高度相似。小说通过细节生动呈现了那个年代美国南方的社会气氛和种族关系，引导读者思考美国种族问题的历史根源。

2008年艾伦·费尔德曼出版了直接取材于该事件的小说《斯考茨伯罗》，故事以提出强奸指控的两名流浪女性为主线，从一名女记者的视角重述了案件的始末。小说在抨击种族压迫、司法滥用的同时，也从女权主义的角度讨论底层女性的处境，对大萧条时期南方的经济困境和困境中挣扎的底层白人与黑人表示同情。在拉开时间距离后对事件的故事性回溯中，费尔德曼运用更多的史料，不仅重述案件的前因后果，更探讨政客的私欲、历史遗留的偏见和仇恨，以及各股社会力量之间的争斗。费尔德曼的小说化演绎是反思性的，也是批判性的，这也是所有《"非常"事件与美国历史小说》所选文学作品共有的特性。

四、历史小说的批判功能

历史小说有各种各样的定义，可以比较宽泛，也可以带有更多的限定。前者将其描述为"一种将故事设于书写者直接经验之前时段或很大程度上使用了某个重大历史事件或昔日风貌的小说"[1]。后者则偏重历史小说的功能，认为其是"以严肃史料呈现的史实为基础重建过去时代人物、事件、运动或精神的小说"，并强调：

尽管有史以来作家一直将小说和历史结合在一起，尽管文史学家发现在各类形式和作品中都有历史小说的影子，但严肃的历史小说的发展必须基于严肃的历史认识的发展。[2]

后者更符合本研究中的历史小说的概念，因为尽管风格上差异显见，但本研究所选小说都体现了"严肃的历史认识的发展"。

这些美国历史小说将史料融入虚构故事，对过往事件进行了远比历史陈述更丰富多彩的立体化演绎。这种虚实相间的艺术呈现往往细节生动，大大增强了"可读性"，让读者以身入境，看到不同的历史侧面，从而获得对历史的新思考。举个例子，正是因为美国政府将第二次世界大战中对德累斯顿的轰炸列为"绝密信息"，所以亲历轰炸的作家冯内古特（Kurt Vonnegut）义愤填膺，创作了名著《五号屠场》（*Slaughterhouse-Five*，见本书第九

---

[1] Northrop Frye, et al, *The Harper Handbook to Literature*, New York: Longman, 1997, p. 237.

[2] C. Hugh Holman and William Harmon, *A Hand Book to Literature*, New York: Macmillan Publishing Company, 1986, pp. 238—239.

章），揭露美国空军大规模屠杀平民的丑陋行径。轰炸事件直到《五号屠场》出版十年之后才解密。美国民众通过小说才了解到本国军队在苏联红军已包围柏林，战争结束指日可待的时候，对没有军工和驻军的德累斯顿进行了狂轰滥炸，摧毁了被称为"欧洲建筑艺术博物馆"的历史名城，杀死数万居民和难民。难怪《五号屠场》曾经是"被查禁次数最多的十部美国小说之一"[1]。被视为"危险"的成分，正是小说的颠覆力量所在。

艺术虚构是小说家平等参与历史建构的筹码。历史小说具有特殊性，因为作为一种属性独特的文化模式，它可以迂回地评说历史，可以用平行的叙述指桑骂槐，可以在虚构故事中指涉真实，可以以历史过往为镜鉴，可以聚焦和放大某些历史片段，可以重置重心、移动视点以引出不同方面的关注，可以通过具体叙述引发人们对更具普遍性和本质性问题的思考。优秀的历史小说，那种与史实具有千丝万缕关联但又摒弃了"史实至上"的历史评说，总是带有意识形态批判的性质。本书所选的历史小说，都偏重历史书写中被隐藏、被剪辑、被淡化的片段，都以不同方式在不同程度上对金光灿灿的美国历史构图进行重描，使它变得阴沉灰暗。

本书的整体构思框架串联了众多反映历史的相关小说，如绪论所言，"让散落在历史各个阶段中的'非常事件'形成呼应，证明这些'非常事件'不是'偶然事件''孤立事件'，而是更大层面社会、政治、文化、法律组图的构成部分"，而这些历史小说共同揭示了"'完整''连贯''统一'的美国政治神话的虚构性，显现其权力逻辑运作下的非理性、随意性和功利性"[2]。本研究的整体性体现在众多事件主题上的呼应，也体现在从1692年的"女巫审判"（Salem Witch Trials）宗教迫害事件到21世纪初强权政治导致的"9·11"恐怖袭击所形成的时间上的延续性。历史掉落的形状奇怪的碎片，被作家们捡起重新拼贴，嵌入整体图景中进行艺术呈现，其折射出的事件背后复杂的权力关系、尖锐的种族矛盾和深层的阶级根性，让人们看到美国民主、人权等空洞言辞背后实际实施的反向而行的权力运作逻辑。

结语

《"非常"事件与美国历史小说》是第一部以小说的美学再现为切入点讨论美国历史书写背后的政治形态和意识形态的专著，具有填补空白的创新意义。美国是个特殊历史形塑的国家，文学对其历史的评判性呈现，也因此具有特殊的意义——不仅具有历史学意义，也具有当下意义，因为历史不断重复自己，在美国尤其如此。通过对众多历史"非常"事件与事件小说版本的互文研究，这部

---

[1] Donald E. Morse, "Breaking the Silence," in *Kurt Vonnegut's Slaughterhouse-Five*, Harold Bloom ed., New York: Infobase Publishing, 2009, p.92.

[2] 虞建华等：《"非常"事件与美国历史小说——小说再现与意识形态批判研究》，上海：上海外语教育出版社，2024年，第14页。

专著揭示了从过去沿袭至今的美国政治的强权逻辑和利益本质,以及权力运作中的非理性、随意性、暴力性和功利性。这与今天的美国政治生态产生共鸣:霸权思维、帝国话语、权力政治等都具有历史的根基。

(特约编辑:张静)

那些微妙而迅疾地走向决定性的时刻
——《体面人生》创作谈

黄昱宁 *

内容提要：这些故事里的人物，确实都生活在一个体面的城市，努力维系着体面的生活。当这种维系的代价越来越大，人物之间的关系便越绷越紧。他们渐渐看清，要成全这样的体面，押上的其实是整个人生。这场赌局注定没有赢家，玩家难以为继，也无法抽身。纠缠在这番困境中的，既是"他们"，也完全可能是"我们"。这本小书形成一个以时态划分的自然结构，宛若一张唱片的 A 面与 B 面。四个用现在时写现实的故事与三个用将来时写现实的故事互为注解。它们之间的关系，有时候是主音与和音，有时候是主歌与副歌，有时候则是在风格和主题上彼此延续、相互应和的单曲。唱片是可以循环播放的，正如现实和未来常常会构成轮回。

关键词：体面生活　A 面与 B 面　现在时　将来时

Those Subtle and Swift Moments towards Decisiveness
——Talking about the writing *of Decent Life*

Abstract: The characters in these stories do all live in a decent city and try to maintain a decent life. As the cost of maintaining such a decent life becomes greater and greater, the relationship between the characters becomes tougher and tougher. Gradually, they realize that what they are betting on is their entire lives. This gamble is destined to have no winners, and the players are hard to sustain and unable to pull out. Those who are entangled in this dilemma are both "them" and, quite possibly, "us". This book forms a natural structure divided by tenses, like the A-side and B-side of a record. Four

---

* 黄昱宁，女，作家、翻译家，上海译文出版社副总编。著有《体面人生》《八部半》等小说，译有菲茨杰拉德、麦克尤恩和库切等著名作家的作品。

stories written in the present tense and three stories written in the future tense annotate each other. The relationship between them is sometimes lead and harmony, sometimes verse and chorus, and sometimes singles that continue and respond to each other stylistically and thematically. Records can be played in cycle, just as reality and the future often constitute reincarnations.

Keywords: decent life; A-side and B-side; present tense; future tense

一、题解

给2018年之后写的中短篇做个集子，本没有太多的话要说，但出版社认认真真地交了策划案，还给了一个关键词：体面。也就是说，这部小书最初的几位读者，读完所有的稿子，浮现于意识中最鲜明的部分，就是这两个字。这本身倒是一件耐人寻味的事。作者对于读者的好奇，其实并不比读者对于作者的好奇更少——这道理至少在我身上是成立的。

两个字当然无法笼罩全局，就好像我们不能指望贴上一张省事的标签就算是读过了小说。不过，把"体面"作为一个角度，一道缝隙，倒是给我提供了一个重读这些故事的理由。当我作为"我"的读者，试图在这些故事里获得某种意义的时候，当初写作时"身在此山中"的困局倒是因此被打开了一扇门——虽然那只是一扇"窄门"。

这些故事里的人物，确实都生活在一个体面的城市，努力维系着体面的生活。当这种维系的代价越来越大，人物之间的关系便越绷越紧。他们渐渐看清，要成全这样的体面，押上的其实是整个人生。这场赌局注定没有赢家，玩家难以为继，也无法抽身。从这个角度看，这些故事的张力，就在于耳边依稀听到的那一声清脆的、断裂的、近乎玩笑的"啪"——它可能是幻觉，也可能不是。纠缠在这番困境中的，既是"他们"，也完全可能是"我们"。

几乎是在开始尝试介入虚构写作的时候，我就意识到，仅仅站在当下来叙述当下，是不够充分，或者说，不够自由的。我暂时还没有做好大规模沉浸于历史的准备，但我可以调动时间的魔法，时不时地进入未来。我的主要兴趣，并不是想象未来的奇观（瑰丽的仙境或者恐怖的深渊）。"未来"对于我，更大的诱惑是在那里可以寻找到一个理想的观察点，一个架着高倍望远镜看得见"现在"的地方。我希望，我写的所有关于未来的故事（据说可以被定义为"轻科幻"）都有清晰可见的属于现实的颗粒感。作为现实的倒影，那些生活在未来的人物也不能幸免于现实的法则，他们同样挣扎在与"体面"有关的漩涡里。

如是，这本小书居然形成了一个以时态划分的自然结构，宛若一张唱片的A面与B面。四个用现在时写现实的故事与三个用将来时写现实的故事互为注解。它们之间的关系，有时候是主音与和音，有时候是主歌与副歌，有时候则是在风格和主题上彼此延续、相互应和的单曲。反正唱片是可以循环播放的，正如现实和未来常常会构成一个循环往复、螺旋上升的轮回，所以这本故事集，你可以顺着读，也可以反着读或者跳着读。

细心的读者也许会发现，有些人物多次出现在A面和B面中，他们在这个故事里一闪而过，留下一角冰山；到下一个故事里，冰山便徐徐浮出海面。这样的联系让这些人物有了更大的生长空间，也让A面和B面的时空获得了各自的完整性。我们也许可以把它们看成两个分属于不同时间却悬浮在同一个空间里的平行世界。如果你读得更细一点，甚至还能在这两个平行世界里寻找到一条连接线，极淡、极细，隐隐约约。

这样一来，至少在这本书里，"体面"这个词被赋予了第二种解释：（一）体（两）面，甚至多面。说到底，"体面"之所以成为问题，真正的原因是再简单的人都不可能只有一个面相，每个人身上都交织着AB（CD……）面，同时堆叠着过去、现在和未来。"体面"只不过是你最希望昭示于他人的那一面而已。当这一面被撕开、击破，既无法说服他人也无法说服自己的时候，所有的问题就在瞬间涌现，乃至爆发。我关注那些微妙而迅疾地走向决定性的时刻，我希望能在我的小说里抓住它们。

二、复盘

▶ A面

《十三不靠》

《十三不靠》里最关键的一句是"我们都是被历史除不尽的余数"。其实每一代人都或多或少会有这种感觉，那种被时间戏弄、被历史塞到夹缝中的失重感。但是，比我大了六七岁的这代人（大致是"68后"），在我的观察中，似乎尤其具有典型性。他们大学毕业之后，周遭世界中理想主义的那一面被迅速消解，经济在转型，社会也在转型，机会多起来，失落也多起来，一步没踩准就步步踩不准。整个社会对个体价值的衡量标准都在急剧变化。而我们这些1975年以后出生的一代，进入大学之后，那个变化最剧烈的时间已经基本过去，大学里的文学社、诗社已经跟20世纪80年代中后期完全不同了。我一直想站在现在这个时间点上，写一写这群人。当然，我不是亲历者，我的观察是不是能做到那么贴肉，我不好说。但这也是考验一个写作者虚构能力的时候，这里头有观察，有想象，或许也寄托了某些共性的、超越代际的思考。小说不是纪实，不是现实的复刻，它应该站在与现实对话的那个位置。

我的动机是写一个人、一群人跟时

代的关系，我想写一个"满拧"的、《红楼梦》中所谓"尴尬人偏遇尴尬事"的戏剧场面。我设计了一场非常"体面"却暗流涌动的饭局。那些隐藏在三十年时光中的变迁、失落、追问，从桌面下翻到了桌面上。康啸宇与毕然的对峙，并不是个体之间的恩怨，他们背后站着一个沉默而激烈的时代。他们的"体面"的轰然坍塌，抖落的是一地历史的鸡毛。

我开始写的时候，按照线性叙述展开，总觉得提不起劲，缺少一个可以与内容匹配的结构。直到想到用"十三不靠"这个麻将术语来做题目，结构才渐渐清晰起来。十三小节可以理解为十三片拼图，十三个关键词，十三张哪跟哪都不挨着的麻将牌。在麻将中，"十三不靠"是一种特殊的和法，它们彼此之间似乎是独立的，单一因素无法左右全局，但是把它们放在一起就构成了一种"天下大乱"的和法——那个看起来很荒诞的动作就在多重因素的作用下发生了。这个概念跟我要叙述的事件、要表达的风格以及想达成的隐喻，是吻合的。所以，一旦确立了这个结构，我就知道这个故事该怎么讲下去了——这个特殊的结构激发了我需要的荒诞感。其实小说里面隐藏着很多小游戏，比如每一节都有个标题，每个标题都是三个字，前一节的末尾直接导向下一节的标题，两段重要的多人对话用"/"分隔，戏仿现代诗的结构，这些都体现了文本意图，试图营造一种特殊的节奏感。

在 A 面中，《十三不靠》无疑是我最偏爱的一篇，以至于写完之后还舍不得与其中的人物道别。出现在这场饭局中的角色大多在 A 面的后几篇中有交代，他们的前世今生在那些故事中继续展开。从这个意义上讲，《十三不靠》是 A 面的起点，也是灵魂。

《阿 B》

在我有限的虚构经验里，大部分短篇小说都可以视为对虚构能力的练习——我害怕对于个人经验的过度征用，这会对想象力造成不可逆的伤害。迄今为止，这一篇是仅有的、与我本人的记忆如此贴近的小说。几乎所有的人物、场景和细节都有一手或二手的素材。画面一旦被唤起，就在眼前自动放映。当然，写小说的最大快感，来自对素材的重新组装。所以阿 B 这个人物既存在也不存在。他的身上既交叠着几个真实人物的影子，也蕴含着我站在当下回望过去时对那个年代的定义。从一个自己将信将疑的开头写起，慢慢让这个故事长出形状来，然后终于听到人物呼吸的声音。

小说里的人物大多与我同属一代人，或者差半代。我在他们的年纪里先后住过沪东和沪西的两个工人新村——它们的种种元素拼在一起，就构成了我小说里的"忆江新村"。过一座桥就有猪圈，一家有灯笼的工厂是新村的地标，一栋房子被莫名地加上一层，成了整栋楼的公共空间……这些事情都曾经真真切切地存在于我的生活中，存在于我童年的视角里。其实我从小读到的大部分关于上海的文字，那些被认为最能代表上海的事物，都被局限在一个比较小的范围里。那时候我觉得，我并不比外地人或者外国人更了解这个刻板印象中的"上海"。外滩或者法租界，对我也同样是遥远的传说，它们从未与我真正有关。写另一个上海，写某些在时代的潮水中搁浅的小人物，写他们的卑微的"体面"，写人与环境的关联……这些东西在《阿B》中似有若无，我不希望让一个短篇小说被文本意图压到过载。我更想表达的是，在一个剧烈变革的时代，有人徒劳地做着近乎刻舟求剑的努力。那些被虚掷的青春，那些荒废的情感和雄心，在多年之后，会激活某种你以为早就流失的东西。

还需要做一个小注解：现在的年轻人已经很难想象，二十世纪八九十年代的上海人，曾经有多么热爱粤语歌。粤语歌在上海的那种弥漫性传播，与《野狼Disco》所表现的当年粤语歌在北方的流行状况相比，既有相同之处，也有明显的地域差异。上海人对粤语歌的接受层次更广泛，更"专业"，从电台的排行榜到歌厅到学生的歌词本、拷带市场，一度与香港同步得非常精准。上海人能把听不懂的粤语，一个字一个字咬到近乎乱真。这可能与沪港两地向来密切的历史渊源、改革开放之后的大量商务往来，都有直接关系。钟镇涛并不是我儿时的偶像，我甚至从没买过他的磁带。但他的气质和遭际比较适合与小说人物构成对照，所以我写的时候听了好多他的老歌。小说里提到的法国电影周、艺术电影院旁边的拷带摊点，都是真实的记忆，将它们一点点回想起来的过程

非常美好。

《九月》

写《九月》的动机，是想构建城市里最常见的一组关系：女主人与家政服务员。因此，这一篇直到结尾部分才出现的那个句子，反倒是早在动笔之前就已经浮现的："不管彭笑愿不愿意承认，在这座城市里，赵迎春曾经是跟她关系最密切的女人。"

女主人彭笑和家政服务员赵迎春，她们的社会角色、经济状况和成长轨迹截然不同，但她们每天都在互相观察，由此依稀窥见对方难以言说的处境——比如男性有意无意的缺位，比如婚姻慢慢露出的苍白底色，比如那些激励着、也围困着人们的"目标"：努力奋斗，在一座城市里留下来，或者功成名就，把希望寄托在更为遥远与缥缈的彼岸。在正常情况下，这两个女人将会是一对无限接近的平行线。小说家的任务，是寻找一个合适的事件，将她们卷进同一个漩涡，让彼此的命运产生短暂的相交。有好长一段时间，我都搁浅在这个事件的构思上，只有一个模糊的直觉：那一定跟她们的孩子有关。

所以，毫无疑问，《九月》真正的主角并不是那个叫九月的孩子，而是他的母亲，以及他母亲的雇主——后者也有一个与九月年龄相若的女儿。她们对于"体面"的追求各不相同，但实质却颇为相似。最终选择把九月放置在一个所谓"综艺选秀"的环境里，是基于对这种刻意模糊真实与虚构边界的事物的

长期观察。一方面，这是一个完全有可能产生戏剧性冲突的环境，它向年轻人（包括他们的父母）作出改变命运的承诺，又随时可能夺走它。另一方面，综艺节目制作者的命运，也微妙地维系在节目究竟能吹出多大的五彩肥皂泡上。当小说里彭笑的丈夫廖巍突然发现九月不仅仅是一个被家里的保姆硬塞进来的关系户——他也具有某种可以被利用的潜质时，彭笑和赵迎春的关系，她们之间的权力结构就发生了短暂但耐人寻味的调换。于是廖巍说："我们还可以给他机会的——或者说，他还可以给我们机会。"

这篇小说真正关注的就是这些细微而激烈的调换、倾斜、利用与和解。在整个写作过程中，我都要提醒自己，抵挡一切正面勾勒九月的真实面目和刻画他心理曲线的诱惑。我希望能像菲茨杰拉德写盖茨比那样写九月，通过彭笑的眼睛看他的轮廓，通过观众们的刻板印象去猜测他同情他最后遗忘他。我希望直到结局，你仍然拿不准九月到底是一个怎样的人。因为这个事件之所以会发生，就是因为这个孩子承受的是来自家长、媒介和社会的多重误解——尽管这些误解常常还贴着爱的标签。这些误解最终压垮了他。我们能确定的只有一件事：无论是赵迎春给他的剧本，还是廖巍和彭笑给他的剧本，抑或是"粉丝"对他的想象，都离他的真实人生很遥远。在阅读这个故事的过程中，也许你会想起一两个突然走红却又黯然消失的"草根"明星的名字，九月可能是他们，也可能不是。

廖巍和彭笑与女儿廖如晶的关系——他们之间无可逆转的疏离——也同样是若隐若现的。在这个故事里，它最大的功能是提供赵迎春与九月之间关系的镜像，表明误解和创伤并不会因为阶层升高而得以豁免。与此同时，在故事的最后，当赵迎春出走，彭笑在记忆中把关于九月与晶晶的"思绪的碎片"混在一起时，这两个女人之间，终于发生了真正意义上的同情与理解。

《离心力》

写到《离心力》的时候，我强烈地感觉，哪怕再不舍得，A面的故事也到了需要一个完结的时候。那些始于《十三不靠》的人物和事件，需要在《离心力》里找到结实的"底牌"。碧云天饭店（《十三不靠》）和忆江新村（《阿B》）的场景，赵迎春（《九月》）的来处，邵凤鸣和米娅（《十三不靠》）的下落，都有了安放之处。甚至《离心力》的叙述者"我"与《九月》里的"我"都叫管亦心，你完全可以把她们看成同一个人。至此，A面的四个故事虽然分了好几年才写完，但它们彼此连缀——你把它们一口气读下来，当成一个八万字的以上海为背景的长篇小说看，也并没有什么不妥。

尽管如此，《离心力》在结构上仍然是一个完整的、可以独立成章的故事。传统媒体人的集体失落，从理想信条到世俗法则的笨拙而艰难的转身，城市里通过租赁房屋所形成的环环相扣的生存链，被新媒体放大变形的戏剧性事件造成的意外的权力倒置（这一点跟《九月》

一脉相承）——凡此种种，在这篇小说里，都需要依靠一个叫"离心力"的微信公众号来联结和呈现。这一篇写作的难度正在于此。

邵凤鸣在某种程度上窥破了大城市的真相：复杂的人际关系网，那些大大小小的"体面"互相牵制，构成了脆弱的平衡，然而，"这些也都是暂时的平衡，搞不好明天就被一阵风吹走。但无数个暂时就构成了我们的一生啊——生活不就是这样"？

值得注意的是，在《离心力》——也就是 A 面的末尾，埋了一条通往 B 面的浅浅的暗道。"站在未来，把今天当成历史来写。我试试看。"小说里，这话是作为第一人称叙述者的"我"说给邵凤鸣听的；小说外，这话也是作为本书作者的"我"说给你——我的读者听的。下一个故事，就是这种"试试看"的结果。

▶ B 面

整个 B 面，写了三个实验。

《笑冷淡》

这个故事的设定可以用一句话来概括：作为一场人工智能实验的受试者，机器人毕然（没错，与《十三不靠》的男主角用了同一个名字，情节里也交代了两者之间的渊源）的任务是当一名脱口秀演员，在一个"笑冷淡"现象日趋严重的社会里逗乐台下的观众，赢得人类的共情。

写《笑冷淡》的时候漫天飞舞的概念还是"元宇宙"，到发表时整个世界已经成了 ChatGPT 的天下。一夜之间，语言，文本，幽默感，这些人类一向自以为拥有垄断优势的东西成了一颗颗松动的牙齿，在我们的口腔中疼痛地摇晃。我们的工作，我们的身份，我们的"体面"，我们的未来，都成了可疑的问题。在这种情境下，我重新打开《笑冷淡》，发现这些问题早就已经萦绕在字里行间。脱口秀明星的商业价值越来越大，与她逗乐观众的能力成反比，她不惜用脑机接口输入笑料，却因此患上了严重的失眠症；而机器人之所以特别好笑，只是因为观众认定他并不是机器人，却把机器人演得特别逼真——这些像绕口令一样的悖论，映照得周遭的体面生活露出了荒诞的底色。也许，生活在当下的每一个人，都无法躲开机器人毕然的灵魂追问：

我们一直在努力成为你们的样子，可是你们在干什么呢？你们在忙着往自己的脑袋上打洞，把资料啊数据啊拼命往里塞，让成千上万个纳米机器人在你们的血管里奔跑，把你们那尊贵的意识上传到这朵云那朵云里面。你们说，这样就可以长生不老，称霸宇宙。我算是看明白了，弄了半天，原来你们是想变成我们啊。

《笼》

与《笑冷淡》一样，这个故事虽然明显发生在未来，却并没有给出非常明确的时间点。鉴于主要人物在 B 面的三个故事里都有出现，因此我们可以默认参考最后一个故事——《蒙面纪》中设定的时间。话说回来，在这三个根本无意探讨科技进程或者勾勒未来蓝图的故事里，具体的时间其实无关紧要。

这个短篇的动机可能是整本书里最简单的——仅仅是因为我在十几年前就对《阳羡鹅笼》念念不忘。这个古老的故事时不时地被人提起。在我写完《笼》的三年之后，也看到了动画片《中国奇谭·鹅鹅鹅》对它的改编。

不过，对这个故事，我有自己的理解。阳羡的夕阳下，古道，西风，盛宴，美酒。男人与女人相视而笑，一转身，却又人人都能随口"吐"出私藏的情人。这个简短的故事里装满了吐不完的人，说不完的话，循环往复，谁也看不到时间的尽头。欲望，欺骗，以及轻巧而充满反讽意味的"魔幻现实"——凡此种种，让这故事的每个字都焕发着迷人的现代性。我想将它扩展、延伸，甚至把它整体搬迁到未来的时空，让古人的想象借助全息投影得以"实现"。

于是就有了第一人称叙述者乔易思和他的妻子齐南雁，以及那个为他定制的试验品——"全息投影电子人"齐北雁。乔易思过了一个月的幸福时光，因为——"当你知道你随身携带着一个召之即来挥之即去的女人，当她的存在只是为了学习你的情感模式、研究甚至崇拜你那并不成功的人生时，那么，另一个女人，那个储存着你的过去、占据着你的现在、挟持着你的未来的女人，就变得可以忍受了。非但可以忍受，齐南雁简直每天都在变得可爱起来。"这是《阳羡鹅笼》式的"体面生活"，精致，甜美，自给自足，那格外光滑的表面让你实在不忍心去戳破它。

但小说家的任务不就是戳破所有光滑的表面？正如《阳羡鹅笼》里那仿佛被一阵风吹来的田园牧歌，也终究会被一阵风吹散。当乔易思发现被他召之即来挥之即去的电子人齐北雁也能随时吐出她的"宠物"时，他的幸福时光就开始荒腔走板。在这个故事里，爱情，或者"亲密关系"，被嘲讽，被解构，但也同时被抚慰，被纾解，被包裹上一层薄雾般的、亘古不变的叹息。

《蒙面纪》

其实我自己也没有想到，我对这类既不够"科学"也并没有太多神奇"幻想"的故事，居然有着那么持久的书写欲望。也许是因为，一旦将时空拉开一段距离，找到一个全然陌生的视角，再来审视我关注的日常生活和文学命题，常常能给我以近乎微弱电击的刺激感。从这个意义上讲，对我而言，"科幻"确实主要是一种方法。

在 B 面，《蒙面纪》排在最后，是人工智能专家吴均主持的第三场实验。在《笼》里从头纠缠到尾的那对夫妻又出现在这里，但是第一人称叙述者从丈夫乔易思换成了妻子齐南雁。

如果要用最简单的句子来勾勒《蒙面纪》的形状，那大致是一个"未来考古"的故事。一两百年后的人如何看待一段因为数字恐怖袭击而日渐模糊的历史（21

世纪30年代),如何通过虚拟现实实验进入那段被流行病困扰的历史时期的日常生活。如果我们此时已经生活在一个不需要穿戴任何防护设备(因为它们已经成为滤膜与我们的皮肤贴合在一起)就能免受病毒侵扰的时代,却带着历史考古的兴趣,去想象和虚构一个危机丛生的古代("微生物肆虐、气候急剧变化以及由此引发的争端即将使地球总人口负增长的幅度超过警戒线"),那么我们会怎么看,会怎么想?我们是会庆幸自己的劫后余生,还是会在体验恐惧的同时触摸到一点久违的真实人性的温度?由始至终,都是这个动机在推着我往下写。

之所以把故事中的"虚拟现实"场景,设定在未来的大流行病时期,这当然与我——我们——这几年正在持续经历的现实有关。但我试图在这个故事里纳入的,并非仅止于此;或者说,用"虚拟"包裹"现实"甚至不是我的文本意图。我让我的人物——虚拟实验"蒙面纪"的受试者(一对在现实中恩怨难解的男女)在实验中的隔离场景里说古论今、谈情说爱,话题涉及流行病与人类的关系的过去、现在和未来。我希望这些对话可以成为一种给故事"扩容"的手段。在写作这个部分的过程里,我这几年的阅读经验渐渐被打通,历史、现实与未来彼此对望,科学与文学通过人物促膝夜谈。脉络是一点点清晰起来的。我看到的,是某些其实从未改变过的东西。从这个意义上讲,我们人类正在或者将要面对的困境,和《十日谈》《鼠疫》或者《霍乱时期的爱情》里需要面对的东西,并没有本质的不同。

但是依然有温暖和希望。我在写到第二章时,曾经在原地转悠过很久,不知道怎样才能让人物关系有所进展。直到——仿佛出于偶然——一只猫出现在我的笔下,起初只是为了让画面动起来,破一破两个人物之间的僵持。后来,这只名叫寇娜的猫越来越呈现出她特有的生命力,她温柔地撕开人类被固化甚至僵化的"体面",将室内与室外、男人与女人、虚拟与现实重新联结在一起。说实话,我自己也是每每写到寇娜,脸上便会渐渐舒展开,忍不住微笑起来。尤其是写到下面这段:

想象初秋深夜被露水打湿的草地,想象一只猫与另一只猫的目光与气味紧贴着地面彼此缠结。寇娜的每次温驯的静止,每次伴随着低频声的颤抖,都好像有什么事情正在发生或者即将发生。

(特约编辑:叶晓瑶)

小说现场

李修文：《猛虎下山》，
人民文学出版社，2024年4月。

1999年春天，镇虎山下的炼钢厂如历寒冬，改制转轨的新机制让吊车尾的炉前工刘丰收面临下岗的必然遭遇。山上的虎啸威胁着生产，却给刘丰收带来曙光，他以一夜生长的白发伪装成白虎毛发成为打虎英雄，由此扛起组建打虎队的重担。在对老虎的期盼中，刘丰收逐渐疯魔。写作此书之时，李修文重回好似鬼魂栖息之所、荒草丛生的老家工厂，在历史和记忆的深处寻找那些承受苦痛的失踪者，为他们谱写每个人携带的史诗。他深知没有任何胜利可言，仍与那只下山的猛虎搏斗、周旋，照见人性与自我缠斗的无尽真相。

| 小说现场

▶ 主持人语

假如我们身上住着一只猛虎

张莉 *

专栏"小说现场",由主持人语、小说家言和青年读者的讨论实录三部分构成。第一期,我选择讨论著名作家李修文的最新长篇小说《猛虎下山》。《猛虎下山》开启了李修文长篇小说的新气象,不仅在他个人创作生涯中深具代表性,也是近年来长篇小说创作中独具风格的惊喜之作。为此,"小说家言"栏目特别邀请李修文讲述他的创作构想,"讨论实录"则邀请"持微火者"读书会的青年学子们讨论对这部小说的阅读感受。

在《以万物为猛虎》中,李修文谈到了他对说书人位置的寻找:"我找到了那个叙事的中心——一个说书人的位置,来讲述这个故事。那种模糊的叙事伴随着写作的进程,愈发清晰,它承继了一些唐宋传奇和蒲松龄的传统,但是我也想讲述一个活在现代,活在现在的人的故事,而这种人应该是什么样的?"这样的思考让人深为赞赏,这是我们时代小说家关于如何使自己的写作进入小说传统的深度理解。在《时代失意者的尊严与无奈》中,青年读者们分析了小说的意义和文学价值,他们谈到了小说中的时代异形人,谈到如何书写权力畸变下的寓言,谈到志怪传奇与戏曲的当代演绎,也谈到当下文艺创作的转向,等等。这些看法都深具启发性。

作家与青年读者的讨论构成一种对话,既有同频相契之处,也碰撞出火花。它使我想到,每部小说出版之后都会有不同的读法。作家有作家的读法,青年读者有青年读者的读法,批评家有批评家的读法。不同经验、不同代际、不同职业的读者的共同参与,真正构成了新鲜而热气腾腾的"小说现场"。这正是开设"小说现场"栏目的意义所在,它旨在呈现身为同时代人的理解与认知。

作为主持人,在这里,我谈的是自己的读法。我相信,每一位读《猛虎下

---

* 张莉,女,北京师范大学文学院教授、博士生导师。主要研究方向:中国现当代文学与文化。

山》的读者和我一样，会被小说中那只猛虎吸引。它是刻印进我们记忆的存在，也是小说故事的核心。因为有"老虎"，面临下岗的工人们暂时摆脱了下岗命运，他们成立了打虎队，打虎队成员也随之受到领导重视、家人重视；因为"老虎"的存在，一切看起来都有了盼头，以至于人们暗暗希望它一直在被捕获的路上。是的，只要老虎一直不被捕获，打虎队就一直不会下岗。

可是，那只老虎，它真的在吗？每个人都心有疑惑。无论怎样，都盼望它在，即使不在，也要扮演它，使它存在。即使知道它是谎言，也希望能以假乱真。于是，我们看见那只猛虎在远处，它低低地吼叫，使我们心惊肉跳。它卷起每个人的欲念、渴望、激情，它使人快慰、亢奋、热情、变形，它使羸弱之人强大，卑微之人强悍，使性无能者有力量。虎是欲望，是权力，是春药，是兴奋剂，也是镜像。

这世界上最美好的存在，恐怕是心有猛虎吧！如果人的身体里有一颗强悍的猛虎心脏，一切都将虎虎生威。心有猛虎的人，一瞬间可以变成我们身边的"可爱人"，一如我们的主人公刘丰收。但是，反过来，如果你拥有虎的身躯，人的心灵呢？小说后半部分，当我们的男主角刘丰收扮演老虎而最终仿佛成为老虎之后，他唯有眼睁睁看着妻子为那只不存在的老虎奔走，看着儿子成为打虎队的一员，还看着他们为他塑衣冠冢。如此荒诞又如此真实，他无能为力。即使是健壮强大的老虎，最终也只能一声叹息。身披虎皮的人，却原来是我们这世界上的"可怜人"。

在创作谈里，李修文说："我想写出一个人，他是一个因为恐惧而制造谎言，又将谎言变成真实，最终在谎言里欲罢不能，既不能逃避谎言，也不能逃避真实的人。"自然，他做到了。《猛虎下山》以20世纪90年代的改制为背景，写下了刘丰收如何与谎言搏斗而最终又成为谎言的故事，但同时，在我看来，这部小说写的也是"猛虎"和我们的关系，写的是猛虎在我们生活中的无处不在。

那只猛虎，我们爱它，我们怕它，我们渴望战胜它，但其实我们又惹不起它。虎哪里只是虎，它是人间谎言，是欲望深渊，是人性幽暗。读这部作品，你不得不想到，小说超越了我们对某个时代的理解。说到底，《猛虎下山》写的是人的处境。也许，很多年过去，我们已经记不起这部小说的具体情节，但是我们永远难以忘记的是那个最终成为老虎的可怜人刘丰收，一个深有文学意义的典型人物。

想到七年前我曾写下的那篇李修文评论，"作为对世界怀有深情爱意的写作者，李修文的散文总是饱含浓烈的情感，动人心魄。这也让人意识到，这些文字是作家写给万丈红尘的信笺，写给茫茫人世的情书"。在我看来，"这位作家有如人性世界的拾荒人，他把我们忽略的、熟视无睹的人事一点点拾到他的文字里，炼成了属于他的金光闪闪的东西"。他的散文如此，剧本如此，新小说也如此。在新的长篇小说里，他越过了具体的生存困境,以一种寓言的形式带领我们反观自身。有时候我们心中有虎,有时候我们则是虎口脱险之人。与以往不同,《猛虎下山》写下的不仅是一个中年人的思考、不平、同情和理解,更是我们时代作家的敏锐、警醒和犀利。

自然会想到这部小说所连接的小说叙述传统。关于说书人语气的真假难辨,当你认为它是虚构时,它其实是实在;当你认为它是真实时,它其实是幻觉。许多边界在这部小说中被打破——真实与虚妄,人与虎,此刻与往日,活着与死去都交织在一起。我们的作家在文本中穿梭自由、才情恣肆,由此,《猛虎下山》,想象力飞扬,气质卓然。

特别想说的是,我被结尾处林小莉在刘丰收衣冠冢前的诉说打动,那是一个普通人被裹进时代风潮的无助与无奈,而更令人动容的则是刘丰收说给林小莉的那些话:

> 回到南方,你要好好化疗,一次不行,就再来一次,说不定,不到五次,你也就不吐不疼了……这个人,不是这个刘丰收,就是那个刘丰收;就像我,此一去,哪怕还是找不到老虎们。不要紧,今天找不到,明天我再接着找;今年找不到,明年我再接着找。就像这镇虎山上,每一年,春天一到,满山里就会开花。最先开的,是梅花;梅花开完了,杏花接着开;杏花还没开完,野山桃花又开了;再往下,海棠花和野樱花,杜鹃花和山茶花,全都会接着开。

这是小说的结尾。一个字又一个字,一个词又一个词,一句话连着一句话,如海浪般涌来,有奇妙的乐感和节奏,是属于李修文的修辞,饱含着他对世界的感喟与"有情"。

想到了《水浒传》里武松打败老虎的片段:人与大虫交手,命悬一线,惊心动魄——如果来到20世纪90年代,武松会不会成为刘丰收;又或者,如果穿越到古代,刘丰收会不会成为武松?那一日,当武松终于将那"吊睛白额大虫"打死,是否有得胜者的快慰?"就血泊里双手来提时,哪里提得动?原来使尽了气力,手脚都酥软了。"却原来,并没有什么胜利可言,只是下山离去,躲避另一只大虫罢了。

也许,人活着不过是面对那只虎,与它搏斗,又或者,与它周旋。

> 小说家言

以万物为猛虎

李修文[*]

《猛虎下山》的写作，让我觉得自己仍然行走在文学的正道上。我是在上大学的时候，建立了对文学尺度的基本认知，要去写什么样的作品，成为一个什么样的作家，这个标准到今天也没有发生变化。无论我的人生际遇如何，我所有的生活都是在为写作，为我重新写小说做准备。

写作之初，我先写了一批中短篇小说，之后写了两部长篇小说，两部长篇写完之后，我面临着很大的写作疑难，我的写作和我能够感受到的经历，或者说我认识到的生活是完全脱节的。我没有办法写出一个日常生活当中可以碰到的有名有姓的人，我明明被他的生活打动，我明明能够感受到他在那个年代里的浮沉，但是好像我们的美学或叙事总是不能清晰有力地呈现出一个我们认识的人。我一度对写作非常灰心，我怀疑自己没有能力写出像孙少安、孙少平、福贵这样有名有姓的人。讲好一个故事，写出一个有名有姓的人，对当时的我来说是有执念的。时间长了之后，我很灰心，就像是被阉割了，自己读了那么多的小说，但就是写不好眼前看见的生活，所以我有很多年没有发表小说。

这些年，我参与了几十部电影和电视剧的创作，做过编剧、文学策划，也做过监制，扮演的角色各不相同，但这些经历常常是"竹篮打水一场空"。因为当时的影视界充斥着大量草台班子，你参与了一个剧，把自己的热情、生命耗费进去之后，最后却一无所获。但是这些经历给我带来了一个从来没有想象过的改变，让我踏足了从前我的审美和想象没有抵达过的生活，认识了从来不可能去认识的人。

《猛虎下山》这个故事的起源是这些年我去过的许多工业废墟、炼钢厂、

---

[*] 李修文，男，武汉大学文学院教授，兼任湖北省作家协会主席、武汉市文联主席。著有长篇小说《滴泪痣》《捆绑上天堂》，小说集《浮草传》《闲花落》，散文集《山河袈裟》《致江东父老》《诗来见我》等作品。曾获鲁迅文学奖等多种奖项。

炼油厂、机械厂,这些工厂全都荒废了,过去是车间,现在全都荒草丛生。我回老家的时候,看见好几座山下的工厂也都垮塌了,看上去就好像是鬼魂待的地方。这些工厂,都希望能通过各种改造迎来拯救,事实上没有什么用,最终只能偃旗息鼓。而当年的那批工人,那些承受过痛苦的人们,变成了失踪者,他们都在时代烟尘的笼罩下消失了,他们中的绝大部分人,实际上都没能重新站起来。但是,当有机会和他们在一起,听他们像白发宫女一样讲述着前朝旧事时,我还是能够跟他们深深地共情,原来每个人都携带着一部自己的史诗。

写作之前,我专门去了贵州的水城钢铁厂,它是三线时期为了"备战、备荒"而建设的,它的形态给了我很大的震动和启发,一座深山里的炼钢厂,规模不大,厂区被群山环绕。这是我想象中故事的发生地。我是那种写东西非要找到实证对应的人,哪怕是在写一个虚构的故事。当我开始为写作做准备,去采访时,我恨不得要带把尺子,去量车间与车间之间的距离,量完了之后,虽然不一定会用得上,但就觉得放心了,这种真实感能驱动我的讲述。在那里,我跟很多老工人喝酒聊天,了解了钢厂里那些花花绿绿管子的作用,各个工种与车间之间的生产关系。我还从他们的讲述中感受到一种身在火热年代的尊严感,这种尊严感历经磨难,但只要他们开始回忆,它就非常明白无误地存在——也许,讲述这种尊严感如何被磨损,如何被生存和权力异化,如何从第一天起受到挑战,可能正是我要写的东西。

我生活的地方,武汉,曾经也是一座钢城。回到武汉后,我又去当年的老工厂看了,了解了更多工厂生活的细节,比如大部分钢厂初建时的一号高炉都是从东北搬来的,比如炉前工这个工种往往积聚了许多斗勇逞强乃至豪侠似的人物,我又找了一堆厂史资料回去看,大致才算心里有底,开始写这个故事。写作的时候,我不断翻看在水城钢铁厂拍下的照片,好像一下子就获得了某种天地之灵气,感觉这个故事终于能被我讲述出来了。

可是我并不只想写一个完整意义上的现实故事,我们中国人在那些灾难、伤痕到来的时刻,他们往往希望或可以给自己找一个容身之所。有时候,我们的主人公会变成蝴蝶,有时候,我们的主人公又会变成孔雀,我们非常善于找到一个替代品,让它去帮助我们,承受和消化这些灾难和伤痕。而我,恰巧又是一个楚人,所谓"楚人信巫鬼,重淫祀",我一直浸淫、生长于这种虚实不分、真真假假的文化中。我小时候生活的地方,戏班云集,有河南的豫剧、荆州的花鼓戏、楚剧,甚至还有秦腔,我最早的文学熏陶便来源于此。我深受这些元素的影响,它们也帮助我去找到一种理解现实、描摹现实的维度。

在我的老家,每个人的肚子里都装满了那些神神怪怪的故事,比如说汉江里头来了一条船,船上只渡鬼魂;又比如一个老太太说前两天她的儿子回来给她挑了一担水,其实她的这个儿子早就去世了。这种真真假假、虚实难分的东西，实际上就是我从小生长的背景，所以我还是想写一个根植于现实又逸出现实的故事。作为一个写作者，应该给笔下的人物一个正当的、他愿意去待着的位置，这个位置，在我看来，往往是在中国的戏曲、中国的话本、中国的传奇里——无论多么宏大的话题，多么沉重的灾难，多么确切的结论，老百姓们总能给你说上一段自己的故事，他们也总有一种野史或者戏曲的视角来消解、对抗那种庞大的东西。

因此，我找到了那个叙事的中心——一个说书人的位置，来讲述这个故事。那种模糊的叙事伴随着写作的进程，愈发清晰，它承继了一些唐宋传奇和蒲松龄的传统，但是我也想讲述一个活在现代，活在现在的人的故事，而这种人应该是什么样的？

我想到了鲁迅，想到了鲁迅笔下的那些人物，孔乙己、阿Q、祥林嫂，这些人，到底有没有可能，继续活在我们身边？人生代代无穷已，我们的生活发生了巨大的变化，似乎每个人都因为时代的变化呈现出了崭新的自我。我们拥有了"现代性"，可是，鲁迅先生笔下的那些"国民性"，就真的远离我们了吗？当我们从飞机上走下来，当我们从各种商务区谈判桌上走下来，我们真的敢说，你跟阿Q、孔乙己不是一样的人吗？

在写作中，我多次重读鲁迅的小说，我发现至少在戏剧冲突意义上，他很少写反抗的人——在《猛虎下山》里，我到底要不要写一个反抗的人，其实一直对我有困扰：刘丰收是否要黑化，成为一个今天的故事里司空见惯的反抗者？还是让他不停地被动和接受下去？他的行为边界到底在哪里？这一直让我难以拿捏。但是最终，我觉得我不是写下一个曹操，一个造世者或者有能力改变这个世界的人。

中国人身上有很坚韧的生命力，"好死不如赖活着"，这可以说悲哀，可是我们又在这种悲哀里发现生命的庄重，因为我们总是在艰难的状况下创造自己的战场。天地不仁，以万物为刍狗，刘丰收的故事，无非是以万物为猛虎。我想写出一个人，他是一个因为恐惧而制造谎言，又将谎言变成真实，最终在谎言里欲罢不能，既不能逃避谎言，也不能逃避真实的人。本质上，这么一个人物身上，所展示的还是一种生存的徒劳，生命的热情循环往复，最终又归于竹篮打水，但同时，无论是多么徒劳，它都构成我们生存于世的主体。虽然我们常常画地为牢，可每当面临一场场具体的战斗时，我们所付出的心力，在其中所受的损耗，已经在相当程度上构成了我们独特的存在，生命的可能性就在这样的处境中展开。

▶ 讨论实录

时代失意者的尊严与无奈
——李修文长篇小说《猛虎下山》讨论课实录

主持人：张　莉（北京师范大学文学院教授）
　　　　赵泽楠（北京师范大学文学院中国现当代文学专业博士研究生）

与谈人：
　　　　谭　复（北京师范大学文学院中国现当代文学专业博士研究生）
　　　　霍安琪（清华大学人文学院中国现当代文学专业博士研究生）
　　　　袁　瑛（四川大学文学与新闻学院中国现当代文学专业博士研究生）
　　　　王禄可（中央民族大学文学院中国现当代文学专业博士研究生）
　　　　程舒颖（北京师范大学文学院文学创作与批评专业硕士研究生）
　　　　李　馨（太原师范学院文学院讲师）
　　　　闫东方（杭州师范大学人文学院助理研究员）
　　　　化　城（人民文学出版社当代文学编辑部编辑）

时　间：2024 年 3 月 1 日
地　点：北京师范大学文学院

时代烟尘里的"异形人"

赵泽楠：今天我们要讨论的是李修文老师的最新长篇小说《猛虎下山》。事实上，我们对李修文老师并不陌生，他是中国当代文坛中著名的小说家与散文家。近几年出版了多部散文集，包括《山河袈裟》《致江东父老》《诗来见我》等，读他的散文你能感受到其中很饱满的情感，富有性情的同时又不失睿智。我注意到前段时间李修文老师在《猛虎下山》首发分享会上说过的话。他说下岗改制后的一批人，他们绝大多数成为"时代烟尘里的失踪者"，"他们每个人身上，也都各自携带着一部史诗"。但这一部部史诗被淹没在时代与历史之中，我想李修文老师是想借文学来打捞起这些失踪者的。

我在阅读完小说之后，有一个感受，我认为这些人不仅是"失踪者"，也是"异形人"，这就涉及本书的主要人物刘丰收。在下岗改制的时代浪潮中，镇虎岗的工人刘丰收为了保住饭碗而选择上山打虎，但最后又离奇地由人变成了老虎。在人与虎的双重叙述视角下，我们窥见时代、人性与社会的复杂与变迁。我之所以称这些人为"异形人"，一方面是因为刘丰收是本书的一个主要人物，他由人变为虎，首先在外形上发生了变异；另一方面是因为这种异形实际上是指人在时代与社会中发生的异化。刚刚算是抛砖引玉，不知道大家对于小说中的"刘丰收"以及这种"由人变虎"的现象怎么看？

袁瑛：刚才泽楠说到"变异"，那也是我感受很深的一个词。《猛虎下山》的背景是中国经济发展中最重要的一次转向——国有大中型企业的改制，应该说下岗职工是当时改革成本的承担者。一个当代作家怎么处理当代史，我在阅读中发现作者很有"策略"地把宏观层面的东西具象成权力，比如小说中反复出现的"红色安全帽"。小说中企业的改制与职工的下岗分流，是被戴红色安全帽的厂长宣布出来的。这种宣布的方式表明职工的下岗分流、企业的改制是以"权力"的方式来决定的。本来普通人的生活，与权力其实是井水不犯河水的，但是权力一旦进入了普通人的生活，就会对普通人的生活造成一种强力的打击。权力以一种很突兀的方式很凶狠地切进了普通人的生活，普通人原来与权力的那种安全距离消失了。

主人公刘丰收满足了分流下岗的两个硬性条件：年龄40岁以上，职务非班组以上。从这两个硬性条件去观察主人公，会发现他像一个手无寸铁的人——他既没有身体与力量上的优势（力量权力），也没有职务上的优势（职务权力），这亦可以理解为刘丰收是零权力持有者。而小说的异化就发生在零权力者刘丰收被权力压迫、获得权力、稳固权力的过程中。刘丰收以获得权力作为下岗分流的"免死金牌"，我们可以画出一条刘丰收获得权力、发生异化的脉络：

山中有老虎和钢厂要被收购改制的消

息同时到达刘丰收这里,两头"虎"同时出现在刘丰收的生活里——山中的老虎居然可以羁绊住工厂改制的脚步,刘丰收报名打虎——刘丰收伪造虎毛,成为打虎队长,刘丰收第一次获得了"权力"——失去权力(班组长)的张红旗扮演老虎——打虎队队长刘丰收戴上了厂长才能戴的红色安全头盔,凭借这顶头盔,刘丰收在妻子那里获得了性支配权力——山中没有老虎的事情被厂里知道,刘丰收下岗,喝壮阳药上山继续扮演并寻找老虎,和马忠抢夺老虎皮,马忠死或者变成兔子,刘丰收死或者变成老虎——刘丰收儿子变成打虎队队长,工厂南迁。

在这个过程中可以看到,刘丰收及马忠的异化程度是逐渐加深的,从伪造虎毛到假扮老虎到脱不下虎皮(不想做回人),刘丰收在获取权力及维持权力的漩涡里成为异化的人,刘丰收以自我的异化来抵抗和拖延生活中的"老虎"——分流下岗的事实。

泽楠在开头提到过,他说这其实是一群消失的人,然后我就在思考李修文重提改制下岗这一段的意义。李修文、陈晓明、谢有顺在《花城》座谈的时候讲到,他们(下岗职工们)中的绝大部分人,实际上都没能重新站起来。我也想起铁凝有一篇小说叫《安德烈的晚上》,背景也是20世纪90年代经济转型之下走入穷巷的国有罐头企业,主人公也面临下岗和再就业问题,但铁凝和李修文在处理同样的题材时的方式是完全不同的,铁凝呈现的是那代人最朴素的承受和最静水深流的情感,而李修文则是以异化的方式呈现了改制下岗给普通工人带来的现实冲击。但需要强调的是,铁凝那篇小说发表在1998年,也就是下岗改制正在进行的时候,而李修文是在21世纪的第三个十年来处理下岗改制问题的。我觉得从这一点来说,可以说李修文在处理这个题材的时候,有一定的叙述策略,他以此为题材,但是他又不完全以现实主义的方式来表现这个题材。

王禄可:这个小说带给我最直接的历史观感,就是时代的巨变,炼钢厂的厂长换了好几任,炼钢厂随着时代变迁变成了蓄电池厂、游乐园、温泉度假酒店、工业遗产文创园等,但是历经一次又一次的改革,这里总还存在着那些手无寸铁、为了生存不停挣扎的普通人、弱势者,他们令人同情,但也稍显卑微。在永远变迁的历史与弱势者永远紧张的现实生存处境之间,形成了一种巨大的戏剧张力。

在小说中,我看到很多与"虎"相关的成语都有具象化的呈现,比如"狐假虎威",巡逻队与打虎队在澡堂里的打斗;"为虎作伥",一开始上山打虎时,张红旗先站出来成为刘丰收的帮凶;"与虎谋皮",在高烧中刘丰收还在和老虎商量策略,"老虎在,队长的位子才一直在",等等。"虎"在这个小说里暗示了一种令人生畏却又诱人的权力,它在瞬息万变的现实中显得安全牢靠,因此让人蠢蠢欲动。

霍安琪:这个小说里面很多人都变成了动物,比如说刘丰收的师弟马忠变成了兔子。还有张红旗,他其实变成了那头独狼。张红旗这条线埋得很深,可能需要反复阅读才能发现。第一章里，已经化作老虎的"我"在丛林里遇到了一只独狼，这只独狼对"我""虎"视眈眈，看上去十分凶狠，可是它却在追逐"我"的过程中意外卡在了吊桥上。而小说第七章中的现实故事却为这一幕揭开了谜题。倒挂在吊桥上却又被众人故意遗忘的不是别人，正是张红旗。

而马忠是那只兔子，小说一开始写现实中刘丰收跟马忠抢虎皮，但是抢完虎皮以后刘丰收昏迷了，等他醒来马忠就消失了。这一章里没有交代马忠去了哪里。可是紧接着在下一章，小说就写刘丰收做了一个梦。梦里，披着虎皮的他与一只挑衅他的兔子搏斗，并最终生吃了这只兔子。而且曾经令他作呕的生肉似乎并没有想象中那般难吃，反而带着一丝甜意。其实后来小说也明确地说了这个兔子就是马忠，而刘丰收梦中与兔子搏斗并最终吃下兔子的幻境，可能暗示着马忠最终被刘丰收所害的现实。也就是从那一刻开始，刘丰收彻底地异化了，与老虎合二为一。他为了争夺所谓的"头功"，把曾经与自己并肩作战的好兄弟给害了。这已经完全背离了他当时上山打虎的初衷。

当然，关于小说里人变成老虎、狼、兔子的情节设置，我们也可以有多重理解。其实作者设置了一个叙事圈套，因为他自始至终都是以刘丰收的第一人称视角展开叙事的，我们会跟着刘丰收一起做梦，然后又一起清醒，最终一起分不清梦境和现实。小说自始至终没有跳出过这个视角，所以我们并不知道那个幻象背后的现实究竟是什么样的。这是第一人称叙事视角的局限，也是它的魅力所在。所以说刘丰收变成老虎这件事，你可以把它想象成这就是他的幻觉，也可以理解为他真的变成了老虎。这里理解和想象的空间很大。

谭复：刚刚大家都提到了李修文对《猛虎下山》的夫子自道，我认为这更像是作者虚实掩映的一种话语策略。尽管"下岗"作为时代背景成为小说的叙述起点，但工人身份和工厂生活都并不是它所着意的重心，这也与近年来流行的20世纪90年代下岗潮叙述保持了距离。

《猛虎下山》虽然是长篇小说的体量，但在叙述上更偏向于用戏剧的结构完成了寓言的讲法。整部小说并不通过语言的魅力或人物的光泽拽住读者，而是不断设置戏剧冲突，依靠迅疾的矛盾转换，推动故事的展开。小说的叙述空间几乎恒定，可以分为山上和山下，既不涉及到工厂车间的具体日常，也无关城市生活的其他场所。与此同时，书中的主要人物集中，包括刘丰收、张红旗、马忠、林小莉等在内总共不超过十个人。我们可以毫不费力地想象出这部小说被改编后搬上舞台演出的画面。

换一种眼光，贴着文本自身的肌理走向去放宽阅读的视野，会发现小说在视角上通篇采用第一人称的限知视角，实际上是以刘丰收的意识和行动作为唯一的主线，上山与下山空间的转换都取决于刘丰收，而其他人物也都是经由刘丰收的眼睛和嘴巴所塑造出来的。《猛虎下山》完全可以被视为刘丰收的独幕剧，以个人漫长的内心独白讲述了一则关于权力畸变下自我审视的寓言。

这部小说在气势如虹的叙事节奏和情节转换中始终贯穿着一个问题，向读者不断地发出逼问——到底谁是猛虎？最早自然是"山中有虎"的传言，有虎伤人是工厂里直观的危险，同时也是解困的契机。正是因为"下岗猛于虎"，下岗作为一种现实的威胁和潜在的恐惧，促使了刘丰收等人上山成立打虎队。而随着打虎成为一门业绩，由工厂里的边缘人所组成的打虎队在权力的诱惑之下，心照不宣地制造着谎言，"扮演猛虎"以维持山中有虎的假象。到最后刘丰收"由人变虎"，权力如同猛虎的化身不断异化着本真的自我，也映照出那层脱不下的虎皮便是将现代个体困于内心的猛虎，是对权力欲望的自我投射。

赵泽楠：虽然作者没有很细致地反映"下岗"，但是这种宏观的背景是重要的，或者说作者以一种更隐晦的方式去表现。因为在小说当中，我始终感受到一种悲剧感，比如刘丰收在变成了老虎后，他与妻子和孩子在工厂相认，但是见面后他老婆坚持不放他走，儿子也要置他于死地。那一刻我觉得小说的戏剧性与悲剧感都很强，我甚至真切地感觉到这种悲剧感就来源于那个时代，这老虎又何尝不是一只历史与时代之虎。很多人通过切耳朵、上山打虎来保住岗位，其实这背后隐藏着对于时代的思考，我在看《漫长的季节》时也会有类似的感觉。

"你一定不能成为你自己"：权力畸变下的寓言

王禄可：小说中很吸引我的一段，就是导演失踪后，刘丰收变成虎之前，对于打虎队一群人处境的描写。在这里我们看到了那些谎言被戳穿后，被现实逼到绝路的人：马忠左眼瞎了，但他在向上申诉与继续和不存在的"虎"搏斗中，选择了后者，而且还要和刘丰收争夺假老虎皮的所有权，这个荒诞的举动是对现实的反讽；张红旗昏迷不醒；刘丰收的儿子被毒蛇咬伤，林小莉魔怔似的去上访闹事。于是在张红旗和马忠之后，异化的悲剧终于落到了刘丰收的身上。然而我们看到的是，变成虎的异化，对于刘丰收来说是自在洒脱的，站在一个弱势者的角度，做一只假老虎比成为一个真的人感觉要好多了。

在这里我想到了朱迪斯·巴特勒（Judith Butler）的"表演"理论，我们的具体言说与行动不断地援引语言象征系统的常规，我们才成为当下的自身。刘丰收不断援引的成规，抑或是一种谎言，就是"山上一定有老虎"，等到生计逼迫他难以存活的时候，他不得不通过扮演老虎来证明老虎存在的必然性，或者说是自我存在的必然性。他抛弃了现实中的"自我"的位置，填补了在规则中必然存在，但其实并不存在的空缺。小说设计了刘丰收由人变虎的变形情节，这使刘丰收跃出了现实、功利自我，而得到了超越性的眼光，他失去了一个现实的人在社会中的位置和权利，但是他看到了在"城头变幻大王旗"的历史变迁中，林小莉、儿子及打虎队诸人的生命与尊严被碾压的事实。有个细节让我特别难过。变形前的刘丰收在当上队长之后，在一瓶酒、一袋咸水花生米和张红旗的花言巧语之间，就把与张红旗的恩怨一笔勾销了，他们因为权力合谋在一起；在权力面前，刘丰收轻易地抛弃了自己的尊严，更没有意识到林小莉的尊严，他看到的只有运用权力才能在家里、在众人面前有面子，但是变虎之后，他才开始看到老婆儿子的安危、尊严和生路，他才不再沉溺于人情世故的权力漩涡，以及漩涡所引发的一场场的闹剧中。我们总是在失掉什么东西后才会意识到它的重要性，刘丰收正是在失掉人的形体之后才发觉人的体面和尊严的珍惜与可贵，这是我对刘丰收由人变虎情节的一种理解。

谭复：禄可刚刚提到，在打虎队成立后，刘丰收抛弃了现实中自己的位置，去填补了规则中的必然存在。在我看来，并不是刘丰收抛弃了自己的位置，而是他在现实世界中一开始就找不到自己的位置，只有离开原有的生存格局，不去做回本我的时候才能够找到自我的位置。回溯刘丰收上山打虎的开端，妻子林小莉要求他主动报名参加打虎队，在请客吃饭时也不断地催促他讨好媚上，去迎合车间副组长张红旗的饭菜口味，最终刘丰收选择了上山打虎。与其说上山打虎是刘丰收面临下岗重压之下的被逼无奈，倒不如说是他在社会结构和家庭关系中都找不到自己的存在位置后的主动选择。

顺着这个视线去看，从刘丰收迈出第一步上山打虎开始，到后来与队员们制造谎言、勾心斗角，他的行动逻辑和自我认知一直就徘徊在"老虎"与"红色安全帽"之间。当厂长不再信任，刘丰收便丧失了成为"安全帽"的资格，失落地重新回到了自己原来的位置，最终再次上山才完成了由人变虎的惊险一跃。这则现代寓言正是在这一刻到达了真正的戏剧高潮，以强大的张力迫使每个读者去审视自我。小说尽管以刘丰收的第一人称进行叙述，仿佛已经道出了他内心世界的所思所想，但在深层结构上一直潜藏着这句没有吐露的秘密——你一定不能成为你自己。

当我们在权力社会中想要获得一席之地的时候，所要付出的必然代价就是本真的自我被心中的猛虎所吞噬。要么戴上安全帽，摇身一变成为掌握权力的上位者；要么化为猛虎，变成人人所忌惮的危险因素。作为被侮辱和被损害的喻体，只有当刘丰收不是刘丰收，成为一个符号的时候，他才拥有被爱、被铭记乃至被缅怀的权利。在小说的结尾，刘丰收以老虎的视角看到自己最终被大家所记住的样子是什么？打虎英雄刘丰收被陈列在工业遗产博物馆，成为一组光荣而空洞的符号。正因如此，才有了落幕时刘丰收和林小莉两人含情脉脉的隔空对话，貌似念念不忘的一幕与开头两人在家庭中的结构性位置形成了彻底的颠倒，显示出了巨大的荒谬和反讽。

霍安琪：刚刚有两个点大家都比较关注。一个是小说的历史背景是20世纪90年代的国企改制，还有一个就是小说的权力主题。我想接着大家的讨论，补充一些东西。

首先，关于20世纪90年代的国企改制引发的下岗潮。我同意谭复师兄刚刚说的，这个历史事件本身不是小说想要描绘的对象。这个小说很显然不是一个传统的现实主义小说，不以忠实地记录那个时代为终极目的。

关于《猛虎下山》这个标题。刚刚大家也给出了不同解读，提到了书中有很多关于猛虎的典故，但是我认为《猛虎下山》这个题目应该主要对应着中国民间文化里"上山虎"和"下山虎"的不同寓意。"上山虎"通常是吃饱喝足回到山上的老虎，象征着平安吉祥、步步高升；而"下山虎"则通常是饿着肚子，需要下山觅食来填饱肚子的模样，象征着挑战和机遇。那么20世纪90年代，国企改制引发了全国范围的"下岗潮"，其实就使成千上万像刘丰收这样的下岗工人无可奈何地成为"下山虎"，他们需要投入到市场的浪潮里，去填饱自己的肚子，前途未知，温饱无测。等待着他们的是整个时代和个人生涯里所遭逢的前所未有的变局。我觉得这是《猛虎下山》这个标题的重要内涵之一。并且这个标题也意味着，20世纪90年代这个时代在这个小说中是很重要的，是与主题相关的，它并不仅仅只是为故事提供一个背景板而已。

其次，我想讲一下关于小说中的权力和异化问题。在20世纪90年代那样一个改革开放初兴的时代，一切探索都有野蛮生长的态势。很多东西并不像我们现在这样有井然的秩序，而是遵循一种丛林法则。

小说中写了主人公在山林中的故事。其实山林就是20世纪90年代社会的一种象征。丛林的逻辑就是权力的逻辑，也就是弱肉强食，适者生存，有人成了人上人，有人却成了历史的牺牲品。在丛林法则的逻辑里，老虎本来应该在食物链的顶端，但是小说却选取了刘丰收这样一个小人物的形象。两者反差特别大，所以戏剧张力也很大。作者有很丰富的编剧经验，很会制造戏剧张力——一个碌碌无为的小人物，因为一个很荒唐的事情骤得名利，然后从权力金字塔的底端一跃而上，成为厂里面可以作威作福的小头目。这件事就是很有戏剧性的。一开始这个刘丰收只是想保住自己的饭碗，他只是一个无权无势的可怜人，可是当他跃升到了权力金字塔顶端的时候，他就被权力异化了。其实由人到虎就意味着他走向了自我的反面。俗话说"屠龙少年终成恶龙"，这里就是一个"打虎英雄终成老虎"的故事。

王禄可：小说中同样渗透着权力意味的，是关于性的五次描写，每一次各不相同，不断推动着情节的发展与前进。第一次，刘丰收在面临下岗时，林小莉拒绝了，嘲讽刘丰收不敢在厂长面前说自己的名字；第二次，可谓是"床笫激夫"，林小莉借性事来劝刘丰收报名打虎队；第三次，刘丰收当上了打虎队队长，林小莉以自己的身体来"奖励"刘丰收；第四次，刘丰收已经占据了主导位置，还拿出红色安全帽来"催化"性事；第五次，在壮阳药和红色安全帽的双重催化下，林小莉以自侮的姿态说着"一定有老虎"，这场性事已经有了很强烈的悲剧色彩。通过这五次性事，我看到了小说中的人物对生路近乎疯狂的追逐，他们需要不停地对自己进行精神控制，如果没有办法控制就借助酒，就借助红色安全帽，借助壮阳药，来让自己相信现实总有一条出路是留给自己的。

袁媖：这几次性事是一种权力变异的分支。我想以美国女作家凯特·米利特（Kate Millet）的作品的名字"性政治"（Sexual Politics）来指代这种权力压迫的转移：世界征服男人，男人征服女人。女人在这种权力的压迫转移中成为底链人群。小说里几次写到刘丰收和妻子的性事，这几次性事像一个小型的权力角逐场，它呈现夫妻双方在外部权力加持下出现的等级差异以及由这个等级差异产生的服从对象。从第一次刘丰收试图和妻子完成一次夫妻生活可以看出，当时的刘丰收是没有任何底气去和妻子完成夫妻生活的，他靠的是酒壮胆。这个喻义是，40岁以上、面临下岗的男人在夫妻生活中是没有主控权的，这个权力在妻子那里。后来刘丰收成为打虎队长，组织一支队伍，上山打虎。这次的夫妻生活是刘丰收妻子主动且主导的。纪录片导演进山跟拍打虎队的纪录片，刘丰收回家，碰上正跟着电视机跳舞的妻子，戴红色安全帽回去的刘丰收，戴着红色安全帽跟妻子完成了一次夫妻生活。而这一次夫妻生活，妻子的角色是完全服从型的。在那一次"红色安全帽"的性事之后，刘丰收和妻子的性事就需要以药和戴红色安全帽来催发了。作为权力象征的红安全帽决定着刘丰收夫妻生活的完成度——而这种完成度的潜台词是权力与男人征服女人，女人成为一种介质，表现征服与被征服。这让人想起萧红在《生死场》里表达的权力等级秩序：男人＞女人＞小孩。

化城：我也谈谈小说中对性事的描写，当刘丰收成为队长/披上虎皮/戴上红色安全帽后，他夺回了对情欲的掌控。欲望的复苏同时也是他作为人类主体地位的复苏，但是他又没有通过夺回——拥有"我的"意识——拥有自我存在的意识，这个东西很短暂，也很虚无，甚至只有通过戴上红色安全帽才能拥有。这也再次说明权力是春药，权力也是一种幻象。所以这种局限性是刘丰收作为人没有办法去化解的，最后林小莉让他留在山上继续做老虎，其实具有非常苍凉的哲学意味。那片森林很简单，只用维持基本的动物本能才是他的最后归宿。

在《猛虎下山》中，面临改制下岗，刘丰收上山打虎，成为打虎队队长，通过树立权威，拥有权力，确立了他作为人的主体地位，因为在这之前他都是非常软弱的姿态，自己被戴绿帽也安之若素。尽管他当上队长之后，林小莉也拥有了嚣张的资本，但这样的时刻非常短暂。后来变成老虎后，他也是非常畏缩的，是不得其法的一种状态，他其实是违反作为一只兽的本能的。我们在读很多作品的时候，都会比较着重地观察人在掌握权力之后是怎么异化的，但我觉得这张皮仅仅是披在了他的身上，并没有把他从之前的那种压抑、畏缩的状态中解放出来，他在面对红色安全帽时依然很惧怕，这是人性的"斯德哥尔摩症候"的体现。以上是我理解这个小说的一个层面。

传统与传承：志怪传奇与戏曲的当代演绎

程舒颖：读这本小说，我首先注意到的是它的语言问题。它的语言特别有特色，感觉和中国的一些传统的传奇志怪小说，特别是戏曲，关系非常密切。我觉得戏曲这个形式特别启发了这个文本，首先是语言上，小说语言的节奏感和内在张力特别强，这是因为李修文使用了大量紧凑的断句，比如"只见我""只因为""我知道""你再看""心底里"，两字或者是三字，加一个逗号，这紧凑的短句往往也是一种转场，即将要交代人物下面的动作或者心理活动，有很强的叙述节奏感，有点像京剧里面"哒哒哒"的鼓点，还有点像唱词之间的停顿，如同舞台上人物行进时有节奏的步伐一样，给小说叙述赋予了很强的形式感。

第二个就是重复，比如说小说的开头和结尾，变虎前后的几次动作逻辑都是重复的，在山中也有很多重复，大家肯定印象很深刻。他会对山里的东西说话，"你们都是我的爹，我是你们的儿子，不，孙子，我叫刘丰收"，他把这句话对不同的对象重复了三遍，第一遍是树，第二遍是动物，第三遍是还没见到的老虎，这样的自由直接引语形成了一种复沓的效果，也像戏曲里面每一幕穿插的重复唱词。

第三点是，整个小说其实也是一出戏的三幕结构，之前打虎，这是第一幕，第二幕进山，第三幕就是刘丰收变虎，这使得整个小说是一个很匀称的结构。而勾连起这三幕的，在文章中起到巨大作用的道具，就是虎皮。刘丰收戴上虎皮，一开始是演虎，后来成为虎，包括之前的张红旗，他扮演打虎的武松，这些都是入戏的象征，他们进入了这个戏，然后真正地成为这个戏本身。

另外我还是要从戏这个角度说，但是不是戏曲，而是戏剧，我注意到这个小说里面有一个意象非常强烈的场景，就是密林。在山里，浓密的树林，我觉得这也是一个身份的密林，每一次刘丰收进入密林或者是离开密林，他的身份就会发生变化。在密林中他也会发生那种所谓的精神错乱，让他以为自己是老虎，直到最后真的变成了老虎。我想到非常经典的两个关于密林的戏剧，《琼斯皇》（*The Emperor Jones*）和《原野》。琼斯皇是一个黑人逃犯，但是他在西印度群岛上当起了皇帝，又有了那种白人的气质，欺负那些他领导的黑人。当跑到密林中时，他回忆起了自己最初的黑人身份。剧中的琼斯和小说中的刘丰收一样，也是在森林中迷失，因为恐惧产生了幻觉，进而身份发生了转变。受到《琼斯皇》影响的《原野》，里面也提到了沉郁的大地，黑森森的原野，仇虎，也就是被压迫的农民，想向地主复仇，但是在复仇之后，他仍然觉得很迷茫，他面对自己悲惨的命运找不到一个很切中的报复方式，找不到支点，所以同样是在第三幕的时候，他就会产生阎罗王、判官、牛首马面这样的幻觉，因为复仇无法解决他的问题。刘丰收变成老虎同样和密林这个意象有很大关系，人物在密林中，既象征着迷失，也象征着人物身份的一种转变。

李馨：刚才听大家讨论整个小说的内容，包括压力、异化、下岗等话题，也都是我阅读时在思考的问题，听大家讨论以后觉得思路更清晰了。我特别想谈一下小说中第一人称叙事的问题，刚刚谭复、安琪也有提到。

对于我自己来说，我在阅读过程中，除了看刘丰收的整个变化过程，我觉得自己一直在被一种很浓重的悲凉感和悲怆之感笼罩着。我认为这部小说的悲凉感与第一人称叙述紧密相关。我自己的阅读经验里，很少见到一个真正的第一人称式的失败者，尤其是一个中年窝囊废式的失败者。我们见过太多第三人称讲述的失败者，仿佛有些失败和错误，只有旁观者才能指出来，默认当事人自己都不好意思说，不会承认。当然，郁达夫笔下的少年也多第一人称叙述的真诚剖白，但不同之处是，那像是一个压抑少年写下的日记，也苦闷也痛苦，但是那些情感都比较单纯，鲜明也清浅，而且相对比较单薄，并未呈现出他一个人生命的全部，只是青春期比较关注的某些点。

而《猛虎下山》则收揽了刘丰收的整个人生阶段的社会关系和情感体验，需要个人袒露的部分就变得很多，而这种坦诚也会更艰难。但是没有旁观者的第一人称让刘丰收需要自己将故事和盘托出。这从感觉上更像是一个酒醉的邋遢中年男人，抽着烟给你讲他前半生的失败史，他的生命是混沌的，复杂的，也是宏阔的。也许是由于失败和痛苦的底色，所以当他讲述时，你会觉得这个人一点都不自恋。无论是他的失败和痛苦，快下岗的恐惧，老婆出轨的愤怒，面对张红旗或者厂长时的懦弱，还是他像阿Q一样短暂有权力以后的得意洋洋和好勇斗狠，你都能感觉到一种强烈的真诚，他不打算做任何人设，达成任何自我塑造的目的，他是在旁若无人地讲述自我，也因此没有一丝技巧，没有粉饰，毫不遮掩，善恶都很袒露。

这种毫不遮掩，和没有距离、没有审视的第一人称讲述有关。和阿Q对比也许是很适合的，因为刘丰收得志与失志的故事不难让人想到阿Q。但不同之处就在于，鲁迅的小说中始终有一双眼睛在看着阿Q，我们跟随着叙述者的眼睛，看他的可悲与可恨。作者对于阿Q的态度，我们也已经熟知，是混杂着同情与批判的。但是《猛虎下山》里，没有那样一双有距离的眼睛，我们能直接看到刘丰收真诚的眼神，或者说，我们始终在跟随刘丰收的眼睛去看世界，很难冷眼看他，那么他的痛苦就会直接传到我们身上。无论是人类世界中的下岗还是自然界里的吃人猛兽，当"老虎"是一种强大的外界压力时，我们感觉到了刘丰收的恐惧；当"老虎"是人内心的非理性的恶时，我们感觉到了刘丰收失控时的茫然和疯狂；当"老虎"是虽然变形但仍存有人类情感的刘丰收时，我们感觉到了他的身不由己。于是，他的爱与怕笼罩了我们，他的失败和痛苦笼罩了我们，他人生的悲怆之感也笼罩了我们。

因此，采用第一人称自然不只是一种叙事方式的选择，这个没有距离的叙事角度是和作家关心的人，及其站立的位置紧密关联着的。李修文选择和失败者站在一起看世界。之前作家在关于这部小说的对谈中曾表示，希望能通过小说创作来呈现那些被现代社会所掩埋的孤独者、受困者，并且认为这是一条"写作的正道"。其实早在《山河袈裟》和《致江东父老》中，已经能看到李修文这样的写作追求了。他关心身边的孤独者和受困者，并且将这些人称为"江东父老"，称为"人民"，而且可以说他给"人民"两个字重新赋予了美学的意义。刘丰收也是这样一个人。

而当他去了解这些孤独者和受困者时，他始终是站在这些人身边倾听、理解，而不是审视与批判。他的姿态不是一个记者，甚至不是一个作家，而是这些人的父老乡亲，是坐在桌上一起喝酒一起痛哭的人，而非旁观者。李修文在谈到自己在写什么时，还曾经说："我写的特别简单，就是大多数中国人都耳熟能详的一句话：同是天涯沦落人，相逢何必曾相识。"他的这个描述非常准确。"同是天涯沦落人"的姿态，使作品摒弃了所有的批判和讽刺。没有高高在上，没有冷眼旁观，没有大惊小怪，有的是真正的理解之同情，同情之理解。无论是小说还是散文，李修文作品中的讲述者和倾听者都历经沧桑，让作品具有浓重的抒情性和悲怆感。

近几年李修文主要在散文写作中发力，他曾经总结自己的写作感受："我是在使用一种非虚构创作式的方法去接近我所要写下的人事——凡是我要写下的，我都竭力使之成为自身命运的一部分，并希望以此获得我们时代内部涌动的地理和人格力量。"而在小说《猛虎下山》中，李修文更是发挥虚构写作的长处，像书写自身的命运一样，将沦落者、失败者刘丰收背负的时代重压和内心负累，充分地展示出来。也正是李修文始终坚持的"人民"立场，和"同是天涯沦落人"的写作姿态，给这部小说带来悲凉而深情的美学风格，形成了它动人的情感力量。

闫东方：《猛虎下山》是李修文近年创作中比较特别的一个作品。这种特别不仅体现为由散文创作转入小说的文体转换；更体现在内容方面，他之前的《山河袈裟》《致江东父老》都着意去写人民崇高的一面，而《猛虎下山》写的是时代洪流中人民生命卑琐的一面。这当然也可以说是一种"同是天涯沦落人"的书写，但是这种书写把"沦落"的原因指向了人的劣根性，比如刚才大家讲到的权力异化问题，其实就是这种劣根性的一个鲜明表现。更进一步，通过小说中大厂的结构、运作方式，以及打虎队内部结构的书写，作家营构的是一种以等级性和任意性为特征的权力结构。

这样的权力结构设置使得《猛虎下山》的写作难度变得很高，也决定了作者不可能通过一种写实的现实主义手法去写这部作品。我们当然也都同意权力会异化人，但是作家对刘丰收的刻画，让我觉得他并不是要着意去表现这个异化是什么样的，或者异化的机制是什么样的，他比较在意的是个体内在的痛苦是什么。小说后半部分老虎和刘丰收的对话包含着一种非常具有内在性的自我辩驳的东西，这其实是和李修文散文的抒情性相接的。

赵泽楠：在我看来，在叙事结构、技法上，《猛虎下山》延续了中国志怪传奇的叙事传统，可以将其看作中国叙事传统的当代传承。在中国古典志怪传奇小说中，变形是常用手法。《聊斋志异》中的花妖狐魅往往幻化成美丽的少女，追逐人间的情爱。《西游记》中的妖魔鬼怪常能变幻自如。通过变形，作品在艺术上不仅具有陌生化的效果，而且曲折隐晦地体现了人性、人情，或映射了人间的状况。刚刚舒颖提到，这部小说的语言像鼓点一般，事实上这也是无形之中吸取中国戏曲资源的表现，同时上山—打虎/成为虎—下山的结构也很符合民族传统戏曲的分场方法，场景变换也多样灵活。这样的叙事，使得这部作品形成了轻重平衡的艺术效果，以轻盈、离奇甚至超脱的节奏与想象来反映沉重、黑暗甚至具有压迫的现实。这也正如李修文老师自己所说："往往是在中国的戏曲、中国的话本、中国的传奇里——无论多么宏大的话题，多么沉重的灾难，多么确切的结论，老百姓们总能给你说上一段自己的故事，他们也总有一种野史或者戏曲的视角来消解、对抗那种庞大的东西。"

我们时代文艺的转向：聚焦20世纪90年代与回归个人及家庭史

王禄可：我在阅读这个小说的时候注意到一个细节，就是刘丰收本人有一个前史，他一开始是一个热爱诗歌的文学青年，后来林小莉拦着他写诗，让他成为一个旱涝保收的炉前工。我觉得这构成了一个微妙的隐喻。小说中也有一个意象，就是在变虎之后，刘丰收回到家里在过期杂志中看到了油渍渍的《朦胧诗选》。从这个角度来说，刘丰收是式微了的文学的化身，他让我们思考在经历了20世纪80年代后，文学在20世纪90年代如何自我转变，文学又处于何种位置、何种境遇之中。小说中有个情节非常反讽，刘丰收每次闯入书店的时候，就会有一个智能学习机发出声音："恭喜你，小朋友，你的最终得分是，一百分！"在导演失踪之后，被现实逼得无路可退的刘丰收听到这句话没来由地一把火烧掉了智能学习机和书店，这是否隐喻着在20世纪90年代文学轰动效应失却后的绝望与不知所措？但是后来林小莉给刘丰收做衣冠冢的时候，墓里面埋着的是他喜欢的那些书；最后林小莉来到刘丰收的墓前，请求刘丰收给她讲讲佛经时，我们又重新看到了文学带给人的形而上的终极慰藉。呼唤文学的声音再一次响起了，那个热爱文学的前史，始终被压在现实生存的讲述之下，而在生命的末端又重新浮出水面，我觉得这也是这个小说在设计情节，以及在讲述时代逻辑转变时埋得非常微妙的一条隐线。

霍安琪：我觉得禄可说的确实很对。因为故事的背景是1999年。其实你可以反推过去，他喜欢诗歌的时候就是20世纪80年代。当时诗人的地位是很高的，那时候大家都崇拜诗人、喜欢文学。但是到了20世纪90年代，市场的逻辑一下子把文学给拽下神坛了。它背后有一个时代风气的转变。我觉得他之所以要加入这个细节，可能是想刻画一种中年境遇。因为刘丰收喜欢诗歌的那个年代正好是理想主义高扬的年代。那个时候的刘丰收可能是一个意气风发的、充满理想的青年。但是在小说中，后来他为了生活，也就是为了"铁饭碗"放弃了他的诗歌、他的爱好、他的理想，成为一个普通的炉前工。不过他放弃了这些以后，却什么都没有得到，甚至连他的"铁饭碗"也要失去了。他老婆拿着诗集来纪念他的那种感觉就像《波兰来客》里写的："杯子碰到一起，都是梦破碎的声音。"这个细节把刘丰收这种失落的中年形象塑造得更为饱满了。

同时，我还想强调的是，这一时代背景不是李修文个人的有意为之，是我们这个时代的一种集体无意识。现在改革开放已经四十多年，我们取得了一系列的成就，但是也到了一个需要思考反思的历史阶段。二十世纪八九十年代作为一个历史对象在大众层面已经开始了它的初步历史化，所以我们发现近几年年代剧特别多，已经比清宫戏民国戏还要火了。比如《漫长的季节》《人世间》《南来北往》……李修文在这个时候选择这样一个历史背景作为书写对象，是我们这个时代的氛围所决定的，或者也可以说是读者期待的结果。

赵泽楠：最后我想作一个回应，正如安琪提到的，我也很关注这部小说下岗改制的背景，他写的是中国20世纪90年代到新世纪的一段时间。与此同时，近期国内出现了许多引起广泛关注的影视剧，包括《漫长的季节》《繁花》《南来北往》，全部都是围绕20世纪90年代展开的年代剧。或许它们确实是一种集体无意识的体现，但我在想这是否也昭示着中国正在进入一个新的文艺表达期，这背后体现了一种关注的转向、情感的取向以及人民与时代的诉求。当下时代的文艺不再以宫廷剧为主，也不再是宏大的乡土史诗，而是关注改革进程下，城市中每一个鲜活个体的生命体验与每一个悲喜家庭的跌宕起伏。比如《漫长的季节》通过剧情的翻转，揭示出一个个下岗失业者与家庭所肩负的时代隐痛。而《繁花》讲述了在时代浪潮中的成功者与失意人的故事，但即便是成功，其背后也蕴藏着难言的艰辛与苦楚。《猛虎下山》也在这一条未完成脉络的延长线上。所以我认为，我们时代的文艺正在发生一种转向：由宏大的家族史转变为时代变迁下的个人史与家庭史，我们时代的文艺开始回归到每一个具体且鲜活的家庭中，更加关注每一个容易被忽视、被淹没的个体生命与情感表达。从目前这些影视剧的反响来看，这种文艺的转向无疑符合人民的诉求与时代的发展。

（特约编辑：张静）

新著评介

>> 小说研究：以万物为猛虎

案头与场上的西游故事群落
——评胡胜《〈西游记〉与西游故事的传播、演化》

张怡微 *

内容提要：胡胜教授的新作《〈西游记〉与西游故事的传播、演化》对当下西游研究的热门话题作了全景式的回顾和评述，回应了海内外学界较为关注的视觉图像、中西美术、空间建筑等研究向度，为我们重新理解《西游记》更新了知识图谱，也拓宽了研究边界。尤其是书中收录的近年研究成果，打破了世本《西游记》与"西游记杂剧"的单一关联。胡胜教授所从事的西游戏曲研究，深入到了目连戏、泉州傀儡戏《三藏取经》、民间小戏仙游本《双蝶出洞》甚至是禁戏《收八怪》等。这些最新的研究成果，为经典小说，尤其是世代累积型文本，提供了发生学和形态学的观察范例。

关键词：百回本《西游记》 《西游记》杂剧 清代西游戏 《西游记》续书

The Closet Play and Stage Play of the JOURNEY TO THE WEST
——Review of "*Journey to the West*" and *the Spread and Evolution of Journey to the West Stories* written by Hu Sheng

Abstract: Professor Hu Sheng's new work, "*Journey to the West*" and *the Spread and Evolution of Journey to the West Stories*, offers a panoramic review and commentary on current hot topics in the study of *Journey to the West*. It addresses the latest research directions in visual images, Chinese and Western art, spatial architecture, and other fields of great concern to both domestic and foreign academic communities. This work updates our knowledge map and broadens our research boundaries for a new understanding of *Journey to the West*. Particularly noteworthy are the recent research achievements included in his newly published book, which have broken the single association between

---

* 张怡微，女，复旦大学中文系副教授。主要研究方向：明清小说。

the basic text named "Shidetang"（世德堂） edition published in 1592 and "Xiyouji Zaju"（西游记杂剧）. Professor Hu Sheng's research on Xiyou Opera（西游戏） has explored various genres, including Mulian Opera, Quanzhou Puppet Opera *Sanzang Qujing*, the folk play "Xianyou Ben" *Shuang Die Chu Dong*, and even the forbidden play *Shou Ba Guai*. These latest research findings provide observational examples of genealogy and morphology for classic novels, especially for generational accumulation texts.

Keywords: 100-chapter *Journey to the West*; Xiyouji Zaju; Xiyou Opera of the Qing Dynasty;sequels to *Journey to the West*

胡胜教授新作《〈西游记〉与西游故事的传播、演化》（以下简称本书），系国家社科基金重大项目"《西游记》跨文本文献资料整理与研究"的阶段性成果，由中华书局于2023年8月正式出版。全书共分"百回本的流播、衍变""地域、信仰与西游故事的变迁""案头与场上之流转"三大板块。

在《绪论》中，本书首先对当下西游研究的热门话题作了全景式的回顾和评述，从文本生成流变、作者问题、宗教视域、域外传播等经典路径，延伸至多民族、跨文化背景下全球年轻学者于世界各地搜集的稀见材料或私藏"秘本"的爬梳。尤其是提到了谢明勋、郝稷等学者就域外文物、文献的观察研判，这在《西游记》研究中是非常边缘的观察。这些青年学者的研究在极为细分的领域几乎颠覆了原有对于《西游记》及西游故事群落跨地域传播的文化认知。例如据谢明勋在《〈西游记〉与元蒙之关系试论：以"车迟国"与"朱紫国"为中心考察》中的考证，"车迟国"故事很可能是元末政治斗争下的文学产物。他的研究对象是现存于韩国、建造于高丽王朝时期的"敬天寺"十层佛教石塔上的西游故事图像。高丽王室丞相"伯颜"与《西游记》小说中的"伯眼大仙"也有关联。这显然与"孙悟空大闹天宫"和"车迟国斗法"两大情节皆循《贤愚经》写成的公论不太一样。[1] 胡胜教授宽广和包容的视野亦回应了当下海外学界较为关注的视觉图像、中西美术、空间建筑等研究向度，为我们重新理解《西游记》更新了知识图谱，也拓宽了研究边界。可以说，《绪论》因应新时代变革，创生了"创造性阅读"中国古典名著的新契机。

通读全书，内容涵盖西游成书、西

---

[1] 李奭学：《从〈贤愚经〉到〈西游记〉——略论佛教"祇园"母题在中国叙事文学里的转化》，《中国图书评论》2009年第11期，第63—71页。

游戏曲、西游说唱、西游图像以及这些故事群落于宫廷、民间、宗教场域等诸多方面的广泛应用，特别是就版本溯源、民间科仪、西游稀见戏文本等，作者都发表了杰出而深入的见解。刘勇强先生在书序中指出，胡胜教授的视点往往"特别拈出了一些不为人所注意的细节加以讨论"[1]，深以为然。与刻板印象中的"西游记杂剧"不同的是，本书所指的"西游戏曲"的范围更大，细节更细，深入到了目连戏、泉州傀儡戏《三藏取经》、民间小戏仙游本《双蝶出洞》甚至是禁戏《收八怪》等。这些最新的研究成果，为经典小说尤其是世代累积型文本提供了发生学和形态学的观察范例。在西游故事群落的谱系中，带有民间口头文学基因的前文本占比非常大，例如俗讲、变文、宝卷、平话、戏曲中的西游故事等，是研究《西游记》的诞生和复杂的成书过程时无法绕开的前史。戏曲中《西游记》人物跳脱原著后的场景运用、复活机制与地域信仰和民间文化的幽微关系，对于《西游记》的文化熟知及经典化具有非常重要的作用。这些民间的、口头的文学经验，是经典小说作为中国文化机制构成要素的超前预演。尤其是关于度亡的主题，经由民间口头文学的创造、传播，有些被百回本《西游记》吸纳，有些则游离于百回本之外，是理解西游故事群落作为一个整体不可忽略的要素。近年来侯冲教授、许蔚教授都在自己的研究领域为西游故事与度亡科仪作出了令人印象深刻的阐发，本书《民俗话语中"西游"故事的衍变——以常熟地区"唐僧出身"宝卷为例》一篇也对这一话题作了精彩的回应。从这一角度来说，本书为更宏观、更客观地理解《西游记》的诞生提供了重要的参考理路。

本书并不只是在宏观上整体把握《西游记》的研究，同样十分重视基于文本细读的多元阐释。《论百回本〈西游记〉的艺术形象重塑——以孙悟空与猪八戒形象的演进为例》一文，梳理了戏曲行当中用"净化""丑化"处理孙悟空、猪八戒的形象，经历了古本西游、平话、杂剧中形象的创生及发展的脉络。《从铁扇公主形象的艺术演变透视百回本〈西游记〉的艺术创新》一文，以相似的方法，经由早期文本如杨景贤《西游记杂剧》中人物形象的整合，帮助读者厘清"铁扇公主"在进入世德堂本《西游记》前后的文献依据（情节轮廓、删改痕迹等）。有趣的是，胡胜教授的阐发呈现了一种非常当代的、多重宇宙式的文化理解。例如，他写道："如果照《西游记杂剧》的逻辑发展，铁扇公主应该依然是幸福的……"到了百回本《西游记》中，"宝扇依然还是那把宝扇，人却不再是那个人了，铁扇公主在这里生活得很不如意"[2]。对比《西游记平话》和同时代的《销释真空宝卷》，孤立的人物

---

[1] 刘勇强：《序》，载胡胜《〈西游记〉与西游故事的传播、演化》，北京：中华书局，2023年，第4页。

[2] 胡胜：《从铁扇公主形象的艺术演变透视百回本〈西游记〉的艺术创新》，载《〈西游记〉与西游故事的传播、演化》，北京：中华书局，2023年，第43页。

是如何调整和发展出多维的处境的，这歧出一笔的"需要"对小说而言是非常重要的。本书对于跨文本关系的理解与常见的续书研究中对原著的理解方式非常类似。"铁扇公主"形象取自佛经"揭钵"公案中的"鬼子母"，还接受了"鬼子母"原型中"红孩儿"的亲子关系，这些本是民间热门话题中的"公共财"。到此处，两个来源直接形成相反结果，展演了跨文本、开放式的话语交际单位，用时髦的话说，世代累积型文本展示的就是平行世界多重宇宙的虚拟叙述，背后则是互为补充的共生效应。胡胜教授认为，《西游记杂剧》追求的是一种"场上"效果，那么小说则为这"场上"增添了人物"内心"这一向度的复杂性。铁扇公主本是吃四方供养、威风八面的得意人，但她有了孩子、有了丈夫、有了情敌，宝扇也不再使她无所不能，由此可见世俗力量更甚于宗教力量，使得人的无力感无所遁形。可以说，每平添一段关系，整合一组人物原型，内心的束缚和规范就多了一层。

本书对于中国古代小说中女性形象的理解是前沿的，展示了多重语境下人物形象的生成脉络。世德堂本《西游记》的女性意识曾经只是一个被简单议论过的边缘话题，而本书《女儿国的变迁——〈西游记〉成书一个切面的个案考察》一文，从《大唐三藏取经诗话》到《西游记杂剧》再到《西游记平话》的文本比较中，找到了一个有趣的角度来剖析世德堂本"女儿国"美学风格的有机构成。胡胜教授认为，世德堂本《西游记》中女儿国国王的形象是对杂剧中女王形象的净化，更重要的是，实际上在杂剧及宝卷中没有的"蝎子精"，却是行为最接近"逼配"的女性形象。两相整合的省净之笔，在五圣形象溯源中亦有表现。女儿国国王的净化方式，是"'此'女王已远非'彼'女王"，正和前文提及的"宝扇依然还是那把宝扇，人却不再是那个人了"[1]异曲同工。类似的整合策略是值得考察的大众文化心理。戏曲和小说都是通俗文学，人们在消费形态下不断把玩某些熟悉的要素，无论是情感还是暴力，删分增减的整合背后，有其独立的文化场域来提供接受视域中的审美动机。这要说回胡胜教授和他的高徒赵毓龙教授校注的《西游戏曲集》上下两部，辑录了宋元戏文、元杂剧甚至清代的西游续书戏曲《后西游记》《后西游》及清代《升平宝筏》，十分清晰地展现"西游戏"的发展历程。中国戏曲自有其独立的参照体系，"它有独特的阐释空间和传播渠道"，"稍觉遗憾的是，以往学界在讨论《西游记》与'西游戏'之关系时，多以百回本小说为本位"[2]，这和《西游记》续书的研究困境是十分接近的，例如受制于传统的研究视角来研判《西游补》，只以原著为中心进行研究，就可能会遗漏续作独立的审美价值。

本书在研究中吸收了大量基于物质

---

1 胡胜：《从铁扇公主形象的艺术演变透视百回本〈西游记〉的艺术创新》，载《〈西游记〉与西游故事的传播、演化》，北京：中华书局，2023年，第43页。
2 胡胜、赵毓龙校注《西游戏曲集》，北京：人民文学出版社，2018年，第2—3页。

研究的新成果，这可以《"金蝉脱壳"有玄机——说百回本〈西游记〉中金蝉子的名实之变》和《从〈心经〉在〈西游记〉成书过程中的地位变迁看小说意蕴的转换》为代表。"金蝉脱壳"的玄机是《西游记》中未解之谜，名号作为物质符号的象征，亦是研究者追踪蹑迹的重要路径。这些物质符号虽然看似不那么显著，其实曾被续书作者留意到。一次偶然的机会，三年前我在1932年出版的《燕京月刊》第9卷第2期中，找到了一部《续西游补》，作者署名"刚子"，是顾颉刚的学生。后经查阅，确定作者为燕京大学学生郑侃嬾。这部几乎无人提及的《西游记》续作的续作创造了一个"黄色世界"，颠倒的是东方冒名的天。小说较为辛辣地讽刺世相，如在黄色世界里，天堂比地狱黑暗，说"冰是热的，火是冷的"能获得纪功司令奖赏。值得注意的是，小说有多元宗教融合的奇特氛围，例如"我不入地狱，谁入地狱"是佛教的，"直通天庭的窄路"是基督教的，她还使用了中国宗教中黄牛的意象，建立了东天大帝（东华大帝君，名"金蝉氏"）与金蝉子唐僧的关系，并以大量的黄色渲染了小说的魔境氛围。续作者既是读者也是创作者，对原著中残缺信息的理解，对历史名物踪迹的捕捉，是通俗文化传播在历史语境中的阐释活动。正如胡胜教授对"金蝉子"名号的阐释所言："一方面，我们应该跳出普通读者的一般性文学接受逻辑，尝试去发现、还原作者提炼自民间而应用于叙事的各种文化符码，另一方面，我们又不能陷入传统'证道者'的逻辑怪圈。"[1]

《心经》的作用则是《西游记》中另一个扑朔迷离的案例。本书非常重视"文本性质的转变"对物质符号或人物形象生成的作用，尤其是对于"滚雪球"式思维定式的批评，提示读者世代累积型文本非线性、非因果的成书历史。这确实是较为符合成书实际情况的推测，在《心经》与世德堂本《西游记》的关系上就有明显展现。例如《心经》的效用出现得那么早，唐僧为何会念着《心经》被妖怪抓走？世德堂本《西游记》中《心经》不曾发挥庇护作用的原因是什么？本书倾向于将《大唐三藏取经诗话》视为唐五代时期的"俗讲"底本，而非宋元瓦舍里的"说经"底本：《取经诗话》"不属于纯粹的文学产品，或者说，它仅仅是接受范畴的文学作品，而非创作范畴的文学作品"[2]。俗讲和说经在创作者和接受者关注层面的差异，使得作为宗教符号的《心经》在进入世德堂本《西游记》时已面临着潜在的危机了。到了杂剧时期，《心经》的地位进一步没落。事实上，关于《心经》的护法作用两岸学者有着不同看法。例如刘琼云研究员曾经指出过："《心经》的特殊之处在于其'不能轻传'。定光佛指示此经只能传于唐皇，但无法传度于薄福众生。

---

[1] 胡胜：《"金蝉脱壳"有玄机——说百回本〈西游记〉中金蝉子的名实之变》，载《〈西游记〉与西游故事的传播、演化》，北京：中华书局，2023年，第90页。

[2] 胡胜：《从〈心经〉在〈西游记〉成书过程中的地位变迁看小说意蕴的转换》，载《〈西游记〉与西游故事的传播、演化》，北京：中华书局，2023年，第67页。

'无法'之由，是因为经书本身特殊的形式——它不是固定于纸卷上的经文，而是活生生的现象。这里的《心经》并不'传'法，它'化身'为法；翻开经卷，它向读者展现的不是文字，而是法的威力与神效。它让人直接'感受'，而不是'理解'佛法。它不是经卷一部，而是以经卷外形包裹的'活法'。"[1] 可见，这更倾向于一种文化解释。而本书则是从传"经"人和传"经"时间上提醒读者《心经》角色发生转换的契机，这在明末清初《西游记》续书文本中亦有回应。在《续西游记》第三十回、第三十一回、第三十二回中明确出现了《心经》，有一次是由比丘与灵虚子变作道士所念的：

  比丘与灵虚子知是行者来，乃变了两个白须眉道者，在内开了门。行者上前施一个礼道："老师父，你敲木鱼诵的甚么经典？"老道答道："我诵的佛爷《心经》。"行者道："老师父，你在石室内，这相貌似仙家，怎么诵我释门经典？"[2]

《续西游记》第三十二回中，唐僧并非对着自己诵经而是对着"七情""六欲"二魔诵《心经》，且这二魔也的确因此退散了，这保留了《心经》护法驱魔的象征意味。由此可见在成书于清代的《续西游记》中，《心经》的作用又回来了。《心经》的效应并非线性式地走低，而是动态的。世德堂本《西游记》将《心经》当作唐僧心魔的召唤机制，多心就会引来妖怪，而唐僧则是将《心经》作为随身衣钵来看待。[3] 蹊跷的是，世德堂本《西游记》的《心经》诠释专家孙悟空在《续西游记》中居然没有听出比丘、灵虚子所诵的是《心经》。回看胡胜教授的说法，也许"升降和转移"是一个动态的过程，这反映了接受美学上的差异。如果我们留意到当代的《西游记》跨文本改编作品，更会发现《心经》还在，但在世德堂本《西游记》中承担重要救援作用的"观音不见了"。

除此以外，本书中的很多研究也非常值得借鉴。例如《杨悌〈洞天玄记·前序〉所引〈西游记〉辨》一文，从形山道人收伏"六贼"的情节入手，辨析《洞天玄记》的作者（另一争议作者兰茂其实也是《续西游记》的争议作者），兼论这篇序言与世德堂本之前《西游记》的关系。胡胜教授点出"除六贼"的情节和《洞天玄记》序言对西游主旨的把握，可能更近于明代文人对《西游记》的普遍看法——"不离证道"。问题在于，与世德堂本《西游记》情节的细微出入，使得在戏曲史上并不出彩的《洞天玄记》为"丹道西游"底本的存在、传播提供了证据链条。胡胜教授由此进一步指出，张颖、陈速曾考证兰茂是否为《续西游记》作者，但因证据不充分，他们仅提出兰

---

[1] 刘琼云：《搬演神圣：以玄奘取经行故事为中心》，《戏剧研究》2009年第4期，第140页。
[2] 张颖、陈速校点《续西游记》第三十回，沈阳：春风文艺出版社，1986年，第232页。
[3] 唐僧曾言："《般若心经》是我随身衣钵。"见吴承恩：《西游记》第九十三回，北京：人民文学出版社，2017年，第994页。

茂所续的西游故事底本是一部目前已经散佚的古本西游；既然续作依据的底本肯定不是世德堂本《西游记》，那是否可能与《洞天玄记》提及的"丹道西游"底本有关呢？胡胜教授的大胆推测，其实也揭示了续书研究中的一个难点，即在底本并不统一且多散佚的情况下，我们该如何研判作品的文学价值，从而找到更适切的研究方法。学界对《续西游记》的整体评价并不高，有些评价来自转述，却影响很大，例如鲁迅。有些海外评价则解读出《续西游记》与《西游记》《西游补》《后西游记》的不同之处在于对于暴力元素的警惕，如白保罗（Frederick Brandauer）的《西游小说中的暴力与佛教理想主义》("Violence and Buddhist Idealism in the Xiyou Novels"）。

以上种种即是我拜读胡胜教授大作的收获，没有做过多的整理，而是以一种近乎"阅读感受"的方式呈现出来，以便更好地就教于方家。我在博士阶段才进入《西游记》及其续书的研究，学习时间很短，资历很浅，后因缘际会在复旦通识教育中心开设"《西游记》导读"的选修课，这几年胡胜教授的研究一直是我在复旦教学实践的重要参考。我们希望各个专业的学生都能对中国经典小说有兴趣，但大部分对《西游记》有兴趣的学生未必有耐心和精力深入重探20世纪以来漫长的《西游记》研究论辩。学生更关心的是，现在的研究者在谈到《西游记》的时候会谈些什么新东西？创造了什么新知识？可不可以有更多的资料提供给我们来辨识当下时代的风貌，多维度联结中国历史和文明的来历？从这一角度来说，《〈西游记〉与西游故事的传播、演化》是一部迥异于既往研究的参考文献，值得推荐给每一位西游爱好者。

（特约编辑：李玉栓）

| 新著评介

伦理之思：麦克尤恩创作的流变与新解
——评尚必武《麦克尤恩的小说创作及其伦理价值研究》

邱 田 *

内容提要：《麦克尤恩的小说创作及其伦理价值研究》是麦克尤恩研究的宏阔之作。该书通过对麦氏不同时期多部经典小说的解读，分析麦克尤恩创作中的伦理之思，试图以历时性追踪研究和重读重审，勾勒出麦克尤恩书写的流变，构建麦克尤恩小说的伦理谱系。通过中国视角的引入，以及中西文学的对话联通，作者有意突破麦克尤恩研究的窠臼，实现国内外研究的互动交流。

关键词：伦理价值　麦克尤恩　文学伦理学　小说

Ethical Thoughts: The Flux and New Interpretations of McEwan's Compositions
——Review of *A Study of McEwan's Fiction Writing and Its Ethical Values* written by Shang Biwu

Abstract: *A Study of McEwan's Fiction Writing and its Ethical Values* is an ambitious work of McEwan studies. The book analyses the ethical thoughts in McEwan's creative works through the interpretation of a number of McEwan's classic novels in different periods, and attempts to outline the flow of McEwan's writing and construct the ethical genealogy of McEwan's novels through time-tracing research and rereading and re-examination. Through the introduction of Chinese perspectives and the dialogue between Chinese and Western literature, the author intends to break through the stereotypes of McEwan's studies and achieve the interaction between domestic and foreign studies.

Keywords: ethical values; McEwan; literary ethics; novels

---

* 邱田，女，电子科技大学外国语学院副教授。主要研究方向：中国现当代文学、女性文学、海外中国文学研究。

伊恩·麦克尤恩（Ian McEwan）无疑是当今世界最受瞩目的作家之一，自1972年发表处女作《家庭制造》（"Homemade"），至2022年出版长篇小说《课》（Lesson），他的创作生涯已超过五十年，他也从当初的文坛新秀成长为如今的文坛常青树。在半个多世纪的写作中，麦克尤恩涉猎广泛，不但创作题材紧跟时代热点，同时跨越文学、戏剧、影视等多个领域，是名副其实的跨媒介多面手，这亦为其评述者提供了多元的研究视角。2007年根据同名小说改编的电影《赎罪》（Atonement）热映，2018年作家来华参加系列文化活动，可谓是麦克尤恩在中国的两次"高光时刻"。与广泛的阅读群体相比，国内关于麦克尤恩的研究方兴未艾，近年来已涌现出不少佳作，尤其是对几部重要作品的解读，不过其宏观研究似乎仍有广阔的生产空间。创伤与成长是麦克尤恩小说研究中常见的主题，情感研究、叙事研究、伦理研究亦是备受关注的研究领域。和麦克尤恩作品翻译的热潮同步，国内2014年至今已陆续出版了近10部关于麦克尤恩的研究专著。特别是2018年后涌现的罗媛的移情视阈下的研究，张明、高玉关于成长主题的研究，付昌玲对于个体化危机主题的研究，无不显示出麦克尤恩研究在中国逐渐深化的趋势。其中，2023年由北京大学出版社出版，尚必武所著的《麦克尤恩的小说创作及其伦理价值研究》是麦克尤恩研究的最新力作。

一

这部新近出版的专著是一部对麦克尤恩小说进行整体性研究的宏阔之作，研究着眼于麦克尤恩创作中的伦理主题，全书共分为十二章，研究对象从麦氏早期作品《家庭制造》、《蝴蝶》（"Butterflies"）、《立体几何》（"Solid Geometry"）、《水泥花园》（The Cement Garden），到《赎罪》（Atonement）、《星期六》（Saturday）等热门作品，再至晚近的《甜牙》（Sweet Tooth）、《儿童法案》（The Children Act）、《果壳》（Nutshell）、《我的紫色芳香小说》（My Purple Scented Novel）、《像我这样的机器》（Machines Like me）、《蟑螂》（The Cockroach）等新作，几乎涵盖了麦克尤恩小说创作的各个阶段，显示出研究者的野心和能力。按照作者所述，他试图从麦克尤恩不同阶段的创作中梳理出一条伦理线索，早期作品作为"起点"（point of departure），中期作品作为"中场地带"（middle field），晚近作品作为"抵达之地"（places of arrival），在麦克尤恩不同阶段、不同题材的创作中找寻马尔科姆所说的"模式"（pattern）与"连贯性"（continuity），并最终挖掘出麦克尤恩小说中潜藏的伦理变奏。[1] 伦理一直是麦克尤恩研究的重要课题，麦氏小说中有诸多关于不伦的

---

[1] 尚必武：《麦克尤恩的小说创作及其伦理价值研究》，北京：北京大学出版社，2023年，第273—274页。

大胆描写，小说主人公们持久遭遇伦理困境，这些以及伦理与政治的关系等都是研究者关心的话题。2014年出版的《伊恩·麦克尤恩小说中的伦理困境》已经注意到麦氏小说中伦理困境的重复书写，并以其中三部小说为例展开具体论证。[1] 尚必武的新著选取了十二部经典作品，以文学伦理学为理论方法，通过文本细读的方式抽丝剥茧般地将麦克尤恩系的伦理结一一解开，实际是以人为本体，对人在不同阶段、不同情境下面临的伦理困境进行解析，研究人的伦理身份的异化，人的伦理道德的建立，人对伦理责任的承担，以及在科技、政治、情感多重因子作用下的人的伦理选择。

文本选择的全面性和经典性是本书特色。鉴于麦克尤恩创作的持久与旺盛，早期研究难以预判麦克尤恩的"晚期风格"，无法将新近出版的小说纳入研究视野，这不得不说是一个巨大遗憾。同样专注于伦理研究的沈晓红有意贯通麦克尤恩不同阶段的伦理意图，但三部作品的体量毕竟难以覆盖麦氏创作的全貌。其他近期出版的研究著作大多选取五六部小说作为分析文本，力求突出其代表性而非全面性，所选文本集中于《时间中的孩子》（*The Children in Time*）、《水泥花园》、《赎罪》等经典文本。尚必武的新著选取了十二部作品，其体量可谓在国内麦克尤恩研究中前所未有，其中六部作品均出版于2012年之后，充分体现了近十年来麦克尤恩创作风格的变幻。事实上，尚必武对麦克尤恩的关注由来已久，文本选择不仅求全，且更求精。早在2008年在美求学期间他已对麦克尤恩萌生兴趣，2010年他便在《外国文学动态》上发表了《爱欲·科技·伦理——评伊恩·麦克尤恩新作〈日光〉》一文，但是这篇高引用率的"少作"的研究对象却并未入选十二部研究文本之列，显然是因为与《日光》（*Solar*）相比，之后出版的《甜牙》更能体现伦理与情感的纠葛，《蟑螂》则更加具有政治的隐喻。

理论方法的广泛性与适用性是其研究特色。文学伦理学是本书独到的研究视角，比如第四章《水泥花园》中，作者关注伦理环境被破坏后随之而来的身份崩溃，运用文学伦理学中"斯芬克斯因子"的概念对人性因子和兽性因子进行拆解，深入探究不同伦理环境中情感与理性的此消彼长。在第九章《果壳》中作者将胎儿与哈姆雷特的复仇故事类比，同样是使用"斯芬克斯因子"进行剖析，但此篇中作者着重分析私欲与贪欲在伦理意识的扭曲中所起的作用，自然意志和自由意志的典型表现揭穿了特鲁迪和克劳德以爱为名的虚伪面孔。对比同一理论概念在不同文本中的应用，或可理解作者在方法论方面的观念，即理论的使用总是随文本的内涵而调试，并非空疏的指导或套用。除了文学伦理学视角，书中作者的叙事学功底也清晰可见。第三章《立体几何》中，作者并未采用叙事学理论中非自然叙事的常规

---

[1] 沈晓红：《伊恩·麦克尤恩小说中的伦理困境》，上海：上海译文出版社，2014年。

套路，而是从 M 的消失这一线索切入，从伦理阐释的角度重新解析非自然叙事，通过分析文本的多重叙事揭示其不可能性，又通过其在文本中被验证的真实性反观麦克尤恩的伦理意图。文章中叙事结构的解构彰显了作者对叙事学理论的驾轻就熟，但其伦理导向则显示出研究者试图摆脱理论束缚的探索。展示虚构与现实之间的张力，还原作家设置的复杂纷繁的叙事线索，以及对字母 M 背后多种隐喻的分析，是该章节的精彩之笔，也是作者理论功力的综合体现。如果说叙事学体现了作者西方文艺理论的功底，文学伦理学则凸显了作者中国学养的底色。这里的伦理学更加趋向于伦理道德的观念，背后隐含着的是中国文化文以载道的传统，以及修其教化的意愿。值得注意的是，作者的视野并未局限于自己擅长熟悉的领域，而是博学杂收，不拘一格。在第十二章《蟑螂》中，作者吸收了刘剑梅对"变形"文学的研究，接续卡夫卡古典的"变形"书写传统，对麦克尤恩的当代"变形"进行解构。刘剑梅的"变形"研究受到黑格尔对"变形记"这一体裁定义的影响，注重"影响的焦虑"，从西方经典论述到中国现当代文学，同时处处不脱女性主义的底色。[1] 刘剑梅的理论背景、研究理路均与尚必武迥然不同，但对不同研究资源的借鉴反而拓宽了《蟑螂》研究的视阈。

二

专业性与通俗性兼具是这部研究著作带给读者的惊喜。多数学术性较强的研究专著常常因其艰深的理论和拗口的论述而将读者限定在专业领域之内，不自觉地排斥了对文学心怀热爱的大众读者。同行固然是作者心目中的第一读者，但如若读者的范围过于狭窄，则研究者的思想也传播不远。尚必武这部著作理论性与专业性极强，可读性却丝毫不弱，这主要得益于该书文本细读的功夫与明白晓畅的文字。本书完全可以当作是麦克尤恩十二部作品的导读，任何对麦克尤恩感兴趣的读者，那些关心文学的普通大众，都可以从这部学术专著中获得阅读的享受。例如对于《立体几何》这样幻象与现实叠加的小说，专业解读为读者揭示 M 的多重指涉，帮助读者读懂消失背后折射的道德属性和人性思索。对于《甜牙》这样谍战色彩浓厚的热门作品，本书则为读者提供了多重视角的解析，在看似俗套的情节之外，促使读者进行情感与道德的严肃思考。文本细读作为新批评的看家本领，在本书的论述中被运用得很娴熟，并且"'文本细读'和批评范式本身历来与抒情体裁（或抒情模式）密切相关"，作者由此提供了一种"抒情性言语（lyric speech）和抒情性阅读（lyric reading）的可能性"。[2]

与通俗性相对应的是，本书的专业

---

[1] 刘剑梅：《小说的越界》，成都：天地出版社，2020年，第111—141页。

[2] 约瑟夫·诺思：《文学批评：一部简明政治史》，张德旭译，南京：南京大学出版社，2021年，第349页。

性不仅仅在于伦理研究的向度，也不限于麦克尤恩的研究，还能够提供普遍意义上的方法论。譬如开头长达三四十页的导论不单单是绝好的麦克尤恩研究综述，也能够为研究者提供新的思路。除了对国内外研究现状的历时性梳理和共时性比较，尚必武将综论的视野拓展至翻译、教学领域，对研究的翻译、研究的研究亦进行了追踪梳理。翻译与研究的互动关系，译者与评论家兼具的身份，这些在既往研究中未得到足够重视的部分完全可以作为麦克尤恩研究的新视角加以拓展。书中列举的译者评述包括：杨向荣关注麦克尤恩想象力和黑色幽默的结合，唐建清关注麦克尤恩对时间与生命形式的认知，裘德侧重麦克尤恩的黑暗书写与对人性深度的挖掘等。尚必武已经注意到"实际上，译者们对麦克尤恩作品所发表的前言后记式的批评也构成了国内麦克尤恩研究的一个独特部分，不乏真知灼见，为麦氏作品在国内的成功推介起到了重要的作用"。[1]

此外，刊物和教材亦是本书观察麦克尤恩研究的窗口。在梳理译者评论时，作者同时观察到刊物在麦克尤恩传播与研究中的推动作用。《世界文学》《外国文学》《外国文艺》等重量级刊物的推介，栏目中与作品译介同步推出的译者评述，事实上已经成为麦克尤恩作品传播和研究关切的推手。作者特别提出的"文学史中的麦克尤恩"本身即可作为麦克尤恩研究的一个向度，一位作家被选入文学史不仅代表主流学界对其艺术水准的认可，被选入的时间节点、推荐的作品、对作家的定位、对作品的评述，甚至介绍的篇幅长短，这些均可作为麦克尤恩传播的风向标，亦可作为麦克尤恩接受史的研究要素。例如1994年出版的《英国二十世纪文学史》便具有重要意义，因编者王佐良、周钰良慧眼识珠，这本文学史中对麦克尤恩这位文学新人的推介可算是麦氏在中国最初的传播与评述。[2] 在导论中，作者还将"翻译和引进国外麦克尤恩的批评成果"作为未来可能的研究方向，希望借此"与麦克尤恩研究的国际化趋势接轨"，实现国内外学界交流对话的格局。[3]

总之，《麦克尤恩的小说创作及其伦理价值》聚焦麦克尤恩小说中的伦理价值，但又入乎其内，出乎其外，并未受限于这一理论视阈，而是以一种更加宏阔的视野，更加贴近宇宙人生的态度对麦克尤恩进行解读。或许诚如王国维所言，"入乎其内，故能写之；出乎其外，故能观之"。[4] 书中研究既希冀通过不同阶段的作品勾勒麦克尤恩伦理书写的内在逻辑，又聚焦不同语境下"重读"带来的新的阐释可能。紧扣文本的入乎其内固然重要，但出乎其外的部分似乎

---

[1] 尚必武：《麦克尤恩的小说创作及其伦理价值研究》，北京：北京大学出版社，2023年，第24页。

[2] 王佐良、周钰良主编《英国二十世纪文学史》，北京：外语教学与研究出版社，1994年，第906页。

[3] 尚必武：《麦克尤恩的小说创作及其伦理价值研究》，北京：北京大学出版社，2023年，第33—34页。

[4] 王国维：《人间词话》，上海：上海古籍出版社，1998年，第15页。

才是研究的亮点。

　　这部著作虽然是外国文学范畴的研究之作，但其视野并未拘泥于学科划分，而是带有一种"打通"的自觉，注重中外文学之间的交流互动。作者将麦克尤恩来华访问时与中国作家李洱、格非、孙甘露和小白的现场交流纳入研究视野，以此观察麦克尤恩的文学观念，以及中外作家之间的碰撞。在此次对话中，李洱提出文学应关注当下媒介传播的谎言性，批评成为观念艺术的科幻书写，格非由对《赎罪》的解读谈到价值冲突和个体对立，这些中国作家与麦克尤恩的探讨无不显示出文学作为世界语言的可能。[1] 2010年麦克尤恩第一部短篇小说集在中国出版时，余华以"奇怪的沉默"和"文学巨人"相映衬来形容麦克尤恩在中国的冷遇，又用"麦克尤恩后遗症"来描述其作品带来的震撼。[2] 同样，余华对麦克尤恩的评述也成为本书作者解读麦克尤恩的中国传播和文学风格的文献来源。将中国作家和中国文学纳入外国文学研究的考察视野，说明作者始终秉持着一种全球性的文学流通的观念。正如钱锺书所认为的："研究外国文学时，我们感受到各种情感。'似曾相识的惊喜'是其中之一。在和本国素无交往的一个外国的文学里，我们往往意外地看到和本国文学在技巧上、题材上、理论上的高度类似，仿佛他乡忽遇故知。"[3] 尚必武反其道而行之，将中国文学作为研究外国文学的照明，由此探讨世界文学的共同关注。

　　麦克尤恩的写作百变，尤其后期题材涉及的范围极广，如何在纷繁的线索中梳理出麦氏写作的内在逻辑是研究者需要应对的挑战。这部麦克尤恩研究新著入乎文本，又出乎文本，书中的伦理研究与社会问题相联系，具有一种伦理现实主义的色彩。在第一章对《家庭制造》的解读中，作者没有将研究重点放置在伦理犯罪上，而是更为关注青少年题材的特殊性，从青少年这一即将从童年跨入成人的特殊阶段入手，探讨伦理身份转换过程中的自我意识，并由此揭示道德教诲的伦理价值。未成年人的犯罪是否应当被简单归因为魔鬼的附身或是天生的坏胚？尚必武在研究中注重发掘青少年的心理动因，从伦理层面解释未成年人犯罪背后的深层原因，他发现"男孩对成年世界的迷恋，仅仅停留在想象中的感官层面，没有获得对成年世界的正确认知。换言之，他对成人世界中事物的判断仅仅以自己的感官快乐为唯一标准。他甚至荒唐地认为，进入成人世界，就意味着得到和体验成人生活的乐趣，如喝酒、抽烟、吸毒、性交等"。[4] 成熟的身体与不成熟的思想之间的不匹配，伦理意识的不正确，伦理道德的不

---

[1] 伊恩·麦克尤恩、格非、李洱：《英汉之间：传媒、虚构与科幻——伊恩·麦克尤恩、格非、李洱对话录》，《中国现代文学研究丛刊》2018年第12期，第49—58页。

[2] 余华：《伊恩·麦克尤恩后遗症》，载伊恩·麦克尤恩《最初的爱情，最后的仪式》，潘帕译，南京：南京大学出版社，2010年，第1页。

[3] 钱锺书：《写在人生边上；人生边上的边上；石语》，北京：生活·读书·新知三联书店，2019年，第173页。

[4] 尚必武：《麦克尤恩的小说创作及其伦理价值研究》，北京：北京大学出版社，2023年，第43页。

健全，这些共同促成了青少年实施犯罪。对成年人世界浅薄的认知，拙劣的模仿，都是青少年伦理价值体系不完善的表征。如何探究青少年群体的伦理迷惘，以及由此导致的共情缺失，这些课题显然已经从文学问题过渡到社会问题，同时又折射出文学对现实的映照。联系近期发生的数起未成年人犯罪案件，无论是校园霸凌杀人案，抑或女童强奸案，似乎都可以与麦克尤恩的这部作品对照，而文学研究的伦理探索，或许同样是解答社会现实问题的一剂良方。伊格尔顿（Terry Eagleton）在《如何阅读文学》（How to Read Literature）中早已谈到，与其说经典之作恒久远，不如承认经典的意义变动不居，它在时间的发酵下变化，同时也收获新的阐释。[1]尚必武对麦克尤恩早期作品的伦理现实主义解读，再一次证实了麦克尤恩作品的经典性，同时也为社会问题提供了一种文学的解读方案。

这部新著对麦克尤恩研究的贡献还在于提供了一种外部视角，即在西方学界之外，如何以一种"去政治化"的态度对旧问题展开新研究。诚然，作家创作总是呼应着人类社会的种种话题，但有时过度诠释则可能误入歧途。比如麦克尤恩曾幽默地解释他到美国去，"才发现那里的读者认为我写《坚果壳》是为了反堕胎。你看，美国人太奇妙了……"[2]本书第六章对《星期六》的重审摆脱了西方学界解读这部作品的固有模式，提供了另一种深具现实意义的研究。《星期六》一直被视为"9·11"小说，对该文本的解读总是带有不脱政治背景的隐喻色彩。尚必武则试图从科技与文化两者的张力入手，详解两种文化之间的碰撞与融合。"科学男"（science man）和"文艺女"（arts woman）之间是否能兼容？第六章的研究从贝罗安和黛西这对父女的观念、趣味的差异切入，以贝克斯特制造的危机为契机，分析科技与文艺两种思维迥异的文化之间的碰撞，探索在文化排他性之外是否仍有融合交流的可能。第十一章《像我这样的机器》其实探讨了类似的课题，只不过这一次不再是人的差异性，而是人与人工智能的文化冲突，背后深意则是"科学选择和伦理选择之间的冲突"，作者敏锐地指出伦理范畴的道德问题无法通过科技手段解决，脑文本与人工智能文本相比，仍然具有不可替代性。[3]科研话语和文学话语的冲突，人工智能发展中强调科技向善的意义，这部麦克尤恩研究回应的实际是这些极具现实性和当代性的"大哉问"。《蟑螂》是麦克尤恩极具政治隐喻色彩的最新作品，本书第十二章对这部作品的阐释运用了非自然心理、震惊体验、脑际思维等大量理论，解读伦理身份认同，阅读人物心理。麦克尤恩讲述的古老的政治反讽其实导向了一个问题，即文明和物种之间

---

[1] Terry Eagleton, How to Read Literature, London: Yale University Press, 2013, pp. 183—184.

[2] 黄昱宁：《小说的细节：从简·奥斯丁到石黑一雄》，桂林：广西师范大学出版社，2023年，第274页。

[3] 尚必武：《麦克尤恩的小说创作及其伦理价值研究》，北京：北京大学出版社，2023年，第242页。

的冲突应当如何解决？蟑螂变形的一系列荒诞行事，其目的是自身的保障，"而为了求得安全，就必须要抵制风险，抵制任何潜在的风险。正是这后一点，或者说，生命政治的促生逻辑，导致了我们在前面所说的死亡逻辑：为了让自己活得更好，就要让别人死去。今天，许多全球性危机仍然符合这一生命政治的死亡逻辑"[1]。第十二章对逆转主义本质上是复仇主义的分析极为精彩，吉姆认为福祉是无法分享的、只能供强者掠夺的心理更是隐喻了某种政治现实，对《蟑螂》的精彩诠释展示了研究者是如何从东方文化的外部视角去理解西方政治的内部逻辑的。

《麦克尤恩的小说创作及其伦理价值》的关注点始终是麦克尤恩小说创作中的伦理之思，在作家漫长的写作生涯中伦理这一永恒的话题是如何被持续书写的？在不同时代的书写中作家的伦理观产生了哪些变化？通过长时段的追踪研究，作者试图按照小说人物的少年、中年、老年等不同人生阶段发掘麦克尤恩伦理之思的内涵，包括"少年人物的伦理迷失""中年人物的伦理困境"，以及"老年人物的伦理救赎"[2]。这种在历时性的梳理和重读重审中构建的麦克尤恩伦理谱系为国内的麦克尤恩研究创造了一种新的范式，而作者有意联通中西文学的尝试，以及中国视角的呈现，则为摆脱麦克尤恩研究的窠臼提供了新的可能性。伦理之思的探讨，本质上是文学创作对社会现实的回应，尚必武对麦克尤恩伦理价值的研究，既是探讨麦克尤恩小说的流变和新解，实际上也是一种媒介时代、人工智能时代、后人类时代对"文学何为"的回答。

（特约编辑：张静）

---

[1] 汪民安：《情动、物质与当代性》，济南：山东人民出版社，2022年，第287—288页。

[2] 尚必武：《麦克尤恩的小说创作及其伦理价值研究》，北京：北京大学出版社，2023年，第272—273页。

东亚文学视域下的文化传播与变异
——评孙惠欣《朝鲜古代汉文小说中的中国文化因素研究》

曲劲竹 *

内容提要：孙惠欣教授的新著《朝鲜古代汉文小说中的中国文化因素研究》搭建了完整的朝鲜古代汉文小说的文本体系，梳理了其发生与发展轨迹，并审慎地确立了宏观的文本框架，体现出严谨求实的学风。该论著采用比较文学影响与接受的研究视野，涉足中国历史、地理、思想、文化、文学等诸多论域，呈现出朝鲜古代汉文小说的诸多面相与文本内外的丰富内涵，从而揭示了中朝两国古代文学的深厚渊源与文本背后的"慕华心理"。在此基础上，孙惠欣教授从文化选择与变异的角度出发，分析了朝鲜古代文人对中国文化的过滤与选择性共鸣，揭示出中国文化在与朝鲜本土因素融合的过程中发展出的新特征，凸显出朝鲜古代汉文小说中蕴含的主体性与"东人意识"。这部论著实现了对东亚汉文化圈视域下的朝鲜古代汉文小说价值的探讨，是从中国文化视角对朝鲜古代汉文小说进行总体研究的一部力作。

关键词：《朝鲜古代汉文小说中的中国文化因素研究》 中国文化因素 传播 变异

Cultural Dissemination and Variation from the Perspective of East Asian Literature
——Comments on *A Study on Chinese Cultural Factors of Ancient Chinese Novels in Korea* written by Sun Huixin

Abstract: A complete text system of ancient Korean Chinese novels was set up by Professor Sun Huixin in her new book called *A Study on Chinese Cultural Factors of Ancient Chinese Novels in Korea,* which shows a rigorous and realistic style of study. In this book, the occurrence and development of the text system are sorted out and a macro text framework is carefully established. This

---

* 曲劲竹，男，延边大学文学院讲师。主要研究方向：东方文学、中国古代文学。

book involves fields of Chinese history, geography, ideology, culture, literature from the perspective of influence and acceptance of comparative literature. It presents many aspects of ancient Chinese novels in Korea and rich connotations inside and outside the text. The deep origin of the ancient literature in China and Korea and the "Chinese admiration" generated by the text are thus revealed. On this basis, from the perspective of cultural selection and variation, Sun analyses the Korean scholars' filtration and selective resonance to Chinese culture and reveals the new characteristics developed in the process of integration of Chinese culture and Korean local factors, and the subjectivity and "Oriental consciousness" contained in ancient Chinese novels in Korea are highlighted. As a masterpiece of the overall study of ancient Chinese novels in Korea from the perspective of Chinese culture, this book explores the value of Korean ancient Chinese novels from the perspective of the East Asian Chinese culture.

Keywords: *A Study on Chinese Cultural Factors of Ancient Chinese Novels in Korea*; Chinese Culture; Diffusion; Variation

---

20世纪70代末至今，我国的朝鲜汉文学研究经历了准备期、发展期，最终进入了稳定的繁荣期。在此过程中，相关研究日益细分化、体系化，实现了从本体研究到文化交流与比较文学研究的转向，两国文人与诗歌交流的整体面貌被勾勒了出来。但朝鲜汉文学研究在稳步进行的同时，也存在发展不平衡的现象。诚如孙惠欣教授所言，"在朝鲜半岛的汉文学中，汉诗所占比例较大，历来受到研究者们的重视，然而汉文小说也是朝鲜半岛文学中不可忽视的一个重要部分"。[1] 与前者相比，其研究还不够全面深入。因此孙惠欣教授多年来深耕该领域，其前作《冥梦世界中的奇幻叙事——朝鲜朝梦游录小说及其与中国文化的关联》作为国内首部朝鲜梦游录小说专题研究著述，填补了该领域的空白。凭借多年积累完成的新著《朝鲜古代汉文小说中的中国文化因素研究》，则在很大程度上更新了相关研究的思维模式，拓宽了朝鲜汉文小说的研究视域，可以说是学界的又一力作。

一、严谨求实的学术风格

成熟的研究成果往往立足于扎实的基础文献。就跨文化与比较文学研究而言，事实考订"对于了解作家的创作，了解作品的来龙去脉，了解文学类型的流变，文学观念的演化以及文学之间的

---

[1] 孙惠欣：《朝鲜古代汉文小说中的中国文化因素研究》，北京：中华书局，2023年，第2页。

交流，自有不可否定的价值"。[1]孙惠欣教授经过悉心搜寻，所掌握的文献蔚为大观，在细节考证方面用心极深，再三斟酌，仔细求证后方得出结论，由此体现出了严谨求实的学术风格。

文献的整理是研究的前提，但目前这方面的工作尚存在一定的缺憾。韩国方面，李家源1961年出版的《李朝汉文小说选》是对诸多抄本、刻本进行整理的代表性选集，此外又有金起东和林宪道的《韩国汉文小说选》、李佑成和林荧泽的《李朝汉文短篇集》等。这些选集虽然各有侧重，但总体来说不够全面。由中国台湾学者林明德主编，1980年出版的《韩国汉文小说全集》在这方面取得了突破性的进展，它虽然是目前最为系统的一个集子，但也存在篇目遗漏、信息不完整等问题。因此在当下的研究中，搭建完整的作品体系存在较大的困难，对于跨越国界与语言的中国学者而言更是如此。而孙惠欣教授则凭借语言与学缘优势，在长期不断积累的基础上，集多年之力搜集了近十种选集与总集，并参考散见于各类古籍中的文本，几乎穷尽了所能见到的作品，可以说在材料方面取得了较大的成绩。此外，这部论著脚注近千个，对文本中涉及的朝鲜古代的重要历史事件、人物等均作了较为细致的说明，所引用的历史文献几乎均来源于第一手资料，这也体现出了她文献方面的深厚功力。

考辨源流、正本清源是文学研究的基础。朝鲜古代汉文小说的体量虽不可与中国同日而语，但也形成了一个相对完整且庞大的文本体系。客观认识其发生与发展的轨迹，无疑对研究的展开具有重要意义。就梦幻类小说而言，其由史籍、汉诗、笔记、传奇当中的记梦、述梦和解梦之说发展而来。该论著考订了梦幻类小说在各类文献中的原型，指出《三国遗事》中的《调信》"已经具备了相当的现实主义因素，而其更重要的意义则在于开拓了小说的题材，基本形成了幻梦小说的结构特征，即'入梦—梦中—梦醒'"[2]，并在此基础上梳理出从高丽时期到16至19世纪，从《调信》至《大观斋记梦》再到《玉楼梦》的发展轨迹。该论著还梳理了素材、母题视角下的微观作品序列，如讽刺类小说中的《龟兔之说》与受其影响而产生的《兔先生传》《兔公传》，《花王戒》与《花史》《花王传》，以及《愁城志》《天君演义》《天君实录》《天君纪》等"天君系列小说"。宏观与微观、素材与母题的结合，构建了多维度立体的作品体系，为后来的研究者提供了按图索骥的依据。

宏观的文本框架是研究展开的底层逻辑，各层次与体量的研究应遵循不同的原则，严谨审慎地划分文本类型。然而目前大型总集的分类方式纵然细致，但在研究中的应用却不够简洁，选集与部分研究的分类方式则未能呈现朝鲜古

---

[1] 陈惇、刘象愚：《比较文学概论》，北京：北京师范大学出版社，2000年，第114页。

[2] 孙惠欣：《朝鲜古代汉文小说中的中国文化因素研究》，北京：中华书局，2023年，第65页。

代汉文小说的整体面貌。如以梦为素材的文本，学界出现了"梦幻家庭类、梦幻理想类、梦幻梦游类""梦字类系统、梦游录系统"等不同的分类方法，一部分学者则将其归为传奇小说、理想小说、言情小说、艳情小说等的一部分。孙惠欣教授援引了前辈学者对于这类小说结构形式、情节、内涵等特点的分析，在此基础上界定了包括梦游录小说和梦字类小说在内的"梦幻类小说"。同时综合各家分类标准，梳理各主题之间的逻辑关系，将朝鲜汉文小说重新划分为梦幻、讽刺、历史军谈、爱情家庭四类。这不是一种单纯的简化，而是通过清晰简洁的逻辑实现了纲举目张的效果，对认识朝鲜汉文小说的整体风貌，确立宏观框架有重要意义。

总之，孙惠欣教授秉持着严肃认真的治学态度，克服了文献查找与搜集方面的诸多困难，在文献征引方面做到了贯通古今。在广泛占有材料的同时，孙教授潜心打磨书稿内容与观点，进行了深刻的论述与分析，使其作成为一部扎实的学术专著。

二、影响与接受的研究视野

在朝鲜汉文学研究的初期阶段，大部分学者致力于文学史论与作品研究，这有助于梳理文学的发展脉络，总结重点作品的内涵、价值和意义。但需要注意的是，古代朝鲜与中国同属东亚汉文化圈，"汉字与汉文，儒释道，相同的文化与文学现象，共同的文学形式，是东亚汉文化圈的基础"。[1] 因此，对朝鲜古代汉文学的研究，如果仅仅停留在作品与文学史的层面，容易形成一种封闭的研究模式，从而使成果缺少一个重要的观察视角。运用比较文学影响与接受的研究方法，综合考察其与中国文化，尤其是与中国文学的密切关系，则能够从更高的层面去审视朝鲜汉文学构成的政治、社会、思想、文化、心理等因素，从而在东亚视域下揭示朝鲜古代汉文小说的内涵、价值与意义。

正如孙惠欣教授在这部论著所言，"朝鲜古代汉文小说中蕴含着大量与中国历史、地理文化有关的内容，其中引用中国语典、事典及典型中国文化意象进而以典叙事在小说中极为常见"[2]。基于这样的创作方式，一些作品呈现出生动的"中国情境"，并且以中国历史人物、文学意象等观照小说人物，使其带有鲜明的"中国意蕴"，曲折地反映朝鲜肃宗时期政治与宫廷矛盾的《谢氏南征记》便是其中的代表作。这部作品中的"中国历史元素让故事和人物获得了一种历史的拟真实性，并由此产生了某种中国属性"，而真实的中国地理则"使人物获得了合理的生存活动空间"。[3] 对于分别影射仁显王后与张禧嫔的谢贞玉、乔彩鸾，作者"将中国历史人物纳入小

---

[1] 张哲俊：《东亚比较文学导论》，北京：北京大学出版社，2004年，第5页。

[2] 孙惠欣：《朝鲜古代汉文小说中的中国文化因素研究》，北京：中华书局，2023年，第403页。

[3] 温兆海：《论朝鲜古典小说〈谢氏南征记〉中的中国元素》，《外国文学研究》2023年第3期，第69—80页。

说叙事中，以同类比附的方式将小说人物与历史人物建立联系，使小说中人物的性格特征、德行才智及结局命运都与真实的中国历史人物相照应"[1]，从而彰显出前者的贞洁恭顺，强调后者与传统儒家道德完全相反的特质。这完全符合孙惠欣教授指出的朝鲜古代汉文小说"以外显的'中国人'的生活方式来表现内在的朝鲜本土的生活状态乃至影射现实"[2]的事实。而对这种借"他山之石，言自家之事"的创作方式的分析，不仅论证了朝鲜文人对中国文化的认同与接受，也是对小说创作中"慕华心理"的深度揭示。

朝鲜古代汉文小说不仅体现了儒、释、道三家思想，而且复刻了中国古代思想体系中"儒道（佛）互补"的深层次结构。在这些文本当中，能够看到追求文章与功名的文人形象、舍生取义的将领形象、贞节孝顺的女性形象，看到消极出世、长生久视、降敌斗法的道教思想，以及轮回转世、因果报应的佛家思想。其中占据核心位置的是儒家思想，道与佛则起到衬托的作用。如《九云梦》将故事的开端与结局设置在佛教空间当中，主线部分则体现出追求享乐与功名的儒道思想。一些作品则"把崇儒的主旨放在道教（或道家）的幻想空间中去展开和表现，充分体现出以人为本和以道崇儒的思想结构特点"[3]。在现实的叙事空间当中，一些作者则"喜欢用道教元素为作品增添玄幻色彩"[4]，以赞美和神化儒家式的英雄人物。这实际上是将佛道两家思想作世俗化处理，使其成为宣扬儒家道德观念的手段，从而实现教化百姓的目的，其中的"心理结构或思想结构也与中国的士大夫和读书人别无二致"[5]。该论著在分析这些作品的过程中，为读者展示了中国古代思想以文学为媒介在东亚汉文化圈中传播的内在理路和外显形式。

相比之下，中国文学传统对朝鲜古代汉文小说的影响更具外显性。朝鲜本国文字尚未产生之际，我国悠久且发达的历史叙事传统便以汉字为媒介，直接介入到其历史书写当中，从而促使"中国的史传文学传统最终深深熔铸到朝鲜文化中，成为朝鲜文化不可分割的一部分"[6]。正如中国古典小说深受历史叙事的影响一样，朝鲜古代产生了"一人一代记"的"纪传体式"小说、"编年体式"的作品，还有借史传笔法将"非人事物作拟人化处理"[7]的假传体小说，这些作品的文体特征、叙事模式、语言形

---

[1] 孙惠欣：《朝鲜古代汉文小说中的中国文化因素研究》，北京：中华书局，2023年，第403页。

[2] 孙惠欣：《朝鲜古代汉文小说中的中国文化因素研究》，北京：中华书局，2023年，第403页。

[3] 孙惠欣：《朝鲜古代汉文小说中的中国文化因素研究》，北京：中华书局，2023年，第137页。

[4] 孙惠欣：《朝鲜古代汉文小说中的中国文化因素研究》，北京：中华书局，2023年，第298页。

[5] 孙惠欣：《朝鲜古代汉文小说中的中国文化因素研究》，北京：中华书局，2023年，第135页。

[6] 孙惠欣：《朝鲜古代汉文小说中的中国文化因素研究》，北京：中华书局，2023年，第299页。

[7] 孙惠欣：《朝鲜古代汉文小说中的中国文化因素研究》，北京：中华书局，2023年，第217页。

式处处可见史传文学的影子。除此之外，中国古代小说中章回体、引诗词入小说的模式，以及情节结构、情境设置、语言特征、描写方法等均被朝鲜早期带有原型性质的汉文小说广泛吸收，进而延续到整个朝鲜汉文小说的创作传统当中。该论著对这些问题的探讨，呈现出两国在文学本体这个层面上的深厚渊源。

孙惠欣教授认为，"从文学的视角去探究中国文化对古代朝鲜的影响是最能揭示其接受实质的一个重要方面，而汉文小说又是朝鲜古代文学中极为重要的组成部分"[1]。基于这样的观点，其新著立足于朝鲜汉文小说，却不止步于朝鲜汉文小说，而是在比较文学影响与接受的研究视野下涉足更加广泛的论域，以此来揭示朝鲜文学的诸多面相与文本内外的丰富内涵，最终实现东亚汉文化圈视域下的价值探讨。

三、选择与变异的论证角度

张哲俊教授在《东亚比较文学导论》中指出，"东亚是由若干国家和民族构成的，这些国家和民族共存于一定地域内，也共存于相近的文化，但又各自独立，各有特性"[2]，因此东亚文学是一元的，也是多元的。基于东亚文学这样的特征，比较文学研究者应该探讨一个民族如何选择外来因素，如何将外来因素熔铸于本土传统与现实，进而锻造出崭新的艺术品。然而国内研究者往往囿于中国人的民族与文化身份，在特定的知识与语言、文化结构的引导下，以中国的视角来审视朝鲜文学。这样的研究方式强调中国文化内涵，而淡化了朝鲜文学的本土因素，导致观点存在一定的倾向性，从而无法呈现东亚文学一元与多元的统一。孙惠欣教授在多元的文化、语言环境中选取了更为客观中立的研究视角，且运用了比较文学变异学的研究方法，因此很好地避免了这一问题。

文化在被接受的过程中存在过滤与选择性共鸣的现象，因此古代朝鲜对于中国文化"并不是全盘接受，而是经过了筛选和扬弃，是有选择性的'接受'"[3]。中国文言短篇小说《毛颖传》对于朝鲜古代汉文小说的影响程度远大于其他作品，白话长篇小说"《三国演义》的输入与传播，对朝鲜小说的发展，尤其是军谈小说的创作起到了重大的推动作用"[4]，这便是文化选择与过滤的一种体现。仅就后者而言，过滤与选择性共鸣的根源是朝鲜历史上多次遭受的外来民族入侵给人民带来的伤痛回忆。在这种心理因素的影响下，以《三国演义》等为代表的中国优秀历史小说才深受朝鲜各阶层的喜爱，从而为本土小说的创作提供了借鉴依据与创作范式。因此可以说，虽然历史军谈小说以中国文化为潜

---

[1] 孙惠欣：《朝鲜古代汉文小说中的中国文化因素研究》，北京：中华书局，2023年，第402页。

[2] 张哲俊：《东亚比较文学导论》，北京：北京大学出版社，2004年，第7页。

[3] 孙惠欣：《朝鲜古代汉文小说中的中国文化因素研究》，北京：中华书局，2023年，第340页。

[4] 孙惠欣：《朝鲜古代汉文小说中的中国文化因素研究》，北京：中华书局，2023年，第251页。

在话语，但本质上不仅是因为中国作品的影响力，也是朝鲜民族特征带来的自主选择。通过这样细致深入的分析，该论著揭示了朝鲜文学接受中国文化的侧重点，以及背后的深层次原因，从而再现了文化传播的内在理路与丰富的面相。

"文化的传递总是存在着变异，经过变异就产生了自身的价值，这与文化原有的价值不相同"[1]，朝鲜儒学的发展便印证了这一观点。正如李甦平在《韩国儒学史》中评价的那样，儒学在与朝鲜本土文化结合的过程中发生了重要变化，因此"这种带着韩国印记的儒学就不再是中国儒学，而是具有独立性的'韩国儒学'"[2]。从性理学发展的层面来看，"心性论在韩国儒学中的地位，较之在中国儒学中更为突出显要"[3]，因此出现了以此为题材的独具本土特色的"天君系列小说"。从东亚国际关系与政治结构的角度看，儒学所倡导的美德也在东亚"华夷秩序"与两国的宗藩关系中演变出了新的特征，表现出更为复杂的外在形态与内在逻辑，其中最鲜明的莫过于"忠"的双重指向性，《林庆业将军传》便是一个范例。孙惠欣教授指出，"林庆业的忠不只是对朝鲜的忠，还有对明王朝的忠"[4]。正是"忠"在复杂政治环境与局势下更为丰富的、差异化的内涵，使得林庆业做出了反清的个人抉择。实际上，这样的人物形象、人物心理并非个例，在诸多历史军谈类小说中均有不同程度与角度的呈现。究其原因，这能够真实地反映"明清易代之际，朝鲜君臣遵从'春秋大义'，坚持'尊明反清'的普遍社会心理"[5]。用孙惠欣教授的话来说：

中国传统思想文化与朝鲜本民族思想相交融发展，最终形成了具有朝鲜民族特色的文化传统心理和社会思想结构，并渗透到政治、经济、文化、思想等各个层面，影响着朝鲜民族的思维方式、行为习惯和审美情趣。[6]

"东亚汉文化圈共同体的产生并不以消除各民族文化独特性为前提，正是差异的存在向我们展示了文化传播不可忽视的阻力和汉文化无法抗拒的魅力。"[7] 从另外一个角度来看，朝鲜虽然受到中国文化的深远影响，但作为一个具有自觉意识的民族，没必要也不可能全盘接受中国文化。其接受中国文化的过程，实际上也是选择与吸纳的过程，是构建自身文化，强化"东人意识"的过程。该论著正是基于对东亚汉文化圈内部复

---

[1] 张哲俊：《东亚比较文学导论》，北京：北京大学出版社，2004年，第5页。

[2] 李甦平：《韩国儒学史》，北京：人民出版社，2009年，第1页。

[3] 金健人：《韩国天君系列小说与中国程朱理学》，《外国文学评论》2003年第2期，第145页。

[4] 孙惠欣：《朝鲜古代汉文小说中的中国文化因素研究》，北京：中华书局，2023年，第279页。

[5] 孙逊：《东亚儒学视阈下的韩国汉文小说研究》，《文学评论》2021年第2期，第12页。

[6] 孙惠欣：《朝鲜古代汉文小说中的中国文化因素研究》，北京：中华书局，2023年，第340—341页。

[7] 孙惠欣：《朝鲜古代汉文小说中的中国文化因素研究》，北京：中华书局，2023年，第412页。

杂文化关系的深刻认识，为读者展示出朝鲜汉文小说既蕴含中国文化因素，又具有主体性与本土性的特点。

结语

在比较文学研究领域当中，东亚文学是一个较为特殊的存在。古代朝鲜、日本、越南等国家以中国为中心，共同构成了东亚汉文化圈，尤其是与中国隔江而临的朝鲜，受中国影响颇深。其文人往往具有深厚的中国文化底蕴，创作了大量具有鲜活中国意蕴的文学文本。可以说朝鲜汉文学虽然属于外国文学的范畴，但却不同于欧美、非洲的异源异质，而与中国存在同源异流的密切关系。

中朝两国文学如此深厚的渊源也给研究带来了一定的困难，因此研究者不仅需要发现有待探讨的问题，掌握充足的文献，更重要的是视野与角度的选择，而孙惠欣教授的新著则在这三方面均作出了突出的贡献。正如金柄珉教授在序中所言，这部论著：

体现着作者的一种文化研究视角，即东亚文学研究的整体性视角，其主要表现在努力发现中朝文学与文化的共同性的同时，还要发现差异性及其原因，这对于进一步把握中国文化在域外的张力与变异及其创造力具有重要的意义。[1]

这也意味着在区域构建的时代背景下，这部著作也能为东亚命运共同体的建设提供一定的支撑。

（特约编辑：吴留营）

---

[1] 孙惠欣：《朝鲜古代汉文小说中的中国文化因素研究》，北京：中华书局，2023年，第2页。

以"短篇小说"重勘通俗
——读罗萌《通俗：大众视野与文类实践》

魏银霞 *

内容提要：罗萌新著《通俗：大众视野与文类实践》以关键词"短篇小说"和"礼拜六"考察20世纪10年代中期至20年代前期的通俗文学。此著主要通过翻译与再创作、理论译介与再生产、功能性广告短篇等角度勾画通俗"短篇小说"实践，尤其针对通俗作家"短篇小说"的理论译介与创作自觉展开有效思考，由此构建了结构主义式的阅读方法，用以重读通俗短篇。在"语境化理解"和"协商性表述"中，本书还在20年代初新文学阵营与通俗作家的论争、通俗文学的读者群体、张舍我的专题研究等方面有所突破，是日趋成熟的中国近现代通俗文学研究的重要一景。

关键词：短篇小说　通俗　《通俗：大众视野与文类实践》

Re-examining Popularity through Short Story
——Reading Luo Meng's *Popularity: Public Vision and Genre Practice*

Abstract: Luo Meng's new monograph, *Popularity: Public Vision and Genre Practice*, examines popular literature from the mid-1910s to the early 1920s using the keywords "Short Story" and "The Saturday". The monograph outlines popular "Short Story" practices from the perspectives of translation and rewriting, theoretical translation and reproduction, and functional advertisement short stories. It particularly reflects on the theoretical translation and creative self-awareness of popular writers, thus constructing the structuralist reading approach to rereading popular short stories. In the "contextualised understanding" and "negotiated representation", the monograph also makes breakthroughs in the debates between the New Literature camp and

---

* 魏银霞，女，上海交通大学人文学院中国现当代文学专业研究生。

popular writers in the early 1920s, the readership of popular literature, and thematic study of Zhang Shewo. It is an important part of the increasingly mature study of modern Chinese popular literature.

Keywords: Short Story; popularity; *Popularity: Public Vision and Genre Practice*

从《中国近现代通俗文学史》(上、下)到《中国现代通俗文学史(插图本)》，再到《中国现代通俗文学与通俗文化互文研究》(上、下)，范伯群引领苏州大学三代学人对中国近现代通俗文学的研究从文学史写作转向了更为宏阔的文学与文化研究；而海外的通俗文学研究，自林培瑞的《鸳鸯蝴蝶：二十世纪早期中国城市通俗小说》起，也有周蕾、李海燕、金佩尔、毛佩洁等学者的不同角度开拓，这些正是中国近现代通俗文学研究日趋成熟的重要表征。随之，探索切合通俗文学属性的批评方法和标准，成为重要而关键的问题，如陈建华2019年出版的《紫罗兰的魅影：周瘦鹃与上海文学文化，1911—1949》，被论者概括为"建构了以'跨际'的视角，'历史'的研究方法回归'文心'的研究理路"[1]。而2021年出版的汤哲声主编的"百年中国通俗文学价值评估"丛书，更使重构通俗文学批评体系这一问题进一步前景化。罗萌新著《通俗：大众视野与文类实践》(上海人民出版社，2023年)对上述关切给出独到的回答。如果说汤哲声等人是从现当代通俗文学的整体出发构建通俗文学批评的话语体系，那么罗萌此书则聚焦于20世纪10年代中期至20年代前期的通俗文学，回到特定的历史语境中，寻找理论、资源支持，提炼出颇为有效的阅读和批评方式，同时进行了出色的实践。

在"绪论"部分，罗萌通过考察中外学界对"清末民初印刷文化"和"二十世纪早期通俗文学"的研究，勾勒了本书研究的大背景，并引出了本书的两个关键词："短篇小说""礼拜六"。前者作为19世纪末到20世纪10年代"新近引入的文类观念"，是"本研究的核心维度"，后者既作为本书中短篇小说来源的通俗杂志，也牵连出一个重要的通俗作家群体指称概念，"礼拜六派"。本书将这两个关键词"置入跨领域、跨阵营的整体社会文化语境中加以考量"，考察通俗作家的"短篇小说"翻译、理论译介、创作形式与功能等，探讨20世纪20年代的新旧文学之争，并始终关注

---

[1] 石娟：《"跨际""历史"与"文心"——〈紫罗兰的魅影：周瘦鹃与上海文学文化，1911—1949〉与陈建华的治学理路》，《中国现代文学研究丛刊》2021年第5期，第230页。

"短篇小说"在以《礼拜六》为代表的通俗媒介中的发展与成熟。有感于正典话语对通俗作家的某些成见，也意识到种种成见对后世研究的潜流式影响，作者以强烈的问题意识，紧扣两个关键词，展开阅读与考据，并在这一过程中，展现了对多重复杂关系形态的把握能力，呈现了通俗文学研究的新面相。

一

"短篇小说"是贯穿《通俗：大众视野与文类实践》的核心关键词。除"绪论"和"结论"外，此书主体部分共有六章，其中第二章到第六章共五章以"短篇小说"这一文类为主线，依次通过翻译与再创作、理论译介与再生产、功能性广告短篇等角度，勾画出通俗短篇小说的生成、生长图景，涉及文学阵营、广告、媒介、传播等多个领域。

第二和第三章关注通俗短篇小说的翻译与再创作。《欧美名家短篇小说丛刊》是通俗名家周瘦鹃的短篇小说翻译集，曾被鲁迅誉为"昏夜之微光，鸡群之鸣鹤"[1]，正不断得到研究者的关注，其出版、译风与影响力等基本情况得到了一定的厘清，但仍待更细致深入的研究。作者将此翻译集放置在清末民初对短篇小说译介和塑形的潮流中，与周氏兄弟的《域外小说集》、胡适的《短篇小说集》对读，细致对勘三种小说集对同一作家作品的差异化选择以及对同一作品的差异化翻译，考察了通俗作家和五四作家在语言形式、翻译理念、主题倾向等方面的异同，总结出周瘦鹃翻译的明显特征："情热"，即能动地"参与"译作，加强读者情感体验，以及对家庭主题的选择倾向。"情"正是认识周瘦鹃的核心，书中经由此翻译集追溯周瘦鹃"情"的谱系：爱情、女性友谊、爱国等多元情感，以及浪漫化与去浪漫化叙事并存的复杂情感图景。紧接着，第三章"作为小说家的'译者'"彰显了以周瘦鹃为代表的通俗作家的小说家与译者的双重身份，讨论了通俗作家的两类自觉再创作实践：将翻译和创作并置呈现，以西方人物和情境展开"原创"。此类再创作显示出通俗翻译与创作的明显互动关系，通俗作家借此完成对异域资源的多层次转化和类型化再生产。

第四章将对短篇小说的关注转向理论译介与再生产，罗萌借此构建了符合通俗小说自身特征的阅读方式，并在第五章中以短篇小说的三种结构模式给出批评范例。借由一种整合的视域，此书论证了在20世纪20年代前后的短篇小说理论风潮中通俗作家的理论贡献：他们不仅译介了与自身创作风格和方法具有互证性的小说理论，更是在受众广泛的《申报》这类大报中推广和普及这些理论；而影响了胡适短篇小说理论生产的汉密尔顿（Clayton Hamilton）、马修（Matthew Arnold）、爱伦·坡（Edgar Allan Poe）等人，也是通俗作家理论引述的重点对象，"所有文化群体都受惠

---

[1]《通俗教育研究会审核小说报告》，《教育公报》1917年第4卷第15期，第30页。

第六章的研究旨趣在于考察"广告"和"短篇小说"的有机结合。以《礼拜六》期刊为中心,作者考察了短篇小说中体现的品牌意识以及作者－读者共同体的建构与塑形。在起到广告功能的短篇小说中,我们看到"礼拜六"成为颇有风度的"名士",也是思想开明的"父亲",而更多时候则是理想的"妙龄女郎",还是富有异域风味、深厚文化内涵的紫罗兰花。短篇小说对"小说家"和"读者"形象及其关系的种种想象,则反映出创作主体——通俗作家的传播理想。不管是对小说中"小说家－读者同情联盟"的指涉,还是对"写作过程"的公开展示,抑或是对小说家漫画式的描写与嘲讽,都在传递文学信息的同时,强化着阅读共同体联盟。此章还加入了丰富的原始图像资料,并予以细致分析,在学术的厚重外更见研究者轻巧而富有表现力的笔触。

在生动呈现复杂的通俗广告实践的基础上,第六章进一步展开了通俗文学的接受研究。首先,通过分析《礼拜六》杂志前后期作者群体的明显变化,作者得出"新作者来自《礼拜六》原有的读者群"[2]的结论,揭示出创作主体与阅读主体之间可变动的复杂关系。施蛰存正是一个鲜活的例子,从"松江第三中学"[3]的学生施青萍到新感觉派代表作家施蛰存,从《礼拜六》的读者和业余作者到专业作家,其中通俗文学是否发挥以及发挥了什么样的作用,都值得进一步关注。

关于书中指出的"新派学生"是杂志想象的重要读者群体一说,据笔者查阅,1922年茅盾给周作人的信中提到通俗小报《长青》,并指出:"他们发卖方法极好,凡小烟纸店、卖报人,乃至本埠各学校的门房里都有寄售。"[4]整封信对通俗作家采用的是尖锐的批评口吻,但此处"发卖方法极好"却透露出对通俗群体营销策略的"佩服"。此信透露的通俗文学对"各学校"阅读群体的"占有",呼应着作者从杂志生产出发的观察。由此我们可以继续追问:通俗文学和新文学如何争夺和影响这些潜在的知识分子群体和具有一定文化知识的新读者?

二

《通俗:大众视野与文类实践》最不可忽略的新成果无疑是对张舍我短篇小说理论译介与再生产的呈现。本书关注的通俗作家,即曾被称为"鸳鸯蝴蝶派""礼拜六派"的作家群体,常常被视作是传统的、知识不成系统的、不具备理论观念的。这不仅是当时处于历史现场的新文学家对他们的偏见,也是当

---

1 罗萌:《通俗:大众视野与文类实践》,上海:上海人民出版社,2023年,第7页。
2 罗萌:《通俗:大众视野与文类实践》,上海:上海人民出版社,2023年,第182页。
3 施青萍:《老画师》,《礼拜六》1922年第161期,第26页。
4 孙中田、周明编《茅盾书信集》,北京:文化艺术出版社,1988年,第74页。

下主流文学史的观点，甚至随着通俗文学研究渐趋成熟，此作家群体及其理论贡献也为研究者所不见。故而，此书对张舍我相关实践的系统描摹相当难得。

以张舍我编译的《短篇小说作法》一书为核心，罗萌不仅厘清了此书接受的西方影响，也细致分析了编译中的"变"与"不变"，从中提炼出区别于新文学理论的种种面相，包括：刺激感情说、强调短篇小说与戏剧之间的可通性、对以"机械的方法"创作小说的具体路径的揭示等。从《短篇小说作法》一书的习题设置以及张舍我表现出的关于写作训练有效性的信念出发，此书还考察了张舍我开办的"上海小说专修学校"的教学方式、经营、宣传与后续产出等相关情况。尤其让人印象深刻的是，作者指出《短篇小说作法》和专修学校依赖和利用了哥伦比亚大学的热点效应，在当时的中国，哥伦比亚大学在"日常媒体中充分话题化"。[1]

张舍我的理论引述与理解具有明显的能动性，这显示出通俗群体并不薄弱的理论兴趣。在创作中，被"新文学知识分子视为创作大忌的一系列特征"正是通俗作家"有意识的风格取向"，如何评价这种创作自觉中的风格取向？通过对通俗小说理论论述"在很大程度上有意识地呼应和解释了当时的通俗短篇小说创作的风格和方法"的历史考察，作者发现了通俗作家的"秘密"：批判性地利用他们自身的系统化认知和批评话语。

《短篇小说作法》是基于美国布兰琪·威廉（Blanche Colton Williams）的《故事写作手册》（*A Handbook on Story Writing*）所做的编译。威廉对情节剧略带贬义的论述，在张舍我这里是态度上的"反转"，并成为他短篇小说理论的组成部分。作者注意到在以往的通俗文学研究中，"情节剧"概念主要用于对电影和长篇小说的分析。她另辟蹊径，借"情节剧"的研究理路分析通俗短篇小说。此部分所占篇幅最多，主要涉及第四和第五章。第四章借用当代研究对情节剧所能涵盖的现实维度的肯定与阐释，重新评估中国现代通俗文学的"写实"效果，结合张舍我的相关理论阐述提炼出"写实"的别样定义：由作者和读者的共鸣引发的"心理写实"，即以二者的共时性经验为前提的"关于具体事物的感受/印象的真实"。此章就已被揭示的情节剧主题，讨论通俗短篇小说对城市空间内意外死亡的复杂演绎。第五章承接第四章，整体性地借用"情节剧"阅读现代通俗短篇小说。整章对短篇小说中的日记体写作、城乡的碰撞与交流情节主题、跨国视野下的家庭与爱情主题展开了描绘，对短篇小说的修辞、人物及关系类型、情节模式等进行类型化、戏剧化的探讨与总结，重点关注短篇小说"如何在有限的篇幅内组织起话语冲突，建构一次性的戏剧高潮"

---

[1] 罗萌：《通俗：大众视野与文类实践》，上海：上海人民出版社，2023 年，第 125 页。

类型化和戏剧性并不意味着简单和乏味，相反可能催生出丰富复杂的文学图景，并由此对通俗短篇小说的阅读与批评提出新的要求。作者提出的"结构主义式的通俗阅读方法"[2]，是对相当数量的文本中反复出现的叙事结构、表意丰富的叙事道具的提炼与诠释。这种批评方法正切合通俗短篇小说的特质，与《现代中国"短篇小说"的兴起——以文类形构为视角》的阅读方法形成鲜明对照。张丽华的这本书主要考察短篇小说的文类形构，研究对象以新文学为主，第四章"形式的意味——鲁迅与现代中国短篇小说的确立"以鲁迅的《怀旧》和《狂人日记》为例，以文本细读为方法。作为新文学的经典作品，鲁迅作品极具不可替代的个人独特性；而"通俗"之所以"通俗"，可能恰恰因其不是"独特的"。对通俗的解读，正是要在相当数量文本的并置中给予类型化、模式化的提炼与阐释。这种阅读方式不意味着用简单的公式化方式去解读通俗文学，相反，在这种结构主义式的阅读方法中，同样可以获得独特的文本体验。罗萌就以小说的三种结构模式展现了丰富的文本信息，取得有效的解读成果，勾勒了通俗短篇小说的多重光景，折射出通俗作家在社会变革话语、文化议题、阶层性别差异等多方面的错综情感和复杂价值理念。

这种错综和复杂实际上也在提示现代通俗文学内部存在较大差异，且研究空白不小，正如本书的重点关注对象张舍我，关于他的系统研究至今未现身。这一方面是因为通俗群体的理论贡献还未获得真正关注；另一方面也由于通俗文学的单人专题研究仍以徐枕亚、周瘦鹃、张恨水等少数作家为主，其余作家的研究有待深入，如20世纪20年代初就有白话诗、短篇小说研究专著的闻野鹤，集侦探小说作者与编辑、电影编剧及导演、古代小说研究者、新小说的弹词改编者等多重身份于一身的陆澹安，又如与向恺然并称"南向北赵"的赵焕亭。

三

关于20世纪20年代初以文学研究会为代表的新文学阵营与通俗作家的论争，之前的研究更多是从新文学方面来描述的，这不仅因为学界重点关注新文学，更因为这些研究往往是借用新文学家的词汇和概念展开论证的。此书第七章引入通俗作家的原始论述，同时并不忽略来自新文学阵营的声音，对此次论争做了全景描摹与客观诠释，不仅尝试还原全面的论争过程，也对双方尤其是通俗作家的竞争策略、整体上较为温和的态度及内部的某些尖刻声音等进行勾画。在整合和推进中，作者通过女性第三人称"伊"和"她"的用词差异，以有趣而微观的历史细节作出了以小见大的精彩分析，也用通俗群体对鲁迅、冰心、

---

1 罗萌：《通俗：大众视野与文类实践》，上海：上海人民出版社，2023年，第164页。
2 罗萌：《通俗：大众视野与文类实践》，上海：上海人民出版社，2023年，第257页。

陈衡哲等新文学作家的点评补充了新文学家的接受研究。

第七章围绕关键词"礼拜六"展开。针对"鸳鸯蝴蝶派"和"礼拜六派"这两个有关通俗文学且具有决定性的基础概念，正如论者所言在陈建华之前其实并未有"本体性考察"。而相比于陈建华从创作特征、语言策略、地缘人脉、对现代性的开放态度等方面做出的"清晰、明确而果断"的分析[1]，罗萌则细致地在20世纪20年代的论争场域中审视"礼拜六"这一杂志名称和指称名词，辨清了"礼拜六派""鸳鸯蝴蝶派"和"旧派"等词的建构过程、概念差异和适用性，以及历史现场的论者使用时的语义倾向，换句话说，是一种"偏见"。一种纠偏的努力，贯穿全书，这让看起来旁逸斜出的第七章与其余章节获得内在一致性，即在复杂的历史脉络中，寻觅细节，在后世书写与正典话语所遮蔽和干扰的盲区与褶皱中，纠正成见。在这种理念的引导下，在"结论"中，作者围绕"何以通俗"这一问题，就通俗研究对象与方法论等问题，与当代以及整体性的通俗文学文化研究展开了对话。通俗文学的非"独特性"，模仿通俗文本生产的同时代读者的"快读"阅读方式等提法，都颇有启示性。

"语境化理解"和"协商性表述"是本书的两大特征，分析论证不偏不倚，整体上显得绵密从容。在这一重估通俗文学价值的研究中，"语境化理解"表现为以一种既不妄自菲薄亦不唯我独尊的态度，重返历史现场，追认细节。作者旁征博引，广泛参考了其他领域如教育史、社会史方面的相关知识和研究成果，为充分语境化的文学阅读提供了多重资源。她让通俗文学与更为遥远的传统以及新近的晚清，与异域，与五四展开对话，在理念分野、多样化的文学走向中提炼出通俗特征。"协商性表述"显现出"语境化理解"带来的研究信心。如本书在历史语境中以"情"这一解读通俗文学的关键词贯通了周瘦鹃的翻译与再创作、张舍我的理论译述与再生产、情节剧视野下的小说模式、阅读共同体关系的隐喻比拟。"情"在多重关系与对话中自然显示出的通俗属性，又补充了以往通俗文学研究中"情"的面相。此论著丰富了20世纪20年代前后的通俗文学图景，更新了对现代通俗文学乃至整个现代文学的认识，也让我们体悟到通俗文学的鲜活生命力。

此书也留下一些尚待拓展的话题。首先由于对通俗短篇小说"经得起重复的特定叙事形式"[2]的认知，《礼拜六》作为杂志样本，几乎是本书选取短篇小说的唯一来源。诚然《礼拜六》跨越20世纪10年代和20世纪20年代两度引领潮流，成为最贴合的选取对象。不过，不同通俗期刊差异化的创作实践炫目多

---

[1] 石娟：《"跨际""历史"与"文心"——〈紫罗兰的魅影：周瘦鹃与上海文学文化，1911—1949〉与陈建华的治学理路》，《中国现代文学研究丛刊》2021年第5期，第237页。

[2] 罗萌：《通俗：大众视野与文类实践》，上海：上海人民出版社，2023年，第25页。

姿，尚待更多研究者用此书主张的结构主义式阅读方法去阅读更多通俗期刊，构建更为完整的通俗文学世界。再则，如张舍我开设的上海小说专修学校，此书对学校的核心情况已做了系统考察，但仍有一些信息，尚待学者从浩如烟海的文献资料中挖掘。除了张舍我，胡寄尘、程小青、赵苕狂等人分别教授"小说与哲学""侦探小说专科""小说译学"等课程，这些课程的实际开展情况如何？当时的通俗名家王钝根、包天笑、周瘦鹃、余大雄、向恺然、徐卓呆等人都是此校的赞助员，除了提供经济赞助外，这些人是否以其他方式支持学校工作？该校对通俗文学的后续发展是否起到一定作用？这些问题值得进一步探讨。

最后回到书籍刚开始的地方——封面。封面主体由三张图构成，中心位置的永安百货象征着通俗阵地，上海，另外的两个"小人"，皆出于名家丁悚之手，分别来自《礼拜六》1915年第47期和第48期封面。两幅封面画实际上构成一则小故事，第47期封面上的是右边的人，其为"长子"，原图配文"长子把矮子一脚直踢到四十八期封面上去了"，左边的"小人"正是被踢的矮子，原图配文"矮子跌倒"。两幅画配合观看才知全貌，不失为有效的营销策略，此外"讲故事"的手法也正体现通俗本色，颇有妙趣，让人会心一笑。作者指出，这两幅图实际上还影射当时的中日关系，涉及到签订"二十一条"的时事，表达了对国家尊严的维护。事实上，早在第42期丁悚就有一幅"矮子欺长子"的讽刺画，三幅图共同完成"民族主义观念"的表达。不过不妨抽离背景知识，封面上二人一左一右，对称中给人细微的相似感，颠倒、翻转、回旋、挪移，这巧妙地呼应着此论著对通俗短篇小说的观察。背景里突出的纯白正方形几何图案、纵横交错的直线、"8"字形的连接点剪影式地触动关键词"机械"。富有意蕴的封面显示了作者对相关材料的熟稔与巧妙用心。

（特约编辑：张静）

图书在版编目（CIP）数据

小说研究：以万物为猛虎 / 朱振武主编. -- 上海：
上海文艺出版社, 2024. -- ISBN 978-7-5321-9100-0

Ⅰ. I106.4

中国国家版本馆CIP数据核字第2024057JR6号

发 行 人：毕 胜
策 划 人：杨 婷
责任编辑：李 平 汤思怡 韩静雯
封面设计：观止堂_未氓
排版制作：观止堂_未氓

书　　名：小说研究：以万物为猛虎
主　　编：朱振武
出　　版：上海世纪出版集团　上海文艺出版社
地　　址：上海市闵行区号景路159弄A座2楼 201101
发　　行：上海文艺出版社发行中心
　　　　　上海市闵行区号景路159弄A座2楼206室 201101 www.ewen.co
印　　刷：启东市人民印刷有限公司
开　　本：787×1092 1/16
印　　张：12.25
字　　数：251,000
印　　次：2024年10月第1版 2024年10月第1次印刷
Ｉ Ｓ Ｂ Ｎ：978-7-5321-9100-0/I.7158
定　　价：68.00元
告 读 者：如发现本书有质量问题请与印刷厂质量科联系　T:0513-83349365